KB114674

얼라이브

얼라이브 5

노쓰우드 장편 소설

초판 1쇄 찍은 날 § 2015년 4월 22일
초판 1쇄 펴낸 날 § 2015년 4월 29일

지은이 § 노쓰우드
펴낸이 § 서경석

편집부장 § 권태완
편집책임 § 박은정

펴낸곳 § 도서출판 청어람
등록번호 § 제387-1999-000006호
등록일자 § 1999. 5. 31
어람번호 § 제1-2108호

주소 § 경기도 부천시 원미구 부일로 483번길 40 서경B/D 3F (우) 420-822
전화 § 032-656-4452 팩스 § 032-656-4453
http://www.chungeoram.com
E-mail § chungeorambook@daum.net

ISBN 979-11-04-90210-9 04810
ISBN 979-11-04-90086-0 (세트)

노쓰우드 장편 소설

FUSION FANTASTIC STORY

얼라이브

ALIVE

CONTENTS

1장

외줄타기

불과 하루 사이에 바뀐 여론에 장택근이 뭇매를 맞는 동안, 그의 소속사인 NB엔터테인먼트가 놀고 있었던 것은 아니다. 비록 표면적으로 드러난 것은 없지만 물밑에서 활발하게 언론과 접촉하고 또 방송국 관계자들과 면밀하게 이야기하여 장택근이 지나칠 정도로 코너에 몰리는 것을 방지했다.

그렇게 상황이 악화되는 것을 막고 있던 NB엔터테인먼트가 본격적으로 반격하기 시작한 것은 여론이 장택근의 〈체크메이트〉 퇴출에 대해 격렬하게 성토할 무렵이 되어서였다.

가장 먼저 NB엔터테인먼트의 공식 홈페이지에 해당 사태에 관련하여 입장을 표명했다.

'안 그래도 장택근은 자신의 첫 기획작인 아름다운 세계의 방영으로 종종 힘든 심경을 토로하고는 했다. 그래도 지나간 과거는 잊고 배우의 포지션에서 최선을 다하기로 간신히 마음을 먹었다. 그런데 상황이 이렇게까지 되어 몹시 유감이다.'

라는 말로 슬쩍 장택근의 입장을 대신하여 설명한 NB엔터테인먼트 측은 연이은 인터뷰로 M방송국의 발언을 하나하나 반박하기 시작했다.

'장택근이 품행을 이유로 근신을 하게 된 이유는 한동안 온 국민을 노심초사하게 한 아마존 다큐 촬영팀의 실종 사건과 깊은 관계가 있다. 당시에 집단 간의 마찰이 있어 장택근은 약자의 입장이던 여성들을 보호하기 위해 노력했으며 그 와중에 사소한 다툼이 있었다.'

그렇게 반격의 물꼬를 틔운 NB엔터테인먼트는 곧바로 M방송국을 강하게 비난하기 시작했다.

'당시 프로그램을 총괄 기획하고 연출한 나윤섭 PD가 가장 먼저 근신령을 받아야 하지 않았나. 희생자가 둘이나 생긴 프로그램의 연출자가 국민 PD라는 이름으로 대중을 기만했을 때 아마존 촬영팀 생환의 숨은 공로자인 장택근은 오히려

부당한 전출 명령을 받았고, 그나마도 해당 사건에 연루되었다는 이유만으로 퇴사해야 했다.'

강도 높은 비난에 슬슬 여론이 둘로 나눠지기 시작했다.

무려 살인 혐의를 받은 배우이기 때문에 사실 여부를 떠나서 M방송국의 조치가 적절했다는 다수와 반대로 혐의가 인정된 것도 아니고 그저 조사를 받았을 뿐인데 지난 조치는 너무 과하지 않았나 하는 소수의 사람으로 격렬하게 의견이 부딪치기 시작했다.

'당시 장택근에게 살인 혐의를 씌운 이들은 M방송국의 PD 나윤섭과 배우 차동수였다. 두 사람은 아마존에서 있던 사소한 마찰을 원한 삼아 사사건건 장택근에게 린치를 가했으며, 실제로 장택근은 예능국에서 전출 명령을 받기 전까지 부당한 대우를 받았다.'

NB엔터테인먼트는 순차적으로 일의 전모를 밝혀갔다. 하지만 한번 장택근에게 적대적으로 돌아선 여론은 쉽게 뒤집히지 않았다.

김인숙은 인터넷의 각종 포털사이트에 도배되다시피 올라온 장택근 관련 기사를 확인하며 손가락으로 테이블을 두들겼다.

"하여간 우리나라 사람들 물고 뜯는 거 좋아하는 건 알아줘야 해."

그녀의 말에 앞에 서 있던 추영훈이 고개를 절레절레 저었다.

"여론이 이대로 굳어지기 전에 손을 써야 하지 않겠습니까?"

그가 어두운 얼굴로 말하자 김인숙이 눈을 가늘게 떴다.

"지금 여론이 어떤데?"

상황을 누구보다 잘 알고 있으면서 그렇게 묻는 그녀의 태도가 이해가 가지 않은 추영훈이 장황하게 상황을 늘어놓았다.

"지금 여론은 거의 택근 씨를 살인범으로 몰아가고 있습니다. 극찬을 받던 장필수 역할마저도 연기가 아닌 사이코패스적인 성격이 드러난 것으로 몰릴 지경입니다. 이대로 조금만 여론이 지속되면 앞으로 택근 씨가 활동을 하는 데 지장이 있을 겁니다."

그의 말마따나 이제는 열연을 보인 장필수 역할마저도 폄하되고 있었다. 아니, 오히려 하필이면 대중들에게 처음으로 알린 역할이 살인마라 더욱 여론이 좋지 않았다.

"여론이야 뒤집으면 되는 거고, 오히려 지금 어설프게 대응하면 여론만 악화될 거야."

그녀의 말에 추영훈이 입술을 짓씹다가 고개를 들었다.

"대체 뭘 기다리시는 겁니까? 지금도 여론을 잠재울 카드가 있지 않습니까?"

그가 그렇게 이야기하자 김인숙이 의자에서 몸을 일으켰다.

"그 정도로는 부족해. 고작 여론을 잠재우는 정도로 이번 일이 끝나서는 수지가 맞지 않아."

그녀가 천천히 걸음을 옮겨 추영훈의 앞에 섰다.

"이번 일을 계기로 장택근은 더욱더 높은 곳으로 올라선다. 지금처럼 그저 잘나가는 신인 연기자가 아니라 톱스타가 되는 거지."

그녀의 말이 이해가 가지 않는 것도 아니다. 어떻게 보면 그간 장택근이 참아온 시절이 긴 만큼 그 고난의 시간을 보상받을 길은 지천에 널려 있다. 하지만 그렇게 한다면 정작 장택근이 지키고 싶어 한 주변 사람들이 상처를 받고 만다.

추영훈은 도대체 무엇을 기다리는 건지 모를 김인숙의 태도에 한숨을 내쉬었다.

"장택근의 상태는 어때?"

그녀가 묻자 추영훈은 잔뜩 굳은 얼굴로 대답했다.

"각오는 했지만 생각보다 심한 네티즌들의 반응에 힘들어하고 있습니다."

이 일 자체에 대해 회의감마저 느끼는지 분노를 보이던 장택근의 얼굴을 떠올리며 그는 다시 한 번 김인숙에게 부탁했다.

"가급적이면 빨리 처리하는 게……."

"추 실장."

그의 말을 단번에 잘라낸 김인숙이 손가락을 들어 그의 가슴께를 쿡쿡 찔렀다.

"지금 굉장히 건방진 거 알고 있지? 내가 언제부터 추 실장한테 일일이 설명해야 했지? 그리고 언제부터 추 실장이 나한테 이래라저래라 했지?"

평소와 다름없는 나긋나긋한 말투였지만 그 안에 담긴 것은 한 자루 칼처럼 날카로웠다.

"많이 큰 건 알겠는데, 그래도 우리 포지션은 지켜줘야지?"

그녀의 말에 추영훈이 턱을 악다물고 고개를 숙였다.

"죄송합니다."

김인숙이 눈을 가늘게 뜨고 추영훈을 바라보며 막 뭐라고 한마디 더 하려는데 그녀의 휴대폰이 진동음을 토해내기 시작했다.

"뭘 기다리느냐고 했지?"

휴대폰을 손에 쥔 그녀가 입꼬리를 쭉 치켜 올렸다.

"이걸 기다리고 있었어."

김인숙이 휴대폰을 귀에 가져다 댔다.

"네, 지원 씨. 안 그래도 기다리고 있었어요."

그녀의 첫마디에 추영훈이 눈을 크게 떴다.

*　　*　　*

새로운 기사가 올라오자 장택근은 반사적으로 마우스를 클릭했다. 여전히 그에게 비우호적인 기사였다. 빠르게 기사를 훑어본 그가 이제 막 달리기 시작한 댓글들을 보고는 인상을 찡그렸다.

그저 비난을 넘어서 이제는 장택근이라는 존재를 죽이기 위한 악의마저 느껴질 정도로 댓글은 질이 좋지 않았다.

"씨발 새끼들."

저도 모르게 욕이 튀어나왔다.

그렇게나 자신을 찬양하던 때가 엊그제 같은데, 순식간에 태도를 바꿔 자신을 드라마에서 퇴출시키자며 난리를 떨어대는 네티즌들의 모습에 치가 떨렸다.

각오는 했지만 정말 상상 이상으로 고통스럽다. 손바닥 뒤집듯이 바뀌는 대중들의 이중적인 모습에 오만정이 떨어지고, 그 사이에서 활개를 치는 악플러들의 존재에 이를 갈았다. 또한 확인되지 않은 사실을 마치 사실인 양 떠들어대는 기자들에게 분노를 넘어서 증오심마저 느껴질 지경이다.

그는 나락으로 떨어지던 순간을 지금도 생생하게 기억하고 있다. 유력한 살인 용의자라며 그를 매도하던 기사 하나에 그는 몇 년을 꿈꿔오던 입봉도 포기해야 했으며, 몇 달 동안 밤새워 준비한 기획안을 남에게 빼앗겨야 했다.

지금이야 어떻게 배우로서 잘나가고 있다지만 당시에는 정말 죽고 싶을 만큼 힘들었다.

절망과 분노, 그중에서도 당시 그를 가장 힘들게 한 것은 무력감이었다. 손발이 묶인 채 옴짝달싹 못하고 내내 당해야만 했던 스스로의 상황이 가장 힘들었다.

물론 지금에 와서도 이지원을 언급하지 않은 것은 후회하지 않았다. 그녀는 지금 그에게 없어서는 안 될 소중한 존재이니까 어떤 식으로든 그녀가 다치지 않도록 한 것에는 오히려 자부심마저 느낄 지경이다.

하지만 그것 하나로 앞으로의 인생 전체를 걸기에는 삶 자체가 너무도 고단하고 험난했다. 앞으로 연기 생활을 하면서 언젠가 한 번쯤은 그를 다시 한 번 나락으로 떨어뜨릴 위험요소를 안고 갈 수는 없었다.

그는 가만히 김인숙과의 대화를 떠올렸다.

*　　*　　*

"억울하지 않아요?"

그녀의 목소리는 지나칠 정도로 달콤했다.

"그렇게 지원 씨를 보호하겠다고 발버둥 치다가 택근 씨는 한 번 나락으로 떨어졌어요. 운 좋게 박준규 감독의 영화에 캐스팅되지 않았으면 지금 택근 씨는 뭘 하고 있을까요."

"영화를 소개시켜 준 건 지원입니다."

끔찍한 상상에 몸을 부르르 떨면서도 장택근은 이지원을 두둔했다. 누가 뭐라고 해도 그녀는 자신의 연인이다. 다른 누군가에게 폄하되는 것을 보고 싶지 않았다.

"네, 도살자도 이지원 씨가 소개해 준 거지요. 근데 지금 제가 말하려는 건 그게 아니에요."

김인숙이 고개를 절레절레 저으며 장택근의 앞으로 다가왔다. 바짝 몸을 붙인 그녀가 낮은 음성으로 속삭였다.

"그녀가 가장 힘들 때 곁에 있어준 건 택근 씨예요. 모든 것을 걸고 말 그대로 그녀를 지켜냈지요. 근데 말이에요."

한층 더 낮은 음성으로 그녀가 장택근의 귀에 대고 말했다.

"만약에, 아주 만약에 말이에요."

느릿느릿하게 말을 이어가는 그녀의 음성이 마치 악마의 속삭임과도 같았다.

"반대로 택근 씨가 위기에 빠지면 그녀는 어떻게 할까요?"

그 말에 장택근은 눈을 크게 떴다.

"그녀도 택근 씨처럼 모든 것을 걸고 택근 씨를 지켜줄까요?"

생각지도 못한 말에 그는 가슴 한구석이 싸하게 내려앉았다.

"궁금하지 않아요?"

* * *

감색 롱코트에 청바지, 그리고 운동화. 어디서나 볼 수 있는 흔한 복장이다. 하지만 그런 흔한 차림새라도 누가 그렇게 입었느냐에 따라 느낌이 전혀 다르다. 옷이 날개라는 말도 있지만 반대의 경우도 있다.

지금 김인숙의 눈앞에 있는 여인이 그랬다. 무표정한 얼굴은 인형처럼 생기 없는 아름다움이 아니라 무언가 도도하고 당당한 자신감이 가득 차 있다. 같은 여자가 보기에도 반할 것 같은 압도적인 매력이다.

사람이 이렇게 아름다울 수가 있구나 하는 감탄이 절로 나왔다.

"반가워요. 상황이 조금 애매하지만, 그래도 참 반갑네요."

김인숙이 눈을 가늘게 뜨고 인사를 했다.

"난 솔직히 안 올 줄 알았거든요."

그녀의 말에 그 앞에서 고개를 빳빳이 들고 있던 여인, 이지원이 눈을 날카롭게 떴다.

"오라고 그렇게 연락을 남겼는데 안 올 수가 있나요?"

그녀의 음성에 찌를 듯 가시가 돋아나 있다. 김인숙이 잠깐 눈을 동그랗게 떴다가 이내 미소를 지어 보였다.

"그게 그렇게 되나요?"

천연덕스러운 그녀의 태도에 이지원의 표정이 더욱 싸늘해졌다.

"상황이 이렇다 보니 별로 이야기할 기분이 안 드는 모양이니 본론으로 바로 넘어갈게요."

김인숙의 말에 이지원의 눈이 가늘어졌다.

"이번 일, 이지원 씨한테까지 피해가 갈 수 있어요. 알죠?"

"무슨 뜻이죠?"

그녀의 말에 김인숙이 느릿느릿하게 설명을 시작했다.

"말 그대로예요. 택근 씨가 언론에 뭇매를 맞고 있어요. 이제는 아름다운 세계의 원작자가 누구냐가 중요한 게 아니라 택근 씨가 왜 M방송국에서 징계를 받았는지가 중요해요."

김인숙이 말을 이어갈수록 이지원의 얼굴이 조금씩 굳어져 갔다.

"살인 혐의, 그걸 벗지 않으면 택근 씨는 이대로 추락하겠죠. 다시는 이 바닥에 발을 딛지 못할 정도로 처참하게 떨어질 거예요."

노골적인 그녀의 음성에 이지원이 입술을 짓씹었다.

"이지원 씨도 택근 씨가 그렇게 되기를 바라지는 않죠?"

애초에 대답을 바란 것이 아니었는지 그녀는 계속해서 말을 이어갔다.

"근데 택근 씨가 이번 일을 이겨내려면 이지원 씨의 도움이 필요합니다. 아니, 이 경우에는 도움이 아니라 희생이 필요하다고 해야 할까요?"

이제는 돌처럼 딱딱하게 굳은 이지원의 얼굴을 보며 김인숙이 물었다.

"아마존에서 있었던 일, 이번에 오픈하겠습니다."

그녀의 말에 이지원이 입술을 악다물고는 한 자 한 자 물었다.

"그 얘기, 누구한테 들었죠?"

방금 전까지만 해도 당당하던 이지원의 흔들리는 모습에 김인숙이 살짝 미소를 지었다. 상황에 어울리지 않는 그 미소가 마치 조롱처럼 느껴져 이지원이 얼굴을 일그러뜨렸다.

"그런 배신감 느낀 얼굴 하지 말아요. 택근 씨한테 들은 건 아니니까."

김인숙이 이 상황 자체를 즐기는 듯 나른한 미소를 지어 보였다.

"그리고 솔직히 이지원 씨가 택근 씨한테 배신감 느끼는 얼굴 하는 건 좀 보기 그러네요. 그렇잖아요? 택근 씨가 그때 그렇게 됐던 건 따지고 보면 이지원 씨 때문 아닌가요?"

스스로도 알고 있었지만 어느 누구도 선뜻 얘기하지 못한 사실이다. 김인숙의 말이 날카로운 비수가 되어 그녀의 심장을 찔러댔다. 하얗게 질린 얼굴을 한 그녀를 보며 김인숙이 계속해서 말했다.

"그러니 이제 바로잡으려고요. 택근 씨가 더 이상 이지원 씨 때문에 피해를 보는 건 그쪽도 나도 바라지 않으니까요."

핏기 없는 얼굴을 한 이지원이 대답조차 못하고 입술만 씹어댔다. 그런 모습을 바라보는 김인숙의 얼굴에 가학적인 미소가 떠올랐다.

"그래서 단도직입적으로 묻겠습니다."

자세를 바로 한 김인숙이 이지원의 눈동자를 똑바로 바라보았다.

"어디까지 참을 수 있어요? 택근 씨를 위해서 모든 걸 감수할 수 있나요?"

그녀의 말에 이지원이 눈을 크게 떴다. 생각지도 못한 질문에 당황한 듯 보였다.

"전부? 아니면 적당히? 그것도 아니면 전혀?"

마치 놀리는 듯한 김인숙의 질문에 이지원이 이를 악물었다.

"뭐가 달라지는데요?"

그 말에 김인숙이 고양이와도 같은 눈을 반짝였다.

"택근 씨가 또다시 곤두박질치느냐, 그것도 아니면 이 상황을 무사히 벗어나느냐, 그것도 아니면 완전히 전세를 역전시켜 날개를 다느냐 그 차이가 있겠네요."

잔인한 질문이다. 애초에 장택근을 사랑하는 이지원이 할 대답은 정해져 있거늘 그녀는 마치 그녀의 감정을 조롱하듯 다시 한 번 물었다.

"어디까지 참을 수 있어요?"

마치 협박과도 같은 말에 이지원이 분한 얼굴로 물었다.

"그 사람은 이 일 알고 있나요?"

그녀의 말에 김인숙이 천천히 고개를 저었다.

"지금 상황에서 그게 중요한가요?"

이지원의 얼굴이 더욱 창백해졌다. 뭐라 반박할 말이 없다. 이 상황에서 장택근이 사실을 알고 모르고는 중요하지 않았다.

자신을 위해 한 번 시궁창에 처박혔던 장택근이다. 그런데 이제 와서 그 사람이 그때의 일로 다시 한 번 벼랑 끝에 몰려 있다. 자신만이 그를 도울 수 있다. 지금은 그 사실만이 중요했다.

이지원이 물었다.

"만약 제가 전부를 감수한다고 하면 어떻게 되는 거죠?"

"택근 씨는 화려하게 날아오르는 거고 이지원 씨는 택근 씨가 그랬던 것처럼, 아니, 그보다 훨씬 더 처참하게 망가지겠죠."

이미 예상하고 있던 대답이지만 이지원은 현기증마저 느꼈다. 잠시 눈을 감고 숨을 고르던 이지원이 비장한 얼굴로 대답했다.

"후회하지 않아요? 정말로?"

김인숙의 말에도 이지원은 그저 대답조차 하지 못하고 눈을 질끈 감을 뿐이었다.

* * *

몽롱한 정신이 서서히 돌아왔다. 아무래도 잠깐 누워 있는다는 것이 깜박 잠이 든 모양이다. 멍한 정신으로 눈을 깜박이던 장택근은 자신의 손을 꼭 그러쥔 따뜻한 감촉에 고개를 돌렸다.

"나 때문에 깼어?"

침대 끄트머리에 앉아 그의 손을 꼭 잡고 있던 여인이 물었다. 불 하나 켜지 않은 어두운 실내인지라 검게 그림자 진 얼굴을 알아보는 건 쉽지 않았다. 하지만 특유의 그 미성에 장택근은 단박에 상대의 정체를 눈치챌 수 있었다.

"어. 언제 왔어?"

눈을 비비며 물으니 그녀가 대답도 없이 그의 뺨을 어루만졌다.

"그보다 어떻게 들어왔어? 기자들 잔뜩 와 있지 않았어?"

평소에도 그의 집을 종종 찾던 이지원이지만 요즘처럼 기자들이 자신에게 주목하고 있는 상황에 방문했다는 것에 그는 걱정을 하지 않을 수 없었다.

"기자들이야 뭐……."

그녀가 말끝을 흐렸다.

평소 같지 않은 애매한 태도에 잔뜩 그림자가 져 제대로 보이지 않는 그녀의 얼굴과 어두운 실내의 조명, 왠지 모르게 장택근은 꿈을 꾸는 듯한 기분이다. 몽롱함을 털어내려 몇 번이나 눈을 껌벅이고 있는데 그녀가 부드러운 음성으로 물었다.

"괜찮아?"

그녀의 질문에 장택근은 순식간에 현실로 끌려나왔다. 몽롱하던 의식이 단번에 명료해지고 현실감이 그 자리를 대신

했다.

"어차피 터질 일이었는데, 뭐."

그의 대답에 그녀가 한참이나 그를 응시했다. 방 안에 내리 깔린 어둠 탓인지 그녀가 무슨 표정을 하고 있는지 보이지가 않았다.

"그래도 김 이사님을 믿어봐야지. 꽤 능력 있는 사람이거든."

장택근은 차동수와 나윤섭을 깔끔하게 처리한 김인숙의 수완을 떠올리며 말했다.

"그래 보이더라."

이지원이 그의 뺨을 어루만지며 대답하는데 그 음성이 어쩐지 힘이 없었다. 하지만 방금 잠에서 깨어난 장택근은 미처 그 부분을 느끼지 못한 모양이다.

"그보다 웬일이야? 기자들이 보면 어쩌려고 왔어."

내심 그녀의 방문이 반가우면서도 겉으로는 그녀를 나무라니 그녀가 담담하게 대답했다.

"볼 테면 보라지, 뭐."

그녀의 말에 장택근이 고개를 절레절레 저었다.

"민식이 형님한테 나 맞아죽는다. 너 스캔들 내면 나 씹어 먹을 기세였거든."

장난스럽기만 한 그의 말투에 이지원이 무너지듯 그의 품에 안겼다.

"진짜 괜찮아?"

갑작스러운 그녀의 행동에 깜짝 놀란 장택근이 저도 모르게 그녀를 마주 안아주었다.

"뭐, 이번에는 그래도 믿는 구석이 있으니까. 다 잘될 텐데, 뭐."

애써 담담한 척하는 게 척 보기에도 표가 나는 그의 음성이다. 이지원이 그의 품 안에서 한숨을 길게 내쉬었다.

"오빠……."

그녀의 말에 장택근이 흠칫 몸을 떨었다. 평소에는 오빠라는 소리를 곧 죽어도 하지 않는 그녀이다. 이따금씩 오빠라고 그를 부를 때면 뭔가 일이 있을 때라 장택근은 걱정이 되기 시작했다.

"무슨 일 있어?"

"우리 그냥 아무도 모르는 데 가서 둘이서 살까?"

대답이라고 들려온 소리가 엉뚱한 소리라 장택근이 눈을 크게 떴다. 그래 봐야 보이는 것이라고는 어둠 속에서도 선명하게 빛나는 그녀의 풍성한 머릿결뿐이다.

"오빠도 이번 드라마 하면서 충분히 돈 벌었잖아. 나도 돈이라면 질릴 만큼 있고. 우리 그 돈으로 외국에 집 사서 둘이 같이 살까?"

그녀의 말투가 서서히 물기에 젖어들기 시작했다. 뒤늦게 그녀가 평소와 다름을 깨달은 장택근이 이지원의 어깨를 잡고 밀어냈다.

이번에는 작정하고 그녀를 살펴본지라 그는 그녀의 얼굴을 볼 수 있었다. 깊은 눈 가득 눈물을 머금고 있는 그녀의 얼굴이 당장에라도 부서질 것처럼 위태로워 보였다.

"인마, 이지원. 너 무슨 일이야? 대체 무슨 일인데?"

걱정이 가득 묻어나는 그의 음성에 이지원이 여전히 대답도 않고 딴소리를 했다.

"둘이 그렇게 살면 참 좋을 것 같다. 그치? 우리 진짜 그렇게 할까?"

그녀의 태도가 꼭 어딘가로 떠날 사람처럼 느껴져 장택근은 몸을 벌떡 일으켰다. 그때 불현듯 그의 머릿속을 스치는 것이 있었다.

"너… 김 이사 만나고 왔니?"

그의 말에 이지원이 흠칫 몸을 떨었다. 그 모습을 본 장택근이 이를 악물었다.

"네가 왜 김 이사를 만나!"

성난 그의 음성에 놀란 그녀가 몸을 떨었다.

"김 이사가 뭐라고 했는데? 대체 뭐라고 했는데?"

다그치는 듯한 그의 음성에 이지원이 결국 어깨를 떨기 시작했다. 대답도 없이 눈물을 흘리기 시작한 그녀의 모습에 장택근은 서둘러 침대 맡의 휴대폰을 잡았다.

빠르게 액정을 조작해 포털사이트의 기사를 확인했다.

이지원, 심야에 남자 집에 방문. 알고 보니 요즘 논란이 되는 배우 장택근의 집?

장택근, 이지원 열애 중?

전날 보지 못한 기사들이 한 가득 올라와 있다.

장택근은 머리를 짚었다. 집을 둘러싸고 있는 기자들의 눈을 피해 어떻게 들어왔나 했더니 어이없게도 그녀는 당당하게 그들 사이를 뚫고 들어왔단다. 시간을 보니 자정이 넘었다. 야심한 시각에 남자의 집을 방문한 톱 여배우, 스캔들이 나지 않는 것이 도리어 이상할 지경이다.

초조한 얼굴로 한참이나 인터넷에 올라온 기사들을 뒤져보았지만 그가 우려하던 기사는 보이지 않았다. 뒤늦게 한숨을 내쉬며 휴대폰을 내려놓은 그가 여전히 어깨를 들썩이고 있는 이지원을 바라보았다.

"너 대체 무슨 생각으로……."

당당하다 못해 평소에는 건방져 보이기까지 하던 그녀가 여리게 몸을 떠는 모습을 보니 차마 말을 끝맺지 못하겠는지 그가 말끝을 흐렸다.

"지원아, 김 이사가 뭐라고 했는지 모르겠는데, 절대 듣지 마. 응? 절대로."

그의 말에도 이지원은 여전히 대답이 없었다.

* * *

"그녀가 가장 힘들 때 곁에 있어준 건 택근 씨예요. 모든 것을 걸고 말 그대로 그녀를 지켜냈지요. 근데 말이에요."

한층 더 낮은 음성으로 그녀가 장택근의 귀에 대고 말했다.

"만약에, 아주 만약에 말이에요."

느릿느릿하게 말을 이어가는 그녀의 음성이 마치 악마의 속삭임과도 같았다.

"반대로 택근 씨가 위기에 빠지면 그녀는 어떻게 할까요?"

그 말에 장택근은 눈을 크게 떴다.

"그녀도 택근 씨처럼 모든 것을 걸고 택근 씨를 지켜줄까요?"

생각지도 못한 말에 그는 가슴 한구석이 싸하게 내려앉았다.

"궁금하지 않아요?"

그녀의 말에 장택근은 한참이나 그녀를 노려보다가 몸을

벌떡 일으켰다.

"더 듣고 있을 가치가 없네요."

잔뜩 굳은 그의 말이 너무도 의외인지 김인숙이 눈을 크게 떴다.

"일이 어떻게 됐든 간에 내 품으로 들어온 사람입니다. 이미 지나간 일 때문에 그 사람을 벼랑 끝에 몰아넣고 어떻게 나오는지 보자고요? 그게 사람이 할 짓입니까?"

그의 말투에 참을 수 없는 분기가 묻어났다.

"해결책을 들려달라고 했습니다. 괜히 애먼 사람 충동질하지 말고 해결책을 들려달라고요."

그 말투가 하도 살벌해서 한참이나 대답도 못하고 눈만 껌뻑이던 김인숙이 자신의 자리로 돌아갔다. 서서히 평정을 찾아가는 그녀의 표정을 보며 장택근이 다시 물었다.

"방법이라는 게 남의 감정 가지고 장난질해서 사랑하는 여자 시궁창에 처박고 저 혼자 살아남으라는 건 아니지요? 아니라고 믿겠습니다."

냉담한 그의 말에 김인숙이 슬쩍 미소를 지었다.

"좋습니다. 쉬운 길을 두고 어려운 길을 가겠다고 하니 어렵게라도 한번 가봅시다."

또다시 태도를 바꾼 그녀를 보며 장택근은 인상을 찌푸렸다.

도대체가 종잡을 수 없는 그녀의 태도가 이제는 무서울 지경이다. 든든한 비즈니스 파트너로 이야기를 하는가 싶더니 금세 또 유혹하는 듯 고혹적인 몸짓을 보이고 또 그런가 하면 금세 사람을 희롱하듯 떠본다. 그리고 또다시 믿음직스러운 태도를 보여주는 그녀의 모습에 도통 그 속을 알 수가 없다.

그가 속으로 무슨 생각을 하든지 간에 그녀는 아랑곳하지 않고 제 할 말을 했다.

"그럼 이렇게 하지요."

* * *

언제 잠이 들었을까. 장택근은 천천히 눈을 뜨다 흠칫 몸을 떨었다. 밤새 온기를 나누던 이지원이 보이지 않았다.

아침부터 일이 많다고 하더니 그가 잠든 사이에 집을 나선 모양이다. 기묘한 상실감에 잠시 멍하니 앉아 있던 그는 자리에서 일어났다.

오늘은 그를 둘러싸고 있는 모든 논란을 잠식시키기 위해 대중 앞에 서야 한다. 김인숙이 제안한 최선의 길을 버리고 그가 선택한 차선의 해결책, 오늘 그는 대중 앞에 발가벗겨져 그들을 설득하기 위해 싸워야 한다.

샤워를 하고 나왔지만 여전히 얼굴은 초췌하기만 했다. 며칠 사이에 거뭇거뭇하게 자란 수염을 쓰다듬던 그는 면도기를 잡아가다 멈칫했다.

대중 앞에서 그는 그간의 고초를 설명해야 한다. 그런데 굳이 깔끔한 모습으로 나설 필요가 있을까 싶어 그대로 면도기를 내려놓고는 욕실을 나섰다. 평소 늘 깔끔하게 스타일링하던 머리도 오늘만큼은 자연스럽게 늘어뜨렸다.

깔끔한 슈트를 입고 거울 앞에 서니 얼마 전까지의 자신이 마치 꿈처럼 느껴질 정도로 초췌한 인상의 사내가 서 있다.

"오늘이 마지막이다."

이 지긋지긋한 피해자 인생도 오늘로 끝이다. 불과 며칠에 지나지 않은 시간이 몇 년처럼 느껴질 정도로 길고도 고통스러웠다.

대중에게 난도질당하는 게 어떤 기분인지 뼈저리게 느꼈다. 새삼 잔인하고 가학적인 대중 앞에 이지원을 던져주지 않은 스스로의 결정에 그나마 있던 미련마저 사라질 지경이다.

옷매무새를 다지고 있는데 마침 휴대폰이 드르륵거리며 진동을 토해냈다.

"네, 형. 지금 준비 막 끝났어요. 바로 내려갈게요."

그렇게 말하고는 마지막으로 거울을 흘겨보았다. 지친 얼굴이지만 눈빛만큼은 전에 없이 형형한 빛을 발하고 있다.

* * *

"왔어? 잠은 좀 잤어?"

추영훈의 인사에 대충 고개를 끄덕인 장택근은 휴대폰의 액정을 조작해 밤사이에 올라온 기사들을 확인하기 시작했다.

역시나 전날 밤 이지원의 방문으로 온갖 추측이 난무하고 있었다. 이제는 장택근 본인의 일보다 이지원과의 관계가 더욱 대중들의 관심을 받을 지경이다.

"지원 씨 왔다 갔다며?"

추영훈 역시 기사를 확인한 모양인지 룸미러로 그를 살피며 물었다.

"네, 왔다 갔어요."

"걱정 많이 됐겠지. 그래도 사람 참 의리 있어. 보통 이런 상황이면 아무리 친해도 몸 사리게 마련인데."

장택근은 고개를 끄덕였다. 비록 그녀를 감싸다 한 번 시궁창에 처박힌 일이 있었지만 그녀는 확실히 의리를 지켰다. 사랑을 떠나 그녀는 인간으로서 신뢰할 수 있었다.

그렇기 때문에 더욱 그녀를 이 일에 끌어들이기 싫었다. 한 번 겪어보니 대중들의 입에 오르락내리락한다는 것이 얼마나 끔찍한 일인지 깨달은 탓이다.

"지원 씨 덕분에 지금 여론이 많이 분산됐어. 당장 하루에 올라오던 기사가 반은 지원 씨와 택근 씨 관계에 대한 기사야."

"대신 욕은 더 많이 먹고 있죠."

장택근이 쓴웃음을 지으며 대꾸했다.

밤사이에 포털사이트의 기사를 도배하다시피 한 이지원의 심야 방문 기사는 어마어마한 조회 수와 댓글을 기록하고 있었다. 그 댓글이라는 게 이지원을 여신으로 찬양하는 대다수의 남성 팬이 작성한 것들이라 하나같이 장택근에 대한 욕설이 대부분이었다.

"뭐, 이번 일로 택근 씨 수명은 확실히 늘어날 것 같아."

추영훈의 장난스러운 말에 장택근은 고개를 절레절레 저었다. 농담이 아니라 며칠 사이에 먹은 욕이 평생 먹은 욕보다 많았다. 또 앞으로 100년을 살아도 근래 들어 먹은 욕보다 더 욕먹을 것 같지는 않았다.

"저는 진짜 국민 개새끼가 됐던데요."

"뭐, 그냥 관심이 지나친 거라고 생각해. 이게 나중에는 다 택근 씨 인지도가 될 거야. 왜 그런 말 있잖아. 어둠이 깊어졌음은 새벽이 가까워졌다는 거라고."

그의 말에 추영훈이 드물게 격언까지 인용해 가며 그를 위로했지만 장택근의 얼굴은 펴지지 않았다.

그를 태운 밴이 잠시 NB엔터테인먼트의 사옥에서 멈춰 성민경을 태웠다.

"아, 오랜만이에요."

쭈뼛대며 차에 오른 그녀가 장택근의 잔뜩 상한 얼굴을 보며 염려스러운 눈빛을 보냈다. 그 모습에 괜히 민망해진 그가 고개를 돌려 시선을 피하는데 그녀가 금세 그의 턱을 붙잡았다.

"이게 뭐야. 그간 잔뜩 공들여 놨더니 말짱 도루묵이 됐잖아요."

까끌까끌한 피부를 어루만지며 그녀가 울상을 지었다. 아무래도 그녀는 장택근의 개인사보다는 그간 피땀 흘려 만들어둔 피부가 망가졌다는 것에 더욱 상심한 모양이다.

"일단은 간단하게 만져볼게요."

이미 김인숙으로부터 따로 지시를 받았는지 그녀가 가뜩이나 상한 얼굴을 더욱 초췌해 보이게 뺨과 눈 밑에 잔뜩 음영을 넣었다. 방금 전에도 지쳐 보이던 그의 얼굴이 이제는 당장 쓰러져도 이상해 보이지 않을 만큼 이리저리 파이고 그늘져 보였다.

"꼭 이렇게까지 해야 해요?"

룸미러로 비친 얼굴을 보니 지나칠 정도로 작위적이라 장택근이 쓰게 내뱉었다. 성민경이 당장에 엄한 표정으로 그에게 핀잔을 주었다.

"무슨 소리예요. 택근 씨는 지금 전장에 가는 거라고요. 전장에 가면서 갑옷을 안 챙겨 입는다는 게 말이 돼요? 지금 택근 씨의 메이크업은 일종의 갑옷이라고요, 갑옷."

그녀의 호들갑스러운 말에 추영훈이 고개를 끄덕이며 말을 보탰다.

"민경 씨 말이 맞아, 택근 씨. 택근 씨는 지금 전장에 나선 군인이라고."

그의 말에 장택근이 한숨을 길게 내쉬었다. 이미 각오하고 있던 일이라지만 이 바닥 일이라는 것이 으레 그렇듯이 지나칠 정도로 작위적이다.

진심은 통한다더니 그것도 옛말인 모양이다. 그도 아니면 이 연예계라는 바닥이 유독 더 냉정한 세상이든지.

잠시 생각에 빠져 있다 보니 NB엔터테인먼트 측에서 미리 준비를 해둔 기자회견 장소에 도착했다. 시내의 중심가에 위치한 호텔에는 벌써부터 기자들이 입구에 장사진을 이루고 있었다.

생각보다 많은 기자 수에 장택근이 눈을 휘둥그레 뜨니 곁에 있던 추영훈이 말했다.

"이거 긴장 좀 해야겠는데? 원래 예정되어 있던 기자들보다 수가 많아. 아무래도 지원 씨 덕에 관심이 더욱 쏠린 모양이야."

영화 도살자를 통해 톡톡히 이름을 알린 장택근이고, 또 드라마가 근래에 드물게 30%가 넘는 시청률을 기록하며 이슈가 되었다지만 기자가 지나치게 많았다. 이지원과의 열애설이 불거지면서 아무래도 기자들의 특종 본능이 움직인 모양이다.

장택근이 결국 앓는 소리를 내뱉자 곁에 있던 성민경이 다부진 말투로 장택근을 격려했다.

"어차피 부딪칠 일이잖아요! 남자답게 확 하고 들이받고 깔끔하게 이기세요!"

평소답지 않게 묘하게 과격한 말투가 그녀답지 않아 장택근이 눈을 동그랗게 뜨니 그녀가 뒤늦게 자신의 추태를 깨닫고 얼굴을 붉혔다.

"그… 택근 씨가 지원 언니 남자 친구라면서요. 우리 지원 언니 남자 친구씩이나 돼서 이런 일로 기죽으면 되겠어요?"

역시나 들어보니 그녀는 이지원의 팬인 모양이다. 기사를 본 탓인지, 그도 아니면 김인숙으로부터 언질을 받았는지 그녀의 얼굴이 상기되어 있다. 아무래도 톱스타와의 비밀 연애를 하는 장택근을 드라마 속의 남자주인공쯤으로 생각하는 기색이 역력했다.

그 달갑지 않은 응원에 결국 장택근이 쓴웃음을 지었다.

"들어가면 정신 바짝 차리고, 진짜 예상 질답 안 읽어봐도 되겠어?"

추영훈의 걱정스러운 말에 입맛을 다시고 있던 장택근이 고개를 저었다.

"대본보다 더 열심히 봤어요. 이미 머릿속에 우겨넣었으니 나머지는 직접 부딪쳐 봐야죠."

NB엔터테인먼트 측의 조치로 기자 중 꽤 많은 수가 상황을 유리하게 만들기 위해 여러 가지 질문을 던질 것이다. 일종의 바람잡이 역할인데, 그들은 예상 질답에 수록된 질문 중에서도 꽤나 난해한 질문을 던질 것이다.

'아' 다르고 '어' 다르다고, 미리 준비한 문장으로 이뤄진 질답을 통해서 곤란한 질문은 최대한 긍정적으로 넘어가야 한다. 그렇지 않으면 하이에나 같은 기자들이 더욱 기세등등해져서 그를 물고 뜯을 터이다.

심호흡을 하며 마음을 다잡고 있는데 그가 탄 밴이 호텔 주차장에 멈춰 섰다. 호텔 측에 미리 협조를 구해둔 덕에 직원들만 이용하는 통로를 통해 그는 기자들과 실랑이 없이 기자회견 장소에 도착할 수 있었다.

"긴장하지 말고. 오늘 잘하자."

따로 마련된 대기실에서 잔뜩 굳어 있는 그에게 추영훈이 물을 건네주었다.

"긴장이요?"

숨을 가다듬고 있던 장택근이 추영훈의 말에 고개를 들었다.

"긴장 풀어. 약한 모습 보이면 더 물고 늘어지는 게 기자라는 족속들이야."

그의 말에 장택근이 고개를 저었다.

아니다. 지금 자신은 긴장하고 있는 것이 아니다. 아까 전까지만 해도 심장이 덜컥거리던 것이 지금에 와서는 스스로 놀랄 정도로 마음이 가라앉았다.

지금 자신의 상태는 성민경의 말마따나 전장에 나서기 직전의 병사와도 같았다. 긴장과 두려움보다는 오히려 기묘한 흥분이 그를 휘감았다.

오늘 이 자리에서 과거의 모든 굴레를 떨쳐내고 새롭게 다시 태어날 것이다. 지겹게도 따라붙던 살인용의자라는 혐의를 벗고 언제 터질지 모를 시한폭탄을 안고 살아가던 삶의 종지부를 찍고 말리라.

"택근 씨, 준비됐어요?"

언제 들어왔는지 김인숙이 입구에 서서 그를 바라보고 있다. 그녀의 말에 장택근이 자리에서 벌떡 몸을 일으켰다.

"네."

짧은 대답에 다부진 각오가 그대로 드러나 있어 그녀가 미소를 지었다.

"가요."

* * *

추영훈과 보안요원들의 에스코트를 받으며 기자회견장에 들어선 장택근과 김인숙을 반겨준 것은 기자들의 플래시세례였다. 눈도 뜨기 힘들 정도로 마구 터져대는 플래시에 장택근이 잔뜩 찡그린 얼굴을 해 보였다.

"얼굴 풀어요."

그런 그에게 김인숙이 입을 가리고 작게 속삭였다.

"이런 것도 전부 마케팅이에요. 괜히 반감 살 필요는 없으니까 억지로라도 얼굴 펴요."

그녀의 말에 장택근이 차라리 눈을 반쯤 감고 곧장 자신의 자리를 향해 나섰다. 쉴 새 없이 터져대는 플래시가 그의 얼굴을 한층 더 창백하게 비추었다.

그와 김인숙이 미리 준비된 기자회견석에 자리를 잡자 기자회견장의 한편에 서 있던 진행요원이 기자들에게 착석을 요구했다.

"모두 자리에 앉아주시기 바랍니다."

소란스러운 기자회견장을 단번에 잠재운 진행요원에게 김인숙이 눈짓을 보냈다.

"지금부터 NB엔터테인먼트와 소속 배우 장택근 씨의 기자회견을 시작하겠습니다. 모두 자리에 앉아주시기 바랍니다."

기자들이 자리에 앉아 빠르게 노트북 따위를 두들기며 기사를 작성하기 시작했다. 카메라와 노트북을 번갈아 만져대느라 부산을 떠는 그들을 바라보던 장택근과 김인숙이 잠시 눈빛을 교환했다.

"먼저 NB엔터테인먼트의 대표이사 김인숙 이사의 입장 표명이 있겠습니다."

진행요원은 마치 행사라도 진행하듯 능숙하게 기자회견장을 정리했다.

"먼저 좋지 못한 일로 논란을 일으켜 국민들에게 심려를 끼쳐드려 무척 죄송하게 생각합니다."

정중하지만 비굴하지 않은 그녀의 멘트로 그렇게 기자회견은 시작되었다. 기자들이 다시 플래시를 터뜨리고 실시간으로 기사를 작성하느라 손을 바삐 놀리며 그녀의 말에 집중한다.

"지금부터 본 사태에 대한 NB엔터테인먼트의 공식 입장을 밝히겠습니다."

아직 본격적인 설명은 시작도 안 했건만 기자들의 질문세례가 터져 나오고 간신히 진정되었던 기자회견장이 금세 다시 소란스러워졌다.

"질문하실 시간은 따로 마련되어 있습니다. 지금은 정숙해주시기를 바랍니다."

M방송국은 물론 K방송국을 비롯한 공중파 방송국들의 카메라가 그녀와 장택근의 일거수일투족을 전파에 담아 퍼 나르기 시작했다.

2장

기자회견

"가장 먼저 최초의 기사 작성자를 비롯해 사실에 의거한 의혹 제기가 아닌 악의적인 몰아가기식 기사 작성자들은 법적으로 대응하기로 했음을 밝히겠습니다."

시작부터 강경하게 포문을 연 김인숙의 태도에 기자들 중 몇몇이 몸을 흠칫거렸다. 그녀가 말한 대상에 자신들이 포함되는지 곰곰이 생각하느라 얼굴이 핼쑥해진 인물이 몇 보인다.

예전부터 NB엔터테인먼트는 소속 스타들을 보호하는 데 엄청난 공을 들이는 것으로 유명했다. 악의적 기사를 작성했다가 명예훼손으로 고소당한 기자들도 있고, 악플을 달았다가 마찬가지로 뜨거운 맛을 본 사람도 결코 그 수가 적지 않았다.

지난 일을 가만히 떠올려 보면 그녀의 말이 절대 허언이 아님을 알 수 있었다. 물어뜯기 위해 눈을 빛내던 기자들의 기세가 눈에 띄게 누그러들었다.

"언제나처럼 NB엔터테인먼트는 악의에 단호하게 맞설 것이며, 마침내 싸워 그 뿌리를 뽑아내고 말 것입니다."

그녀는 얼핏 보기에도 찔리는 게 많아 보이는 몇몇 기자와 하나하나 눈을 맞추며 단호하게 법적 대응할 것임을 강조했다.

NB엔터테인먼트는 이번 사태를 결코 좌시하지 않을 것이며 의혹 한 점 남지 않을 때까지 싸워나갈 것이라는 입장을 표명한 김인숙이 마이크를 장택근에게 넘겼다.

장택근이 굳은 얼굴로 마이크를 건네받았다. 자신을 뚫어져라 노려보는 기자들의 눈과 카메라 렌즈를 잠시 둘러본 그가 바짝 마른 입술을 열었다.

"어디서부터 잘못됐는지 모르겠습니다. 평생을 PD를 꿈꾸며 살아오다 불미스러운 일로 구설수에 올라 그 꿈을 꺾어야 했습니다. 입봉이라는 스타트 선에서 채 달려보지도 못하고 강제로 끌려 나와야 했던 당시의 제 심정은 참담하기 그지없었습니다."

김인숙의 단호한 어조와는 다르게 그의 말투는 느릿느릿 힘겹게 이어졌다.

"이미 다들 알고 계시겠지만 제가 M방송국의 PD로 있을 당시 살인 혐의로 검찰 조사를 받은 것은 사실입니다."

그 말에 기자들이 다시 소란스러워질 기미가 보이자 진행 요원이 끼어들어 빠르게 상황을 진정시켰다.

엉덩이를 들썩이는 기자들을 바라보던 장택근이 잠시 말문을 멈췄다. 자신을 노려보는 수백 개의 눈동자에 가득 찬 욕망에 욕지기가 올라올 것 같았다. 대체 저들은 무엇을 바라는 것일까. 대관절 자신이 무엇을 그리 잘못했기에 저렇게 물어뜯지 못해 안달일까.

불끈거리는 관자놀이를 꾹꾹 누르며 장택근은 한참 만에 다시 입을 열었다.

"아마존에서 조난되었을 당시 희생된 두 명의 희생자 중 한 명인 손보석 씨에 대한 살인 혐의였습니다."

기자들이 실시간으로 기사를 작성한답시고 바쁘게 손을 놀려댔다.

"하지만 이 자리에서 말씀드리건대 저는 손보석 씨가 변을 당할 그 무렵에 그 자리에 있지 않았습니다."

이미 검찰과 다른 정보통을 통해 자세한 사건의 내막을 알고 있던 기자도 있고 이 사실을 처음 들은 기자도 있었다. 그들은 하나같이 장택근의 말에 집중했다.

"하지만 아마존에서 조난당했을 당시 장택근 씨와 손보석 씨가 마찰이 있었다는 이야기가 있습니다. 그때의 상황이 꽤나 과격했던 걸로 알고 있는데 그에 대한 설명이 필요합니다."

조용한 기자들 사이에서 한 사내가 일어나 그에게 질문을 던졌다. 마치 장택근의 이야기가 처음부터 어떻게 흘러갈지 알고 미리 기다리고 있었다는 듯 던져온 질문에 그가 저도 모르게 김인숙을 바라보았다.

그녀가 아무에게도 보이지 않게 눈짓을 보내왔다. 진행요원의 제지도 없고 김인숙마저도 질문을 용인하는 분위기라 장택근은 직감적으로 그가 NB엔터테인먼트 측에서 심어놓은 바람잡이라는 사실을 깨달았다.

"마찰은 있었습니다. 당시 일행은 셋으로 나눠져 있었습니다. 제자리를 고수하며 구조대를 기다리겠다던 오지형 카메라 감독 일행이 있었고, 배우 차동수를 비롯한 연출팀과 출연진 식구들이 모인 일행이 있었습니다. 그리고 그 일행은 소수의 여자들과 남자들로 나뉠 수밖에 없었습니다."

장택근은 마른침을 삼켰다. 지금부터는 한 발만 삐끗해도 그토록 지켜내려고 하던 치부들이 드러나고 말 것이다. 자연스럽게 한층 더 굳은 얼굴을 한 그가 조심스럽게 입을 열었다.

"그중에서도 이지원과 윤신애, 그리고 촬영팀의 응급치료 전문가 진재영이 포함된 여성 그룹은 아마존에서 상대적으로 소수였으며 또한 약자였습니다. 조난 일주일이 넘어갈 무렵부터 그들은 노동력을 이유로 식량 배분에 있어 불이익을 당했고 식수조차 제대로 보급받지 못했습니다."

그의 말에 기자들이 웅성거리기 시작했다. 그간 매스컴을 통해 들어온 차동수의 영웅담과 나윤섭 측의 주장과는 너무도 다른 이야기였다. 그들은 마치 자신들이 모든 일행을 지키기 위해 동분서주하고 헌신적으로 희생한 것처럼 스스로를 포장했는데, 지금 그 거짓된 포장을 장택근이 최초로 벗겨낸 것이다.

"저와 남자 일행의 마찰은 당시 식량 배분을 비롯한 여자들에 대한 부당한 대우로 인한 것이었습니다."

장택근은 말을 하면서도 슬슬 통쾌함이 들기 시작했다. 그간 말이 와전되어 퍼져 나갈까 봐 전전긍긍하며 입을 꾹 눌러 닫고 있느라 내내 차동수와 나윤섭의 거짓된 영웅담을 듣고 있어야 했다.

혹시라도 자신의 이의 제기에 차동수와 나윤섭이 최악의 카드를 꺼내 들지는 않을까 노심초사하느라 한 번도 당시의 일을 제대로 말할 수가 없었다.

하지만 지금은 모든 사실을 밝히는 데 아무런 걸림돌이 없었다. 아마존에서 돌아온 내내 그를 압박해 오던 차동수와 나윤섭은 이 자리에 없다. 연이은 공포 발작 따위로 폐인이 되다시피 한 차동수는 가택에서 칩거하여 깜깜무소식이고, 나윤섭은 차동수에 대한 살인 미수 혐의로 실형을 살고 있다.

장택근은 차동수를 비롯한 남자 일행으로부터 받은 여자들의 부당한 대우에 대해 강하게 피력했다. 식량과 식수의 보급을 핑계로 한 지나친 노동력 착취와 상상을 초월한 인격 모독까지 낱낱이 기자들 앞에 털어놓았다.

기자들의 손가락이 날듯이 키보드를 두들기고 있다. 처음으로 세상에 공개된 아마존 조난의 비사가 그들의 손을 통해 기사로 만들어졌다. 벌써부터 성질 급한 몇몇 기자는 짤막한 기사를 추려내어 본사로 보낸다고 아우성이었다.

"당연하게도 저는 그들과 부딪칠 수밖에 없었습니다. 제가 나서지 않으면 여자들이 어쩌면 더한 대우를 받을 수 있을지도 모른다는 생각이 들었습니다."

그의 말에 기자들이 목울대를 꿀렁이며 침을 삼켰다. 인격 모독보다 더한 대우라니, 그들의 상상이 자꾸만 한쪽으로 쏠리기 시작했다.

"그런 것치고는 몸싸움의 결과가 지나치게 참담했다고 알고 있습니다. 단순히 부당한 처우를 개선하기 위한 의견 충돌이었다고 보기에는 희생자의 상태가 훨씬 더 위중했다고 알고 있는데 이에 대한 답변 부탁드립니다."

김인숙이 심어놓은 바람잡인가 했더니 형형하게 빛나는 눈을 보면 또 그렇지도 않아 보였다. 대체 누가 적인지 아군인지 알 수 없는 기자회견장에서 장택근은 정신을 바짝 차려야 했다.

잠시 숨을 고르며 할 말을 정리하고 있는데 그가 움츠러들었다고 생각한 기자들이 금세 자리에서 일어나며 아우성을 쳤다.

"턱뼈가 부서지고 함몰에 가까운 부상을 입었다고 들었습니다! 여자들의 처우를 개선하기 위한 충돌이었다면 그렇게까지 할 필요가 있었습니까?"

"평소 트러블이 있었고 그 스트레스와 적대감이 누적되어 그런 일을 벌인 것은 아닙니까!"

진행요원이 그들의 소란을 잠재우려 애를 써보았지만 한번 불이 붙은 기자들은 쉽사리 진정이 되지 않았다.

날카로운 질문을 넘어서 이제는 슬슬 우려하던 질문까지 나오고 있었다.

"만약 장택근 씨의 대응이 정당했다면 남자들의 행동이 여자들의 기본적인 안전을 위협하거나 또는 그에 준하는 행동을 했다고 생각해도 되겠습니까?"

유독 째지는 음성에 장택근이 시선을 돌렸다. 눈이 쭉 찢어진 볼품없는 외모의 여성 기자가 그를 바라보며 고래고래 악을 쓰고 있다.

"가령 성적인 부분에 있어 착취가 있었던 것은 아닙니까?"

그녀의 말에 기자회견장이 찬물을 끼얹은 것처럼 조용해졌다. 설마설마하며 내심 참아온 의문을 곧바로 터뜨려 버린 여기자를 바라보는 기자들의 눈빛이 복잡했다.

그들이라고 호인이라서 그 질문을 하지 않은 것은 아니다. 두 눈 시퍼렇게 뜨고 이 상황을 지켜보고 있을 NB엔터테인먼트의 법무팀이 껄끄러워 차마 하지 못했을 뿐이다. 하지만 여기자는 다른 사람들의 시선을 자신의 날카로운 추리에 대한 감탄이라고 생각했는지 더욱 기고만장한 얼굴이 되었다.

"故 손보석 씨가 여자들에게 차마 말 못할 잘못을 저질렀다고밖에 볼 수 없습니다! 국민들은 사실을 알 권리가 있습니다!"

어깨에 잔뜩 힘이 들어가고 목소리마저 떨리는 그녀의 태도는 꼭 자신이 이 무대의 주인공이라도 된 것처럼 보였다. 아마도 그녀는 기자회견장에 모인 기자 중에서 가장 경력이 일천하거나 눈치가 없는 기자일 터. 장택근은 지금껏 보이던 피로한 눈빛을 거두고 눈을 빛냈다.

"어디서 오신 분이죠?"

그의 질문에 기자가 단독으로 찬스를 얻었다고 생각했는지 당당하게 자신의 소속을 밝혔다.

"스포츠 투모로우의 이유진입니다. 그보다 진실을 밝혀주십시오."

자신이 칼자루라도 쥐었다고 생각한 것일까. 그 태도가 당당함을 넘어서 이제는 무례하기까지 했다.

"지금 이유진 기자님은 이지원 씨와 윤신애 씨에 대해 심각한 명예훼손 행위를 저질렀다는 것을 알고 계십니까. 이렇게 공개적인 자리에서 마치 자신의 짐작을 사실이라도 되는 것처럼 저를 몰아붙이신 것은 확신이 있어서 한 행동이겠죠?"

기자라는 족속들에 대한 증오심이 다시 한 번 고개를 쳐들었지만 장택근은 최대한 차분한 음성으로 그녀에게 물었다. 하지만 소리를 지르지 않는다고 해서 그의 분노가 드러나지 않은 것은 아니었다. 얼음물이 뚝뚝 떨어질 것 같은 차가운 음성에 이유진이라 자신을 밝힌 기자가 흠칫 몸을 떨었다.

실제로 자신이 명예훼손을 저질렀는가에 대한 염려보다는 지금 이 순간 장택근의 한기가 가득한 음성에 놀란 것이다. 기세에서 눌린 그녀가 입을 벙긋거리며 대답도 못하고 있는데 그가 다시 말했다.

"여기는 기자회견장이지 확인되지 않은 자신의 추리를 아무렇게나 떠들어대는 곳이 아닙니다. 하물며 그 추리라는 것이 그렇게 지저분한 전제를 깔고 있어서야 타인에 대한 비방으로밖에 들리지 않습니다."

그간 기자라는 명함만 내밀면 자신 앞에서 설설 기던 연예인들만 보아온 탓일까, 이유진이 장택근의 강경한 발언에 얼굴을 시뻘겋게 달구다가 빽 하고 소리쳤다.

"배우 윤신애 씨의 자살 미수 사건! 바로 얼마 전에 있었습니다! 아마존에서 당한 그녀들의 부당한 대우를 연관시키면 이 모든 사건이 하나로 연결되는 것 아닙니까!"

좀 세게 몰아붙인 모양인지 그녀가 선을 넘어가 버렸다. 아까 전의 발언 정도야 장택근 역시 예상하고 있던 질문 중 하나이고 또한 강한 경고 정도로 넘어갈 수 있다지만 지금의 발언은 그 수위가 명백하게 달랐다.

이미 윤신애를 특정했고 사건을 혼자 끼워 맞춰서 떠들고 있었다. 실시간으로 기자회견을 내보내고 있는 공중파 카메라들이 이 모든 것을 내보내고 있을 터이다.

"스포츠 투모로우 이유진 기자님의 질문에 대한 그 어떤 답변도 하지 않겠습니다. 기자로서 기본적인 소양조차 느껴지지 않는군요."

김인숙이 불쑥 끼어들어 단호하게 말하자 가뜩이나 싸늘

해진 기자회견장의 공기가 한층 더 차가워졌다.

"그럼 계속해서 장택근 씨의 입장을 들어보겠습니다."

그 사이를 눈치 좋게 비집고 들어선 진행요원의 말에 장택근이 다시 마이크를 고쳐 잡았다.

"말이 이상한 곳으로 샜군요. 다시 말씀드리지만 당시의 마찰은 부당한 대우를 받고 있던 여자들의 처우를 개선하기 위한 것이었을 뿐 일말의 사심도 없었습니다. 과격한 몸싸움을 벌인 것은 당시 극도의 스트레스에 노출되었던 조난자들의 사정을 헤아려 주시기를 바랍니다."

장택근의 차분하지만 한층 더 낮아진 음성에 기자들이 침을 꼴깍 삼켰다. 질문이 있어도 지금의 분위기에서 던졌다가는 또 어떤 망신을 당할지 모른다는 생각에 하나같이 몸을 사리는 기색이다. 아무래도 공중파 채널에서 파견 나온 카메라들을 의식하지 않을 수가 없는 모양이다.

지금 깨갱 하고 꼬리를 말고 나가떨어진 이유진만 해도 그 굴욕적인 모습이 그대로 전파를 타고 흘러나가지 않았겠는가. 지금의 모습을 본 취재 대상들은 전처럼 그녀를 어려워하지 않을 것이다. 앞으로의 기자생활에 지대한 지장을 초래한 그녀의 모습을 교훈 삼아 기자들이 말 잘 듣는 아이처럼 장택근의 말을 경청했다.

"하지만 장택근 씨가 입힌 부상 여부가 희생자의 상황 적응력과 생존력을 저하시켜 직간접적으로 희생자의 사망과 연관이 있을 수도 있지 않겠습니까?"

하지만 어디를 가나 자칭 용자는 있는 법이다. 날카로운 질문을 던지고 눈을 번뜩거리는 기자를 바라보던 장택근이 막 입을 열려는데 누군가가 불쑥 끼어들었다.

"그 질문에 대한 답은 제가 대신 드리겠습니다!"

갑작스레 기자회견장에 들어선 사내의 모습에 기자들이 벌떡 일어나 플래시를 터뜨리기 시작했다. 기자들의 플래시를 익숙한 태도로 받아넘긴 사내는 장택근과 김인숙에게 눈인사를 하곤 그들의 곁에 자리를 잡았다.

기자회견장에 서기에는 지나칠 정도로 화려한 색감의 복장을 한 그가 마이크를 잡고는 또박또박 자신을 소개했다.

"배우 김우영입니다. 조난 당시의 증인이자 목격자로 이 자리에 섰습니다."

그의 갑작스러운 난입에 기자들이 전에 없이 소란을 떨어댔다.

*　　*　　*

"뭐가 어떻게 돌아가는 거야."

TV 화면을 바라보고 있던 박 모 씨는 수저마저 내려놓고 방송에 집중했다. 평소 이지원의 골수팬인지라 그녀와 열애설이 터진 장택근이라는 배우의 기자회견을 꽤나 고대했다.

대체 어떤 놈팡이가 자신의 여신을 넘보는지 삐딱한 눈으로 방송을 지켜보던 그는 고개를 갸우뚱거렸다. 그저 행실이 바르지 못한 연예인의 기자회견인가 했더니 그 분위기가 의외로 심각했다.

게다가 갑작스럽게 난입한 김우영의 존재에 그는 지금 자신이 보고 있는 것이 기자회견인지 드라마인지조차 모호해졌다.

[아마존에서의 생활은 여러분의 생각보다 훨씬 끔찍했습니다.]

그뿐만이 아니라 식당에서 한창 식사를 하고 있던 근처 사무실의 직원들도 하나같이 방송을 보느라 바쁘게 놀리던 손을 놓고 있었다.

[돌아와서 알게 되었지만, 아마존에서 식수를 구하는 것은 어렵지 않은 일이었습니다. 하지만 갑작스런 조난 상황에 빠진 촬영팀은 그런 기본적인 것조차 몰랐습니다.]

"아, 저놈은 또 뭐야? 밉상 새끼잖아."

안 그래도 온갖 개념 없는 행동 탓에 빈축을 많이 사고는 하던 김우영인지라 화면에 그의 얼굴이 비치자 사람들이 욕설을 내뱉었다.

"가만있어 봐. 뭐라고 하잖아."

하지만 워낙에 요즘 온 국민의 관심을 끌고 있는 사건이다 보니 사람들은 애써 그의 말에 귀를 기울였다. 평소 가벼운 언사로 신뢰가 그다지 없는 김우영이었지만 이번만큼은 그의 표정이나 말투가 제법 진중했다.

이제껏 한 번도 밝혀지지 않은 아마존 촬영팀의 생존기가 그의 입을 통해 대중에게 공개되었다.

아나콘다에게 습격을 당한 윤신애를 구하기 위해 부상을 자처한 장택근의 행동이나 그로 인해 사경을 해매야 했던 그의 헌신적인 모습이 처음으로 알려졌다. 중간중간 되도 않을 허세로 자신을 포장하기도 했지만 사람들은 각자 알아서 그의 말을 걸러내며 숨을 죽이고 그의 이야기를 경청했다.

[사경을 헤매다 깨어난 장택근 씨는 이지원 씨를 비롯한 여자들이 부당한 대우를 받는 것에 비분강개했습니다. 강력하게 처우 개선을 요구했지만 오히려 다른 이들에게 견딜 수 없는 모욕을 당하고 말았습니다.]

"그럼 누가 나쁜 놈인 거야?"

"누가 나쁜 놈이기는, 남자들이 여자들 먹을 것도 제대로 안 줬다잖아. 장택근이는 그런 여자들을 보호한답시고 설치다가 그 희생자인지 뭔지 하는 놈이랑 시비가 붙은 거고."

처음에는 이유야 어찌 되었든 간에 살인 혐의를 쓴 장택근에 대한 비난이 대부분이던 식당 분위기가 슬슬 바뀌어가기 시작했다.

게다가 이야기를 들어보니 직접적으로 해코지를 한 것도 아니고 전혀 다른 일로 트러블이 있었을 뿐이다. 살인 의도도 없고 또한 그 트러블의 동기라는 것도 꽤나 남자답지 않은가.

법도 뭣도 없는 밀림에서 다수의 남자를 상대로 여자들을 보호하기 위해 앞장서다가 그런 일이 생겼다는 것인데, 듣다 보니 오히려 남자들의 가슴속에 있던 웅심이 꿈틀거릴 지경이다.

"어머, 그럼 뭐야. 지켜주다가 그런 거네."

"짱이다. 완전 순정만화잖아."

여자들 역시 순정만화 같은 스토리에 얼굴이 벌겋게 상기되었다.

"아무리 그래도 사지 멀쩡해도 살아남기 힘든 험악한 동네에서 사람을 그 지경으로 만들어놨으니 아예 죄가 없는 건 아니지."

나이 지긋한 사내의 말에 사람들이 불만 어린 표정으로나마 고개를 끄덕였다. 이가 몽땅 부러지고 사지가 멀쩡한 곳이 없을 정도로 당했다니 사실 그 정도면 직접적이든 간접적이든 희생자의 사망에 연관이 없다고 할 수 없을 상황이다.

감성으로는 장택근을 옹호하고 싶지만 이성은 또 장택근

을 마냥 무고하다고 감싸줄 수가 없었다.

하지만 사람들의 그런 이율배반적인 심정은 김우영의 말에 단번에 깨져 버렸다.

[차동수 씨는 그렇게 거동이 불편한 손보석 씨를 탐탁치 않아했습니다. 식량도 식수도 부족한 상황에서 짐이라고 생각한 모양입니다. 아마 그래서였을 겁니다.]

김우영의 얼굴에 잔뜩 그림자가 졌다. 평소에는 워낙에 가벼운 모습 일색이던 그의 얼굴이 그렇게 어두워지자 그 음영이 더욱 짙어 보여 사람들은 그의 말에 마른침을 삼켰다.

[차동수 씨와 나윤섭 씨는 손보석 씨를 버렸습니다.]

생각지도 못한 그의 말에 사람들의 눈이 휘둥그레졌다.

[평소처럼 땔감과 식량 따위를 구하기 위해 인근을 돌아다니다 와보니 손보석 씨의 모습이 보이지 않았습니다. 저는 손보석 씨를 찾기 위해 격렬하게 항의했지만 그들은 끝내 손보석 씨의 행방을 제게 알려주지 않았습니다.]

그 누구도 상상조차 하지 못한 이야기가 김우영의 입을 통해 흘러나왔다.

[그렇게 손보석 씨는 밀림에 버려졌습니다.]

* * *

"대체 일을 어떻게 처리하는 거야!"

이호진 검사는 차장검사의 불호령에 고개를 숙인 채 죄송하다는 말만 반복했다.

"아니, 상황이 상황이니만큼 사인을 밝히지 못하는 건 이해해. 근데 말이야."

버럭버럭 소리를 지르던 차장검사가 목소리를 낮추니 한 층 더 긴장이 되는 이호진 검사였다.

"근데 왜 저딴 소리를 방송에서 들어야 하냐고!"

아니나 다를까, 고함 소리와 함께 재떨이가 날아왔다. 등 뒤에서 재떨이가 둔탁한 소리를 내며 깨지자 이호진의 등가로 진땀이 주르르 흘러내렸다.

그저 실적이나 올리려고 지원한 손보석 사건의 파장이 이렇게까지 커질 줄은 상상도 하지 못했다.

가장 적극적으로 조사에 협조한 차동수와 나윤섭의 증언을 위주로 사건을 조사하다 보니 사사건건 걸리는 것이 장택근이라는 사내였다. 손보석을 폭행했고 또한 그로 인해 손보석이 정글에서 적응하지 못해 사망했다는 진술을 확보하고는 그를 압박했다.

하지만 증거라고 할 것도 없이 그저 진술만으로 이루어진 사건의 살인 혐의를 입증하는 것은 쉽지 않았다. 무죄 추정의 원칙이고 뭐고 일방적으로 그를 표적 삼아 수사를 진행해 봤지만 나오는 것이 있을 리가 없었다. 게다가 막판에 가서는 차동수와 나윤섭이 증언을 뒤집기까지 한 터라 때 아닌 망신을 당해야 했다.

지금 생각해 봐도 이가 갈리는 사건이라 떠올리기도 싫은데 황당하게도 방송을 통해 김우영이란 배우가 폭탄 발언을 던져 버렸다.

“죄송합니다.”

그저 재수가 없었다고 하기에는 일이 너무 커져 버린 탓에 이호진은 정말 죽을죄를 지었다는 듯한 얼굴로 몇 번이고 죄송하다며 고개를 숙였다.

“죄송하다는 사람이 왜 아직도 여기 있어!”

“네?”

갑작스러운 차장검사의 말에 고개를 드니 그가 호랑이 같은 눈망울로 자신을 쏘아보고 있다.

“가서 우영인지 토란인지 하는 새끼부터 잡아와!”

“네, 알겠습니다!”

“대답만 하지 말고 가서 잡아오라니까! 저 새끼가 또 헛소리 지껄여 대면 책임질 거야?”

책상 위를 더듬는 손이 흡사 던질 거리라도 찾는 모양새라 이호진은 도망치듯 차장검사실을 빠져나왔다.

“나윤섭이 새끼, 지금 어디 수감되어 있어? 차동수 새끼도 잡아오고!"

방금 전까지만 해도 한껏 몸을 낮추고 있던 이호진이 전화기를 붙잡고 소리를 버럭버럭 질러댔다. 전화기 저 너머에서 쩔쩔매는 소리가 들려온다.

"아, 시끄럽고, 내가 지금 이번 일로 얼마나 물먹었는지 알아!"

근처를 오가던 사람들이 그의 서슬 퍼런 기세에 벽에 붙어서며 그를 피해 분분히 복도를 빠져나가느라 부산을 떨어댔다.

*　　*　　*

"미안해요. 사실 전부터 이 말이 하고 싶었어요."

기자회견장을 나선 김우영이 장택근을 마주 보며 고개를 숙여 보였다.

"아, 아뇨. 뭐, 그때는 다들 자기 사느라 바빴죠."

그나마 늦은 협력이라도 얼마나 고마운지 모른다며 장택근이 오히려 고맙다고 하자 김우영이 정말로 몸 둘 바를 모르겠다는 표정을 지어 보였다.

"뭐, 둘이 회포 나누는 것도 중요하겠지만 일단은 빠져나가죠. 보안요원들이 꽤나 고생하네요."

김인숙이 슬쩍 그들의 대화를 잘라내며 저 복도 너머에서 보안요원들이 친 바리케이드를 넘어오겠다며 난리를 치는 기자들을 턱짓으로 가리켰다.

"기자들 눈도 있으니 일단 빠져나가서 이야기합시다."

장택근의 말에 김우영이 고개를 끄덕이고는 벌써 저만치 앞서가는 김인숙을 따라갔다.

"근데 진짜 몰라보겠어요."

널찍한 직원용 엘리베이터에서 가만히 주차장에 도착하기를 기다리고 있으니 김우영이 넉살 좋게 장택근에게 말을 걸어왔다.

"아, 좀 많이 변했죠?"

"지금이 훨씬 보기 좋은데요? 그거 지금 메이크업이죠? 피부 보니까 광이 나는데 스타일리스트가 그거 가리느라 고생했겠다."

용케도 기자회견용 메이크업을 알아본 김우영의 말에 장택근이 난감한 얼굴을 해보였다.

"진짜 표 안 나게 잘했네요. 다음에 소개 좀 시켜줘요. 저도 이제 슬슬 신작 준비해야 하는데 지금 있는 애는 곰손이라서."

신작 이야기를 하며 슬쩍 김인숙을 살펴보는 김우영의 모습에 장택근은 슬쩍 곁눈질을 했다. 그가 나락으로 떨어질 때까지도 모르는 척하던 김우영이 웬일로 나섰다 했더니 아무래도 신작을 빌미로 거래가 오고 간 모양이다.

"아하하, 이 바닥이 다 그렇죠, 뭐."

장택근을 보며 김우영이 민망한 표정을 지어 보였다. 그 모습이 꽤나 천연덕스러운지라 장택근이 굳은 얼굴에 살짝 미소를 지었다.

세상에 공짜가 어디 있겠는가. 대가가 뭐가 됐든 간에 지금 김우영에게 도움을 받은 것은 사실이다. 이제 와서 괜히 그의 노고를 폄하할 이유는 없었다.

"우영 씨, 일단은 그쪽 소속사랑 계약부터 마무리 짓고 넘어와야지."

김인숙의 말에 김우영이 벌써부터 좀이 쑤신다는 표정으로 온몸을 비틀었다. 전에도 겪어보았지만 여전히 가볍고 남의 눈 신경 안 쓰는 김우영인지라 장택근이 저도 모르게 웃고 말았다.

"끄응. 그래도 제가 선배인 건 알고 있죠?"

본인이 생각하기에도 스스로가 궁색했는지 김우영이 괜한 말로 거드름을 피우며 정색하는데 그 꼴이 더 우스꽝스러웠다.

그렇게 김우영 덕에 어둡지 않은 분위기로 목적지에 도착한 장택근 일행이 미리 대기하고 있던 차량에 올라타려는데 누군가 제지했다.

"안녕하십니까. 서울지검의 검사 이호진입니다. 장택근 씨, 오랜만입니다."

대뜸 앞을 막고 선 사내는 장택근이 전에 몇 번인가 본 적 있는 손보석 사건의 담당검사였다. 워낙 당시의 기억이 안 좋았던 터라 그가 저도 모르게 얼굴을 일그러뜨렸다.

"지난 일은 죄송했습니다."

딴에는 지난 수사에 있어 강압적인 부분이 없지 않아 있었기에 사과를 한 모양인데, 그 태도가 심히 성의가 없어 장택근은 그저 고개를 돌리며 그의 말을 무시했다. 그 탓에 무안해진 그가 얼굴을 붉히는데 김우영이 끼어들었다.

"앗, 검사님, 오랜만입니다."

제 놈 잡으러 온 줄도 모르고 살갑게 인사하는 모습에 이호진이 어이없다는 표정을 지었다. 생각이 있다면 지난 참고인 조사에서 허위 진술을 한 사실을 비롯해 여러모로 찔리는 것이 많을 텐데 마냥 해맑아 보이는 모습에 황당했다.

"김우영 씨, 당신은 손보석 살인사건의 중요 참고인입니다. 잠시 동행해 주셔야겠습니다."

하지만 황당한 얼굴도 잠시, 금세 차가운 얼굴을 한 이호진이 김우영에게 다가서는데 누군가가 그 앞을 막아섰다.

"지금 김우영 씨는 중대한 비즈니스 미팅이 있어 참고인 조사에 응할 수 없습니다. 따로 일정을 알려주시면 저희 측에서 사안을 고려하여 협조 여부를 판단하겠습니다."

워낙에 덩치가 좋아 이제껏 보안요원인 줄 알고 있던 사내가 명함을 꺼내 들고는 이호진을 막아섰다. 명함에 쓰인 변호사 직함에 이호진이 와락 얼굴을 일그러뜨렸다.

"그럼 검사님, 바쁘실 텐데 계속 수고하세요."

김인숙이 분한 얼굴로 씩씩대는 이호진의 곁을 스쳐 가며 나긋나긋하게 인사했다. 장택근 역시 시뻘겋게 달아오른 그의 얼굴을 보며 통쾌하다는 표정을 지었다.

"그럼 이, 이만."

김우영이 김인숙을 앞질러 도망치듯 밴에 올라탔다. 그 모습에 김인숙과 장택근이 쓴웃음을 짓고는 차에 오르는데 이호진이 분기를 삭이며 그들을 노려보았다.

"갈까요?"

잠시 그를 마주 노려보던 장택근이 밴의 문을 닫았다. 철컥 소리가 나고 밴이 느릿느릿하게 지하주차장을 빠져나가기 시작했다.

* * *

"저, 정말 문제없는 거죠?"

차량이 이미 지하주차장을 빠져나와 이호진 검사가 보이지 않게 되었지만 김우영은 자꾸만 뒤를 돌아보며 불안한 기색을 보였다.

"우영 씨, 혹시 나한테 거짓말한 거 있어요?"

그 태도가 너무도 호들갑스러워 보여 김인숙이 눈을 동그랗게 뜨며 이해가 가지 않는다는 듯 물었다.

"아, 아뇨. 없죠."

김우영이 도리질 치자 그녀가 부드럽게 그를 타일렀다.

"그럼 됐어요. 어차피 대한민국 법이라는 게 진실 서약 없는 진술과 증언은 위증으로 판결나지 않아요. 미국만 됐어도 큰일 날 뻔했지만 우리는 대한민국에 살고 있으니까요."

그녀의 설명에 조금은 안심을 한 얼굴이 되었지만 여전히 불안해하는 그를 달래느라 한참이나 진땀을 빼야 했다.

"일단은 하루 이틀 정도는 집 밖으로 나오지 말고 혹시 전화가 와도 받지 말아요. 일은 우리가 알아서 처리할 테니까 너무 걱정하지 말고요."

겨우 진정시켜 그의 집 앞에서 내려주니 그가 몇 번이나 잘 부탁한다고 사정했다.

"수고하셨습니다."

김우영이 내리기가 무섭게 관자놀이를 꾹 누르는 김인숙을 보며 장택근이 감사의 인사를 했다.

자신을 그렇게나 옭아매던 올가미가 그녀의 도움으로 너무도 쉽게, 그간 고통스럽던 것이 무색하게 단번에 풀려 버렸다.

"수고랄 것도 없어요. 어차피 이게 다 우리 회사도 같이 좋자고 하는 일인데요. 그보다 어때요? 우리나라 참 더럽죠?"

그녀의 말에 그가 고개를 끄덕였다.

약자의 입장이었을 때는 뭐 하나 잡을 것도 없고 막막하기만 하더니 김인숙이라는 든든한 배경이 생기니 모든 것이 술술 풀려 나갔다. 이번 일을 통해 유전무죄 무전유죄라는 말을 뼈에 사무치도록 실감했다.

"권력, 돈, 능력, 이 세 가지 중 최소 두 가지는 있어야 살면서 억울한 일을 당하지 않아요."

그녀의 말대로다. 차동수와 나윤섭이 뭐라고 그렇게나 시달렸다는 말인가. 장택근은 일이 잘 풀렸다는 안도감보다는 씁쓸함이 더욱 크게 느껴졌다.

"택근 씨는 그중 능력만 있는 케이스죠. 이제 이번 일을 통해서 택근 씨도 나머지 둘 중 하나는 더 얻게 될 거예요. 기대해도 좋아요."

한쪽 눈을 찡긋해 보이는 그녀를 보며 장택근은 애써 마주 미소를 지어 보였다.

"아직 갈 길이 먼데요, 뭐. 이제 겨우 영화 조연 하나에 드라마 하나 했을 뿐입니다. 그리고 간신히 누명을 벗었을 뿐 크게 달라진 것도 없으니까요."

이제야 간신히 제대로 된 스타트 라인에 섰다고 생각하며 그렇게 말하니 김인숙이 의미심장한 표정을 지어 보였다.

"과연 그럴까요?"

그녀의 미소가 너무도 묘한 느낌이라 장택근은 고개를 갸웃거렸다.

*　　*　　*

대한민국은 열광했다. 장택근이 아마존에서 보여준 희생정신이 뒤늦게 사람들에게 알려지면서 대중들은 하나같이 그에게 찬사를 보냈다.

아나콘다에게 습격당한 윤신애를 구하기 위해 온몸을 내던지고, 험난한 정글 속에서 여자들을 지키기 위해 다수의 남자와 맞서 싸운 그의 행보를 듣고도 그를 살인용의자라 욕하는 이는 없었다.

'기사도 장택근' 이라는 낯 뜨거운 단어가 연일 대형 포털사이트의 실시간 검색어 상위에 랭크되었고, 뒤늦게 쏟아져 나온 기사들은 그를 이 시대의 진정한 남자라 극찬하기 바빴다.

덩달아 드라마 〈체크메이트〉도 순풍을 맞아 순항을 계속

했다. 극중 장택근이 맡은 '차승훈'이라는 배역이 여주인공을 지키기 위해 국가와도 맞서는 로맨틱한 캐릭터라 지금의 상황과 딱 맞아떨어진 덕이다.

여성 시청자들은 차승훈과 장택근을 동일시하며 과다할 정도로 드라마에 몰입했다. 당연하게도 시청률은 가파르게 상승해 35%가 넘었고 계속해서 상승세를 보이며 고공행진을 이어나갔다.

그렇게 여심을 사로잡는 데 성공한 〈체크메이트〉는 마지막 방송이 39.8%라는 어마어마한 시청률을 기록하며 성황리에 막을 내렸다.

"일단 이거하고 이거는 꼭 했으면 좋겠어요."

김인숙이 테이블에 가득한 기획안 중 몇 개를 추려내 장택근에게 내밀었다.

"음, 이건 정말 꼭 해야겠네요. 근데 은행 쪽하고 제 이미지가 안 맞지 않나요?"

그녀가 내민 기획안이 대한민국에 존재하는 수많은 은행 중에서 가장 규모가 큰 은행이라 그가 얼떨떨한 얼굴로 물었다.

"연초에 인터넷뱅킹 보안 문제로 한참 떠들썩했던 건 기억하죠? 그 탓에 은행들의 신뢰도가 많이 떨어졌어요. 뭐, 내부적으로야 대규모 보안 조치를 통해 보안 수준을 올렸다고 하지만 한번 떨어진 신뢰도는 쉽게 오르지 않죠."

몇 개인가 은행이 개인 정보를 해킹당하고 신용카드 도용 등으로 꽤나 시끄럽던 사실이 있다. 당장 본인부터 새롭게 달라진 은행의 정책 탓에 신용카드를 재발급받고 여러모로 골치를 썩이던 기억이 있다.

"이번 CF가 더욱 높아진 보안 수준에 대해 어필하는 게 메인이라서 택근 씨한테까지 순서가 온 거랍니다. 험난한 정글 속에서 여자들을 헌신적으로 지켜낸 장택근과 국가 권력과도 맞서 싸우며 사랑하는 이를 지켜낸 차승훈, 딱 맞지 않나요?"

그녀의 말에 장택근은 민망한 얼굴을 해 보였다.

"언제까지 놀리실 겁니까? 그 소리 들을 때마다 온몸이 녹아내리는 기분이라고요."

장택근이 앓는 소리를 내자 김인숙이 깔깔거리며 웃었다.

"당분간은 싫어도 계속 들을걸요. 우리 택근 씨 세일즈 포인트가 '기사도 장택근' 인데 비즈니스하는 사람이 그 좋은 타이틀을 왜 버리겠어요. 할 수만 있으면 평생 그 타이틀 남 안 주고 끼고 있고 싶을 지경인데요?"

그녀가 웃음기 가득한 음성으로 그를 타일렀지만 장택근의 얼굴에 떠오른 민망한 기색은 가시지 않았다.

그렇게 장택근은 쏟아지는 출연 제의 속에서 즐거운 비명을 질렀다.

불과 얼마 전까지만 해도 살인마니 정신병자니 하는 말에 시달리던 것이 마치 거짓말처럼 느껴질 정도라 그는 격세지감을 느꼈다.

“이 바닥이 원래 그래요. 떨어지는 것도 순식간이지만 다시 날아오르는 것도 순식간이죠. 대신 그걸 유지하는 건 택근 씨 능력입니다.”

괜스레 어깨가 무거워지는 것 같아 장택근은 어깨를 펴고 자세를 바로 했다.

*　　　*　　　*

“드라마는 끝났는데 어째 더 바쁜 것 같아요.”

전용 밴의 넉넉한 좌석에 축 늘어진 장택근이 푸념하듯 중얼거리자 운전대를 잡고 있던 추영훈이 룸미러로 그를 힐끗 살펴보았다.

“당분간은 참아야지. 인기도 한철이라고 떴을 때 이미지 굳혀야 조금이라도 급이 높아지는 거야. 그리고 젊어서 돈 벌어놔야 늙어서 고생 안 한다.”

그의 말이 맞다는 것을 알고 있지만 장택근은 푸념하지 않을 수가 없었다.

“뭐 돈을 벌어도 쓸 시간이 없는데요. 내 돈인데 왜 저는 통장에 찍힌 숫자로만 확인해야 하죠?"

진담과 농담이 반반 섞인 장택근의 말에 추영훈이 야유를 퍼부었다.

"월급쟁이들이 평생 벌어도 못 벌 돈 벌고 있으면서 그런 말 하면 벼락 맞는다."

"벼락이고 뭐고 뭐라도 좀 먹어야겠어요. 시간 좀 되면 가는 길에 어디 들러서 뭐라도 좀 먹읍시다. 이게 먹고살자고 하는 짓인데 밥도 못 먹고, 이러다 뼈 곯아요."

요즘 들어 심해진 엄살이지만 그게 본인 나름의 즐거움을 표출하고 있다는 사실을 잘 알고 있는 추영훈지라 괜한 말로 장단을 맞춰주며 차를 몰았다.

"저기 설렁탕집 있다. 형, 우리 설렁탕 먹어요."

저 멀리 보이는 '원조 설렁탕' 이라는 간판을 발견한 장택근이 호들갑을 떠니 추영훈이 속도를 줄이기 시작했다.

"이놈의 원조는. 이 좁은 나라에 대체 얼마나 원조가 많은 거야."

추영훈이 살포시 웃으며 촌스러운 이름의 간판을 씹어대는데 장택근은 그에 아랑곳하지 않고 벌써부터 차에서 내릴 준비를 하고 있다.

"모자, 선글라스 잊지 말고."

드라마가 워낙에 성공한 덕에 이제는 그를 알아보지 못하는 사람이 드물었다. 그 때문에 한번 나가려면 이래저래 변장을 해야 하는 수고로움이 있었지만 장택근에게는 아무래도 좋았다. 딴에는 드라마 주연씩이나 한 배우인데 아무도 알아보지 못하면 그게 더 슬프지 않겠는가.

"음. 시간이 애매한데도 사람이 좀 많네. 괜찮겠어? 불편하면 다른 데로 갈까?"

저녁 시간이 훌쩍 지났음에도 손님들로 북적대는 식당의 모습에 추영훈이 장택근의 의견을 물었다.

"맛집인가 본데요? 제대로 된 국물 먹어본 지도 오래됐는데 그냥 먹죠. 어차피 여기 지나면 또 편의점 도시락이나 먹어야 할 것 같은데. 진짜 따뜻한 국물 먹고 싶어요."

장택근이 배를 움켜잡으며 앞장서서 식당을 들어가는데 그 모습이 여간 굶주려 보이는 게 아니라 뒤를 따르던 추영훈은 그만 웃고 말았다.

"몇 분이세요?"

"두 명이요."

입구에 들어서기가 무섭게 무표정한 직원이 다가와 추영훈과 장택근을 힐끗 보더니 손가락으로 구석진 자리를 가리켰다.

"이야, 여기 장사 진짜 잘된다."

마침 자리도 구석진 곳이라 좋다고 달려가 자리에 앉은 장택근이 주변을 둘러보며 말했다.

"형, 나도 돈 모아서 식당이나 하나 차려볼까요?"

"아서라, 아서. 돈 벌릴 때 모아둬야지 괜히 어쭙잖게 사업 벌리면 쪽박 찬다. 이 바닥에 그렇게 쪽박 차고 빚 갚느라 생고생하는 사람이 한둘인 줄 알아? 택근 씨도 괜히 일 많이 들어온다고 돈 쓸 궁리하지 말고 그냥 모아두기나 해."

농담 한번 했다가 괜한 잔소리를 들은 장택근이 입을 삐죽이는데 나이 지긋한 아주머니가 앞치마를 두르고 다가왔다.

"뭐로 드릴까요. 갈비탕? 설렁탕?"

"설렁탕 두 개 주세요."

어차피 식당의 메뉴라고 해봐야 달랑 두 가지인지라 추영훈이 생각해 볼 것도 없다는 듯 바로 대답했다. 고개를 끄덕인 종업원이 몸을 돌리다가 홱 고개를 돌렸다.

"어? 차승훈 아니야?"

그녀의 말에 장택근이 난감한 얼굴을 해보이며 부탁했다.

"안녕하세요. 차승훈입니다. 오늘은 밥만 먹으러 왔으니까 그냥 모르는 척 좀 해주세요."

이미 몇 번이나 유명세 탓에 곤욕을 치른 장택근이 선글라스를 반쯤 내리며 엄살을 부리자 종업원이 덩달아 목소리를 낮췄다.

"알았어요. 설렁탕 두 개죠? 내가 특대로 가져다줄게. 어휴, 어쩜 이렇게 잘생겼대. 실물로 보니까 훨씬 더 잘생겼네."

그렇게 말하고도 미련이 남는지 한참이나 테이블 옆에 서서 꾸물대던 종업원이 뒤늦게 주방을 향해 걸음을 옮겼다.

"이제 차승훈이라는 말이 입에 붙었네."

"나이 드신 분들은 제 이름보다 차승훈이 더 친숙하니까요."

이제는 제법 뻔뻔하게 대꾸하는 모습에 낄낄거리며 웃은 추영훈이 저 멀리서 쑥덕거리는 종업원을 쳐다보았다.

"아줌마들이 이쪽 쳐다본다. 손이라도 흔들어 줘."

"됐어요. 진짜 밥 좀 편하게 먹었으면 소원이 없겠다. 지원이가 진짜 대단하긴 하네요. 그 정도 인기에 남의 눈 신경 전혀 안 쓰고 돌아다닌다니까요."

장택근의 말에 추영훈이 순간적으로 얼굴이 굳었다. 하지만 금세 평소의 모습이 되찾은지라 그는 미처 그 기색을 살피지 못했다.

"뭐, 워낙에 유명하니까. 가려도 안 가려지는 외모잖아."

"형도 그렇게 말하네요. 지원이 기지배도 그렇게 말하던데. 진짜 걔는 배우 안 했으면 왕따였을 거예요. 어지간히 미움 샀을걸요?"

생각하는 것만으로 기분이 좋아지는지 그의 얼굴에 함박웃음이 걸렸다. 추영훈이 물잔을 들어 얼굴을 가리며 슬쩍 물었다.

"근데 요즘 지원 씨랑은 얼굴 봐?"

"아뇨. 걔도 바쁘고 저도 바빠서. 연락 못한 지 한 달 정도 된 것 같은데요. 말하고 나니까 보고 싶네. 우리 지원이."

방금 전까지만 해도 함박웃음을 짓더니 금세 풀죽은 얼굴이 된 장택근이 한숨을 내쉬는데 추영훈이 다시 물었다.

"그럼 전화나 문자도 전혀 안 해?"

"음, 문자는 간간이 주고받기는 하는데, 왜요?"

장택근의 질문에 추영훈이 괜히 딴청을 피웠다.

"누가 또 사인 구해다 달래요? 아, 진짜 지원이한테 사인해 달라고 하려면 얼마나 유세를 떠는데요!"

장난스러운 말에 웃어 보이는 추영훈의 얼굴이 어딘지 모르게 어색했다. 뒤늦게 그 사실을 눈치챈 장택근이 의아한 얼굴로 물었다.

"뭐 다른 일 있어요?"

"음……."

잠시 그의 질문에 숨을 고른 추영훈이 주변을 둘러보곤 입을 열었다.

"아니, 그냥 요즘 둘이서 좀 뜸하지 않나 해서."

"에이, 뭐예요. 그냥 서로 바쁘다 보니까 어쩔 수 없는 거지."

추영훈의 말에 장택근은 대수롭지 않게 대답했지만 왠지 모르게 석연치 않은 기분이 들었다. 대충 스케줄을 떠올려 보고는 새벽 사이라면 어쩌면 시간이 맞을지도 모르겠다고 생각하고는 억지로라도 짬을 내야겠다고 생각했다.

3장

역전

"오랜만입니다."

장택근의 인사에 상대는 고개도 들지 못하고 이리저리 시선을 굴렸다.

"선배님, 잘 지내셨지요?"

자꾸만 시선을 피해 눈을 내리까는 김석천 PD의 모습에 그가 한숨을 내쉬는데 보다 못한 드라마국 국장 김용섭이 끼어들었다.

"왜 그렇게 내외해? 한때는 우리 M방송국의 드라마국 명콤비였잖아."

국장의 말이 있고 나서야 김석천이 쭈뼛거리며 고개를 들고는 장택근의 인사를 받았다.

"그래, 오랜만이지."

입으로는 인사를 하면서도 김석천은 여전히 시선은 마주치지 못하고 애꿎은 테이블 모서리만 바라봤다.

"그래, 얼마나 좋아. 둘이 오랜만에 만나니까 좋지? 보는 내가 기분이 다 좋구만."

농담으로 말해도 절대 보기 좋다고 할 수 없는 장택근과 김석천의 모습을 보며 하는 말이라 듣는 이들이 민망할 지경이다.

"그래그래, 아주 좋아."

대체 뭐가 좋다는 건지 국장이 호들갑을 떠는 모습을 보며 장택근은 쓴웃음을 지었다. 자신을 내칠 때는 언제고 이제 와서 이리 살가운 태도라니, 표정 관리하기가 쉽지 않았다.

"그래서 생각은 해봤어? 우리랑 신작 한번 해보지?"

국장이 넌지시 계약 이야기를 꺼내 들었다.

"아, 사실은 대표님이 말리셨는데 인사라도 할 겸 들른 거예요."

사실은 반대였다. 악연으로 점철된 M방송국이라면 넌더리를 내는 그인지라 가급적이면 M방송국이 있는 곳을 향해 오줌도 싸지 않는 장택근이다. 그런 그를 달래 이쪽으로 보낸 것이 김인숙이었다.

악연이든 뭐든 이 바다에 영원한 적군도 없고 영원한 아군도 없다며 그의 등을 떠민 그녀의 말이 제법 그럴싸해 그는 불편한 내심을 감추고 지금 이 자리에 있는 것이다.

그간 〈아름다운 세계〉로 인해 얼마나 마음고생을 했던가. 하필 자신의 첫 주연작 〈체크메이트〉와 정면으로 맞붙은 〈아름다운 세계〉 탓에 시청률이 올라도 떨어져도 이래저래 불편하기만 하던 그다.

첫 주연작인 〈체크메이트〉가 잘되기를 바라는 마음은 당연했지만, 〈체크메이트〉가 잘되는 만큼 당연하게도 하락세를 보일 게 분명한 〈아름다운 세계〉의 존재가 그를 힘들게 했다.

도둑질당한 것 같은 심정은 둘째 치고서라도 자신의 기획이 틀리지 않았다는 사실이 증명되기를 바라는 마음과 자신이 없는 드라마가 성공하기를 바라지 않는 마음이 이율배반적으로 맹렬하게 부딪쳤다.

그런 복잡한 마음으로 이래저래 시간이 흘러 어느덧 두 드라마 모두 종영되었다. 〈체크메이트〉가 시청률 대박을 치며 마무리가 되기도 한참 전에 이미 시청률 20.3%라는 첫 스타트에 비하면 초라하기만 한 8%라는 시청률을 기록하며 마무리된 〈아름다운 세계〉이다.

기뻐할 수도 없고 슬퍼할 수도 없는 딜레마 속에서 그의 원망은 온전하게 김석천을 향했다. 가만히 있어도 미울 판에 SNS를 통해 〈아름다운 세계〉의 공동 기획자가 본인이라고 떠들어댄 그의 태도가 지금에 와서는 이가 갈릴 지경이다.

당장 김인숙과 NB엔터테인먼트의 도움이 없었다면 꼼짝없이 파렴치한으로 몰릴 뻔하지 않았는가. 지금이야 다 잘 풀려서 PD로 일하던 시절에도 받아보지 못한 살가운 대접을 받고 있지만 사실 눈앞에서 쭈뼛거리고 있는 김석천의 얼굴을 보는 것이 편치 않았다.

제 놈도 잘못한 것은 아는지 이리저리 시선을 피하며 미안한 얼굴을 해보인다지만, 김석천은 한 발만 잘못 딛어도 천길 낭떠러지에서 곤두박질칠 상황에서 뻔뻔하게 그를 밀어내려 했다. 이제 와서 천번 만번 고개를 숙인다고 해도 용서가 될 리가 없었다.

"캬! 근데 진짜 연기 잘하더라. 처음부터 PD 말고 배우 했으면 진즉에 톱스타, 아니, 톱스타가 다 뭐야. 월드스타가 됐을 텐데."

국장의 호들갑을 한 귀로 흘려들으며 장택근이 슬쩍 입을 열었다.

"드라마 보셨습니까?"

"그럼, 봤지! 영화도 보고 드라마도 다 봤지. 내가 택근 씨

팬카페도 가입했다니까."

여전히 그의 비위를 맞추겠다고 법석을 떠는 국장의 노력이 무색하게도 김석천은 여전히 어색한 얼굴로 테이블에 시선을 고정하고 있었다.

그 모습을 바라보던 장택근은 슬슬 화가 나기 시작했다. 얼마 전까지만 해도 기세등등하게 떠들어대더니 지금은 죄인이라도 된 양 고개를 들지 못하는 모습이 가증스럽기까지 했다.

"선배님도 혹시 제 드라마 보셨어요?"

"아, 아니. 사실은 다 보진 못하고 그 차량 추격 신하고 몇 편은……."

"그래요? 저는 〈아름다운 세계〉 처음부터 끝까지 다 봤는데."

처음으로 직접적으로 〈아름다운 세계〉를 언급한 장택근 탓에 국장과 김석천이 그대로 굳어버렸다. 국장이 어색하게 웃어 보이며 분위기를 수습하려 했지만 장택근은 단호했다.

"그거 처음에 원래 안 그랬잖아요. 주인공이 왜 갑자기 삼각관계에 빠져요. 원래대로라면 불치병에 걸린 상태 그대로 서서히 죽어갔어야 하잖아요."

그의 말투에 어느덧 칼날이 서 있다. 국장이 몇 번이나 입을 열었다 닫았지만 차마 끼어들지 못하고 입을 꾹 닫았다.

"왜 그랬어요? 그거 로맨스 아니잖아요. 왜 갑자기 되도 않을 삼각관계니 뭐니 그런 걸 집어넣었어요. 드라마 시청률 보셨어요? 처음에는 그렇게 잘나가더니 결국은 용두사미였잖아요."

거침없는 그의 말에 김석천이 변명하듯 입을 열었다.

"그거야 〈체크메이트〉가 워낙에 잘나갔으니까."

"설마요. 드라마는 좋았지만 상대가 좋지 않았다는 건 아니죠? 그럼 왜 다시보기 서비스는 그렇게 저조한데요."

한번 말문이 트이자 장택근은 스스로를 통제할 수 없었다. 몇 달 밤을 새워가며 기획하고 박선미 작가와 악을 써가며 간신히 완성해 낸 시나리오였다. 그 자체로 완벽하다는 자만심은 갖지 않았지만 싸구려 멜로드라마로 망가뜨릴 정도로 가치 없는 시나리오는 아니었다.

그런데 시청률이 아쉬운 김석천이 모든 것을 망쳐 버렸다. 불치병 환자의 마지막 소망을 담은 시간이 어느새 흔해빠진 사랑 이야기로 변질되었고, 또 거기에 삼각관계까지 더해지며 완전히 극이 무너져 버렸다.

시청률 고공행진을 이어간 〈체크메이트〉가 아니었어도 〈아름다운 세계〉는 이미 자멸의 길을 걷고 있었다.

"시청자들이 바라는 거니까……."

변명이랍시고 하는 말이 가관이라 장택근이 와락 얼굴을 일그러뜨렸다.

"시청자들이요? 설마요. 요즘 아침드라마도 그런 싸구려 멜로는 안 봐요."

스스로의 언사가 과격함을 느끼고 있었지만 장택근은 굳이 참지 않았다.

"어차피 불치병 환자 스토리는 뻔하잖아. 애초부터 드라마가 그런 걸 나보러 어쩌라고."

새파란 후배가 지적을 해대자 감정이 상했는지 김석천이 언짢은 기색을 내보였다. 곁에서 조마조마한 심정으로 모두 지켜보고 있던 국장이 그를 만류하려 했지만 김석천은 멈추지 않았다.

"뭐? 죽기 직전에 마지막으로 소망을 이루고 죽겠다고? 택근 씨야말로 이런 싸구려 감성팔이가 먹힐 것 같아? 그나마 나나 되니까 이런 허접한 시나리오를 갖고 그림을 만든 거야. 연출이 되니까 그나마 시청률 20%가 넘었지. 그거 택근 씨가 연출했으면 10%나 겨우 넘었을까? 애당초 초짜 PD가 생각하는 드라마라는 게 다 그렇지. 자신만 고귀한 척 작품성이니 뭐니 떠들어대다가 망한 드라마가 한둘인 줄 알아? 누군 뭐 작품 찍을 줄 몰라서 막장드라마 찍고 있냐고."

막말을 넘어선 김석천의 폭언에 국장이 뜨악한 표정을 지어 보였다.

"이 사람이! 김 PD, 지금 무슨 소리를 하는 거야? 택근 씨,

이건 김 PD가 잠깐 정신이 나가서. 왜 그렇잖아. 그래도 택근 씨가 후밴데 이런저런 소리를 들으니 욱한 모양이야."

장택근을 달래보겠다고 쉴 새 없이 입을 놀려대는 국장의 모습이 눈물겨울 정도이다.

"야, 김 PD! 너 미쳤어? 지금 뭐 하는 거야!"

장택근의 얼굴이 싸늘하게 변하는 것을 본 국장이 김석천에게 호통을 쳤다. 한때나마 M방송국의 희망이던 〈아름다운 세계〉마저 한 자릿수 시청률로 마무리되고 드라마국의 분위기가 초상집 분위기와 다름없다.

기획이 달리면 캐스팅이라도 화려해야 하는데 매번 고배를 마시는 드라마에 출연하겠다고 선뜻 나서는 대형 스타도 없어 M방송국의 입장에서는 지푸라기라도 잡아야 했다. 그런 와중에 요즘 한창 '기사도 장택근'이니 뭐니 하는 별명으로 인기몰이를 하는 장택근은 지푸라기를 넘어서 황금 동아줄이나 마찬가지였다.

지난날의 인연에 기대어 계약이라도 따낼까 했더니 그들의 생각보다 장택근의 억하심정이 더욱 컸던 모양이다.

원래 때린 놈은 제 놈이 얼마나 잘못한지 몰라도 맞은 놈은 이를 갈고 기억한다지 않는가. 지금이 딱 그 짝이었다.

"국장님, 드라마고 나발이고 저도 못 참겠습니다! 새카만 후배 새끼한테 이런 소리나 듣고 제가 참아야 합니까? 우리 드라마국이 언제부터 이렇게 쫄렸다고요!"

이제는 아주 막나가기로 작정한 것인지 김석천이 국장에게까지 역정을 냈다.

"뭐, 인마?"

"국장님, 꿈 깨십시오. 저 새끼 하는 꼴 보니까 텄어요. 애초부터 저 새끼 드라마 출연할 생각은 눈곱만큼도 없었다고요. 괜히 우리 빌빌대는 꼴 보려고 온 거라니까요!"

그의 말에 국장이 머리를 짚는데 장택근이 소파에서 벌떡 몸을 일으켰다.

"택근 씨, 가게? 어딜 가. 잠깐 앉아봐. 얘기는 마저 하고 가야지."

국장이 그의 손을 붙잡으며 매달려 보았지만 장택근은 냉담한 얼굴로 국장의 손을 뿌리쳤다.

"가보겠습니다. 옛정을 생각해서 그간의 일도 잊고 와본 건데 이런 대우를 받을 줄은 생각도 못했네요."

"택근 씨, 그게 아니고……."

"가! 가! 다시는 우리 드라마국에 얼씬도 하지 마. 지가 언제부터 스타였다고. 기껏해야 영화 하나, 드라마 하나 찍은 신인 주제에."

김석천의 말에 장택근이 싸늘한 눈으로 그를 노려보았다.

"뭐? 꼽냐? 배우가 너 하나냐? 너 말고도 드라마 출연시켜 달라고 돈 보따리까지 싸들고 오는 배우 많아. 대우해 주니까 니가 뭐라도 된 기분이냐?"

김석천이 그 차가운 눈빛에 몸을 움찔하고도 괜스레 더 역정을 내는데 장택근의 얼굴이 완전히 무표정하게 변했다.

"야."

한참 만에 그의 입에서 나온 짤막한 한마디에 김석천이 눈을 휘둥그레 떴다. 설마 자신을 부르는 것일까 생각했지만 이 자리에 있는 것이라고는 자신과 국장뿐이다.

뒤늦게 황당한 표정을 지어 보이는데 장택근이 다시 자리에 앉았다.

"남의 드라마 가져가서 연출했으면 제대로나 하든가, 멀쩡한 시나리오 말아먹고 막장 만들었으면 미안한 기색이라도 있든가. 뻔뻔한 것도 정도가 있지. 도둑질을 해도 능력이 있어야지, 원."

그 거침없는 폭언에 국장마저 입을 떡 벌리고 말았다.

"그리고 이깟 드라마국 안 온다, 안 와. 방송국이 여기 하나냐? 누가 아쉬운지 한번 보자고. 앞으로 니가 연출 맡았다고 하면 경쟁사에 찾아가서 노 개런티로 뛰더라도 꼭 박살 내주고 만다."

그의 말에 김석천이 입만 벙긋거리며 국장을 바라보는데, 국장 역시 할 말을 잃었는지 입만 쩍 벌리고 있다.

"그럼 국장님, 이만 가보겠습니다. 일이 이렇게 돼서 당분간은 볼일이 없겠네요."

그렇게 말하고는 뒤도 돌아보지 않고 국장실을 나선 장택근은 성큼성큼 걸음을 옮겼다. 저 멀리서 그를 기다리고 있던 추영훈이 그를 보고는 부리나케 달려왔다.

"이야기 잘했어?"

"야 이 새끼야, 네가 그러고도 이 바닥에서 편할 것 같아?"

국장실 문을 열고 뛰쳐나온 김석천의 고함 소리가 그의 질문에 대신 대답했다.

"잘 안 됐구나."

김석천과 장택근을 번갈아 살펴보던 추영훈이 입맛을 다시며 고개를 저었다.

"가요."

저 멀리서 고래고래 악을 써대는 김석천을 뒤로하고 장택근은 드라마국을 나섰다.

밴에 올라탄 장택근이 숨을 몰아쉬는데 추영훈이 슬쩍 그의 눈치를 살폈다. 잔뜩 일그러진 얼굴을 보자니 뭐라고 하기에도 애매해 한숨만 내쉬는데 한참의 시간이 지나 장택근이 그를 따라 한숨을 내쉬었다.

제 딴에는 참는다고 참고 있는데 김석천이 하는 꼴이 하도 가관이라 그만 울컥하고 말았다. 가뜩이나 바닥도 좁은 동네에서 다른 곳도 아니고 공중파와 척을 졌다고 자책하고 있는데 추영훈이 그를 위로했다.

"됐어. 어차피 김 이사님도 그랬다며. 수틀리면 들어 엎으라고."

그런 말을 하기는 했다. NB엔터테인먼트야 워낙에 자본도 충실하고 본 기반이 드마마가 아닌 영화 쪽이기에 김인숙은 장택근에게 굳이 참을 필요는 없다고 했다. 어차피 영화판이야 자본 대는 쪽이 갑질을 하게 마련이라 불이익을 당할 일도 없었다.

또한 따지고 보면 먼저 비아냥거린 것은 자신이었지만 먼저 선을 넘은 것은 김석천이다 보니 나중에 가서 할 말은 있었다. 게다가 그와 언성을 높인 것은 M방송국의 일개 PD일 뿐이지 국장도 아니었다. 나중에 가서 작정하고 수습하자면 또 못할 것도 없는지라 장택근은 고개를 저으며 생각을 털어냈다.

*　　*　　*

처음에는 그저 석연치 않은 정도였다. 일에 치여 살다 보니 바쁘다는 핑계로 그녀에게 신경 쓰지 못했을 뿐이라고 생각했다. 하지만 막상 이지원이 전화를 받지 않자 장택근은 슬슬 불안해지기 시작했다.

—전화를 받지 않아 소리샘으로 넘어갑니다. 삐 소리가 난 후에…….

몇 번이나 전화를 해보았지만 휴대폰 너머에서 들리는 소리라고는 음성사서함으로 넘어간다는 안내 멘트뿐이었다. 촬영 중인가 하고 생각해 보았지만 이렇게 하루 종일 연락이 되지 않자 그는 갑자기 겁이 나기 시작했다.

오만가지 생각이 머릿속을 스쳐 갔다. 휴대폰을 붙들고 전전긍긍하던 그는 결국 지금 이지원의 집 앞에 서 있었다.

"여기 맞나."

서울에 이런 곳이 있었나 싶을 정도로 고급 주택이 즐비한 거리에 서서 그는 주변을 둘러보았다. 그간 혹시 기자에게 자신들의 관계가 노출될까 걱정되어 한 번도 그녀의 집을 오지 못한 터라 추영훈을 통해 간신히 집주소를 듣고 나서야 길을 찾을 수 있었다.

그는 새삼 자신이 그녀에 대해 아는 것이 전혀 없다는 생각이 들자 더욱 마음이 무거워졌다. 가슴 한구석에 커다란 돌덩이라도 내려앉은 것처럼 답답했다.

"전화 좀 받아라."

그렇게 어렵사리 그녀의 집을 찾아 막상 앞에 섰지만 그녀는 여전히 전화를 받지 않았다.

그는 주변을 둘러보고 거리에 인적이 보이지 않자 차에서 내려 초인종을 눌렀다.

한 번, 두 번, 열 번.

아무리 눌러도 인터폰은 깜깜무소식이다. 혹시 촬영이 길어져서 집을 비워두었나 하는 생각이 들었지만 자꾸만 불길한 예감이 들어 그는 몇 번이고 더 초인종을 눌렀다.

철컹.

그렇게 얼마나 초인종을 눌러대고 있었을까, 문이 둔탁한 소리를 내며 열렸다. 빠끔히 드러난 잘 가꾸어진 정원을 보다 장택근은 슬쩍 발을 내디뎠다.

그간 이지원이 톱스타니 뭐니 하며 말이야 많이 들었지만 너무 자주 보다 보니 실감이 나지 않았는데 새삼 그녀의 으리으리한 집을 보고 나니 그녀의 위치가 실감되었다.

양옆으로 늘어선 각종 화초와 나무 따위를 즐겨볼 여유도 없이 그는 걸음을 옮겼다. 어둠 속에서 그를 안내하듯 선명하게 켜진 노란 조명을 따라 걷다 보니 현관문이 보였다.

"지원아."

그녀의 이름을 불러보았지만 여전히 대답이 없다. 살짝 문고리를 돌려보니 문은 잠겨 있지 않았다.

괜스레 숨을 참으며 문을 열었다.

"지원아, 있어?"

어두운 실내를 둘러보며 손을 더듬다 보니 전등 스위치가 손에 걸렸다. 손가락으로 몇 개인가 되는 스위치를 누르니 팟하고 주변이 밝아졌다.

새하얀 바닥에 깔끔한 색조의 가구들이 단조롭지만 세련되게 늘어서 있다. 그리고 그 중앙에 놓인 크림색 소파 위에 이지원이 웅크리고 있는 것이 보였다.

"야 인마, 있으면 대답을 해야 할 거 아냐. 전화는 또 왜 그렇게 안 받아?"

그녀를 발견한 장택근은 안도의 한숨을 내쉬며 성큼성큼 그녀를 향해 걸음을 옮겼다. 하지만 안도가 너무 일렀던 것일까. 자신을 보고 천천히 무릎 사이에서 고개를 빼 든 그녀의 얼굴을 보고 나니 숨이 턱 막혔다.

"왔어?"

특유의 당당함과 도도함은 어디 갔는지 잔뜩 지친 얼굴을 한 그녀가 바싹 마른 음성으로 그를 맞아주었다.

"전화를 왜 그렇게 안 받아? 무슨 일 있었어?"

스멀스멀 기어오르는 불길함을 애써 모른 척하며 장택근은 그녀의 곁에 자리를 잡았다. 그녀는 장택근을 힐끗 쳐다보고는 멍하니 허공을 바라보았다.

그 모습이 흡사 영혼이 빠져나간 듯 건조한 모습이라 장택근은 와락 겁이 났다.

"이지원, 사람이 왔으면 쳐다봐야지. 우리 지금 얼마 만에 만나는 건지 알기나 해?"

그렇게 말하며 이지원의 어깨를 잡은 그는 생각보다 가녀리고 여린 그녀의 어깨에 흠칫 놀라 손을 떼었다.

"아, 미안. 일이 좀 많아서 피곤했어."

그녀가 변명이라고 하는 말이 너무도 태연해서 장택근이 얼굴을 찡그렸다.

"진짜 피곤하기만 한 거야? 무슨 일 있는 거 아냐?"

이제는 화가 난다기보다는 걱정이 될 지경이라 그가 목소리를 가다듬고 부드럽게 그녀를 타이르니 그녀가 순간적으로 몸을 흠칫 떨고는 그를 바라보았다.

"오빠……."

이제는 그녀가 오빠라고 부르면 슬슬 무서워질 지경이다. 매번 무슨 일이 있을 때마다 장택근, 장택근 하던 그녀가 오빠라는 말을 쓰니 조건반사적으로 그의 몸이 굳었다.

"왜……."

바짝 마른 입술을 열고 간신히 꺼낸 말이라는 게 그의 내심만큼이나 떨리고 있었다. 그녀가 한참이나 그를 말없이 쳐다보다가 뒤늦게 그에게 물었다.

"오빠는 내가 안 미워?"

그 뜬금없는 말에 장택근이 눈을 크게 떴다.

"나 때문에 방송국에서도 쫓겨났고, 또 이번에도 큰일 날 뻔했잖아. 김 이사하고 김우영 아니었으면 큰일 날 뻔했잖아."

한번 그렇게 입을 열기 시작하니 봇물이 터지듯 그녀가 내심을 쏟아내기 시작했다.

"나, 오빠 볼 때마다 미안해 죽겠어. 처음에는 미안하니까 더 잘해줘야지. 더 사랑하고 잘하면 내 잘못이 덮어질 줄 알았어."

그녀가 그런 생각을 하고 있었는지 꿈에도 생각하지 못한 장택근의 심장이 덜컥 내려앉았다.

"근데 이번에 오빠 또 일 터지면서 내가 진짜 나쁜 년 같은 거야. 아니, 나쁜 년 같은 게 아니라 나쁜 년이지."

그녀의 말에 뭐라 반박을 해주고 싶어도 그녀는 그가 대답할 틈을 주지 않았다.

"나, 오빠 한참 힘들 때 김인숙 이사 만났다?"

역시나 그의 짐작대로였다. 지난밤 찾아와서 자고 있는 그의 모습을 한참이나 바라보고 괜스레 어디 같이 숨어서 살자는 이야기를 하던 그녀의 모습이 심상치 않았다. 아무래도 김인숙과 무슨 이야기가 오간 듯했지만 일이 많다 보니 미처 신경 쓰지 못했다.

"근데 김인숙 이사가 내 일을 다 알고 있더라고. 그 얘기를 듣는데 갑자기 막 오빠가 원망스러운 거야. 오빠가 이야기한

줄 알고 배신감까지 느껴지더라. 나중에 다른 사람 통해서 들었다는 이야기를 듣고 나서야 정신이 들더라고. 내가 미쳤구나. 진짜 못된 년이구나 싶고 오빠한테 미안하더라고."

그간 서로에 대해 잘 알고 있다 생각했는데 그녀가 무슨 생각을 하고 있는지 전혀 몰랐다. 이런 죄의식에 사로잡혀 있을 줄은 그는 꿈에도 상상하지 못했다.

"근데 중요한 건 그게 아니야. 김 이사가 나한테 물어봤어. 오빠를 위해 얼마만큼 희생할 수 있는지. 내 전부를 걸고 오빠를 위해 싸울 수 있는지."

장택근의 이가 아드득 소리를 내며 부딪쳤다. 그렇게나 말렸건만 김인숙은 결국 그녀를 이용할 생각이었던 모양이다. 그의 분노가 김인숙에게 향하는 것을 눈치챘는지 이지원이 장택근의 양 뺨을 잡고 자신에게 시선을 맞췄다.

"그 사람 미워하지 마. 차라리 나 같은 년보다 오빠한테 더 필요한 사람이야."

그렇게 장택근을 달랜 그녀가 입술을 깨물었다.

"나 김인숙 이사가 그렇게 물었을 때 망설였어. 나는 늘 오빠를 위해서라면 전부를 걸어도 좋다고 생각했는데, 당연히 그렇게 대답했어야 하는데 나 대답을 못했어."

자괴감이 가득한 그녀의 얼굴에 그는 그 어떤 위로의 말도 할 수 없었다.

"물어봤어. 내가 전부를 걸면 어떻게 되는지, 또 그렇지 않으면 어떻게 되는지. 근데 그 사람 진짜 능력 있더라. 시나리오가 이미 다 준비되어 있는데 그걸 듣는 순간, 아, 오빠는 괜찮겠구나. 내가 굳이 끼어들지 않아도. 그 생각이 들었어."

그녀가 이제는 그와 눈을 마주하는 것마저 부담스러운지 시선을 내리깔았다. 파르르 떨리는 그 기다란 속눈썹을 보며 장택근은 이를 악물었다.

"진짜 나쁜 년이지? 보기도 싫지? 세상에 이런 배은망덕한 년이 다 있나 싶어 오만정이 떨어지지?"

자신의 상처를 자꾸만 헤집어대는 그녀의 말투가 한 자루 비수를 품은 것처럼 날카롭기만 했다.

"지원아."

한참 만에 장택근이 입을 열었다. 그 차분한 음성에 그녀가 몸을 떨었다. 자꾸만 자신의 귀를 잡아가는 모습이 그가 무슨 말을 할지 두려운 기색이 역력했다. 차라리 귀라도 막고 싶은 모양이다.

항상 당당하고 도도하던 그녀가 보이는 망가진 모습에 장택근은 가슴이 콕콕 찔려왔다.

"오빠, 그냥 나를 욕해. 미친년이라고, 나쁜 년이라고 그냥 욕해. 그런 얼굴로 쳐다보지 말고."

프라이드 강한 그녀가 이런 말을 할 거라고는 상상도 하지 못했다. 그 자괴감 가득한 얼굴로 금방이라도 무너져 내릴 것처럼 몸을 떨고 있는 그녀의 양 뺨을 잡았다.

그녀가 그의 손길에 고개를 들면서도 시선만큼은 무릎 끝에 두고 차마 그를 쳐다보지 못했다.

"원망하지 않아. 그러니까 그런 얼굴 하지 마."

그의 말에도 그녀는 여전히 눈을 내리깔고 있었다.

"원망하지 않는다고."

그가 다시 말했다. 그래도 여전히 부서질 것 같은 얼굴을 한 그녀를 보며 그는 몇 번이고 반복해서 원망하지 않노라 말했다.

"어차피 네가 아니었어도 그깟 방송국, 뛰쳐나왔을 거야. 더러워도 정말 더럽더라."

장택근은 그녀가 듣거나 말거나 오늘 M방송국에서 있었던 일을 늘어놓기 시작했다. 다소 억지스러웠지만 쾌활한 그의 말에도 그녀는 여전히 얼굴을 들지 못했다.

"내가 계속 PD로 일했으면 언제 김석천이 새끼한테 그렇게 굴어보고 국장 앞에서 그렇게 고개를 빳빳이 들어봤겠니. 정말 통쾌했고, 그 새끼는 내가 진짜 밟아버릴 거야. 동시 기획이니 뭐니 그딴 개소리 지껄이는 놈을 어떻게 가만둬."

그녀의 기분을 풀어주겠다고 되는 대로 지껄여 대는 그의 모습이 가상해서였을까. 그녀가 고개를 들어 처음으로 그를 바라보았다.

“미안해. 그 드라마도 전부 오빠 거였는데.”

하지만 기껏 용기 내어 한다는 말이 또다시 사과인지라 장택근이 인상을 썼다.

“어차피 망한 드라마야. 초짜 PD가 의욕만으로 작품 만들겠다고 기획한 드라만데 그게 시청자들한테 통했겠어? 시청률 못 들었어? 종방 시청률이 한 자릿수였다잖아.”

제 딴에는 위로라고 하는 말이지만 여전히 죄책감이 가득한 그녀의 얼굴에 변화가 없자 장택근이 정색을 했다.

“이지원, 너답지 않게 왜 그래? 아까 네 입으로 말했잖아. 더 잘하겠다고. 더 잘해서 보상하겠다고. 보상받고 싶은 생각은 없지만 그렇게 해서 네 마음이 편해지면 그렇게 해. 근데 이게 지금 나한테 잘하는 거야?”

그의 말에 이지원이 다시 한 번 미안하다고 말했다.

“됐어. 지금 이러는 게 더 미안한 짓이니까 그런 얼굴 하지 마. 우리 한 달 만에 본 거야. 고개 들고 나 봐. 그래, 그렇게 날 봐.”

억지로 눈을 마주한 그녀가 떨리는 눈동자를 이리저리 움직이는데 장택근이 물었다.

“오랜만에 만났는데 할 말 없어? 미안하다는 그만 소리 말고.”

장난스러운 음성으로 말하는 그의 모습에 이지원이 한참이나 망설이다가 입을 열었다.

"사랑해. 보고 싶었어."

그녀의 떨리는 음성에 뒤늦게 그가 환하게 웃어주었다.

"나도 보고 싶었어."

그의 진심이 가득 담긴 말에 이지원이 결국 눈물을 터뜨렸다. 장택근은 그런 그녀를 한참이나 바라보다 따뜻하게 안아주었다.

"그래, 괜찮아. 다."

뭐가 괜찮다는 것인지 장택근은 끊임없이 그녀의 등을 쓸어 만져주며 되뇌었다.

품속에서 어린아이처럼 목 놓아 우는 그녀의 서러운 모습에 장택근은 부디 이번 일을 끝으로 모든 굴레에서 벗어나기를 바랐다.

그녀도 자신도 너무 힘들게 살아오지 않았는가. 이제는 정말이지 좋은 일만 생겼으면 좋겠다.

그는 품속의 이지원을 힘주어 꼭 끌어안아 주었다.

4장

세 여자

지난 해프닝을 통해 대중에게 완벽하게 이름을 알린 장택근은 숨을 고르며 차기작을 준비했다. 영화 〈도살자〉를 통해 사연 있는 살인마를 소름 끼치게 연기했고, 드라마 〈체크메이트〉를 통해 화려한 액션을 대역 없이 소화해 공중파는 물론 케이블 채널과 영화사들까지 그를 캐스팅하기 위해 열을 올렸다.

시간이 갈수록 점점 더 늘어나는 영화 시나리오와 드라마 기획안에 장택근은 하루가 멀다 하고 사무실에 출근해야 했다.

"또 늘었네요?"

테이블 가득 쌓인 드라마 기획서와 영화를 보며 그가 질린 표정을 지어 보이자 추영훈이 고개를 절레절레 저었다.

"불러주면 감사한 줄 알아야지. 택근 씨 자꾸 그렇게 배부른 소리 하면 사람들한테 욕먹는다?"

그의 말에 마침 지나가던 이우혁이 야유를 보냈다. 지난 도살자 촬영 이후로 몇 번 보기는 했지만 사무실에 들를 새도 없이 온 나라를 쏘다니는 장택근이었던지라 정말 오랜만에 만난 그가 반가워 웃는 낯으로 인사를 하니 그가 테이블 위에 가득 놓인 시나리오를 보고 휘파람을 불었다.

"이게 다 시나리오야?"

곁에 놓인 소파에 털썩 주저앉으며 시나리오의 산을 들춰보던 그는 부럽다는 기색을 숨기지 않았다.

"말도 마라. 죽겠다. 김 이사님이 내 이름 앞으로 온 거니 하나하나 읽어보고 직접 결정하라고, 영훈이 형님이나 이사님은 절대 안 도와주신단다."

장택근의 엄살에 이우혁이 주먹을 들고 그의 배를 치는 시늉을 해보였다.

"배부른 소리 하고 있네. 누구는 지금 어디 조연이라도 맡으려고 충무로 바닥을 발바닥에 땀나도록 들락거리고 있구먼. 이거 이거 떴다고 벌써부터 거드름을 피워?"

장난스러운 그의 말에 장택근이 미안한 감정이 들어 어색하게 웃어 보이니 이우혁이 피식 웃으며 시나리오 중 하나를 집어 들었다.

"할 일도 없는데 오늘은 이거나 읽어야겠다."

농담이 아닌지 정말로 시나리오를 펼쳐서 보는 자세가 제대로다. 장택근이 어이없다는 얼굴로 그를 바라보다가 이내 본인도 시나리오를 하나하나 살펴보기 시작했다.

사락사락 종이 넘어가는 소리를 들으며 그는 수북이 쌓인 시나리오와 기획안을 읽기 시작했다.

밥도 음식을 시켜 먹으며 시나리오를 보고 또 봤지만 워낙에 양이 많다 보니 아직도 읽어봐야 할 시나리오가 많았다.

"아, 지겹다. 이제는 진짜 봐도 모르겠다. 까만 건 글자요, 하얀 건 종이네."

이우혁이 기지개를 켜며 하는 소리에 장택근도 시나리오를 덮었다.

"다들 뭔가 괜찮아 보이기는 하는데 느낌이 확 오는 게 없다."

그의 말에 이우혁도 고개를 끄덕이며 동감을 표했다.

"그래도 몇 개는 좀 괜찮아 보이기는 하는데, 크게 특출 난 놈은 없네."

아무래도 영화와 드라마가 기대 이상으로 히트를 하다 보니 차기작을 결정하는 데 신중할 수밖에 없었다. 게다가 처음 찍은 영화가 하필이면 거장 박준규 감독의 영화인데다가 시나리오가 이필상이었던지라 어지간한 시나리오는 눈에 들어오지 않았다.

"안 가?"

"들어가 봐야 할 것도 없어. 배우 한다고 빨빨거리며 돌아다니기는 오지게 돌아다니는데 정작 아직도 분량도 별로 없는 조연이나 맡고 있으니까 이제 집에서도 눈치 보여 죽겠다."

서른이라는 나이가 있다 보니 아무래도 집에서 꽤나 닦달을 하는 모양이다.

"이번에 진짜 제대로 배역 못 따면 집 나올 각오해야지."

평소 행동이 워낙에 유쾌해 얼핏 가벼워 보이기도 하는 이우혁이었지만 연기에 대한 열정만큼은 진짜였다. 그만큼 기본기도 있어 흐름만 타면 금방이라도 유명세를 떨칠 수 있을 텐데 원래 이 바닥 일이라는 게 잘되는 놈은 바보 역을 맡아도 뜨고 안 되는 놈은 엄친아 역을 맡아도 안 된다.

"술이나 한잔할래?"

그러고 보니 영화를 촬영하며 꽤나 친근해진 사이인데 정작 밥 한 번 제대로 먹어본 적이 없다. 장택근이 뒤늦게 그 사실을 깨닫고 흔쾌히 그의 제안을 수락했다.

"영훈이 형, 형도 가실래요?"

옆에서 아까부터 꾸벅꾸벅 고개를 쪼고 있던 추영훈이 그의 말에 눈을 끔벅거리다가 고개를 끄덕였다.

"그럴까?"

"가죠. 그럼 뭐 드실래요?"

그간 자신을 챙겨주느라 고생이란 고생은 다 한 추영훈이다. 제대로 대접 한번 할 생각으로 물었는데 돌아오는 대답이 소박하기 그지없는 게 역시나 그다웠다.

"삼겹살이나 먹자."

고기라는 소리에 이우혁이 소화 잘되는 고기라며 되도 않는 소리를 지껄이는데 장택근이 고개를 저었다.

"에이, 드시고 싶은 거 말해요. 오늘은 제가 제대로 쏩니다."

그의 말에 대답은 엉뚱한 곳에서 튀어나왔다.

"그럼 회 먹자!"

이우혁의 호들갑에 장택근이 추영훈의 눈치를 살피니 회라는 소리에 벌써부터 목울대를 꿀렁이고 있다.

"그래, 가자. 그깟 회, 얼마나 한다고."

그가 피식 웃으며 사무실을 나서는데 추영훈이 물었다.

"저기……."

그답지 않게 쭈뼛거리는 모습이라 장택근이 걸음도 멈추

고 그를 바라보았다.

"우리 민경 씨도 불러서 같이 먹으면 안 될까?"

*　*　*

"안녕하세요."

곱게 미소를 지으며 인사하는 윤신애의 모습에 이우혁이 입을 귀까지 찢었다.

"실물이 훨씬 미인이시네요! 이우혁이라고 합니다! 반갑습니다!"

어쩌다 보니 자리가 커져 버렸다. 기왕이면 남자들끼리 먹는 것보다는 여자가 있는 게 좋지 않겠냐고 이우혁이 호들갑을 떨어대는데 하필 윤신애의 전화가 온 게 화근이었다.

"택근이 오빠한테 얘기 많이 들었어요. 회사에 좋은 친구분이 계시다고."

한마디를 해도 어찌나 싹싹하고 나긋나긋한지 이우혁이 헤벌쭉 웃어대는 통에 장택근이 헛웃음을 쳤다.

"괜히 바쁜데 억지로 온 거 아니야?"

〈체크메이트〉가 히트를 친 만큼 여주인공 역을 맡았던 윤신애 역시 유명세를 타는 것은 당연했다. 당연히 연이은 스케줄에 피곤할 만도 하련만 그녀는 곱게 보조개를 접으며 고개를 저었다.

“아냐. 나도 스케줄 없었어. 안 그래도 집에 가서 혼자 밥 먹기도 쓸쓸했는데 마침 잘됐지.”

“그럼요! 밥은 같이 먹어야 두 배 맛있죠! 잘 오셨어요! 어서 앉으세요!”

그녀의 말에 이우혁이 벌떡 일어나며 자리를 안내하는데 그게 또 자신의 옆자리라 그 시커먼 속마음이 그대로 보였다. 잠시 곤란한 얼굴을 하고 있던 그녀가 모르는 척하며 장택근의 곁에 앉았다.

“인마, 신애는 낯가림이 좀 있어. 괜히 불편하게 하지 마.”

장택근이 친오빠라도 되는 양 그녀를 챙기니 이우혁이 고개를 돌리며 입을 삐죽였다.

“일단 모듬 코스로 시켰거든? 다른 거 뭐 먹고 싶은 거 있어?”

“아냐. 그냥 오빠 먹는 거 옆에서 조금 뺏어 먹지.”

눈매를 휘어 올리며 말하는 그녀의 모습에 이우혁의 얼굴이 다시 헤벌쭉 풀어졌다. 그 다채로운 모습에 장택근도 추영훈도 웃어버리니 곁에 있던 성민경이 고개를 절레절레 저었다.

전부터 낌새가 있어 보였지만 오늘 와서 보니 확실히 추영훈이 그녀에게 마음이 있는 모양이다. 그녀가 오는 순간부터 말수가 부쩍 줄고 긴장한 모습을 보이는 게 꼭 첫사랑에 빠진 10대처럼 보였다. 성민경도 그런 그가 싫지 않은지 제법 가까이 붙어 앉아 살갑게 그를 챙기는 모습이 보기 좋았다.

"아, 오빠, 재영이 언니도 불렀는데, 괜찮지?"

윤신애가 장택근에게 묻는데 엉뚱한 이우혁이 대신 대답했다.

"재영 언니? 여자분이신가요? 당연히 환영입니다!"

체면이고 뭐고 없는 그의 모습에 윤신애가 소리 내어 웃고 마니 그가 또 그 모습을 보고는 좋다고 우쭐거리는 표정을 지어 보였다.

원래 이 정도로 가벼운 놈이었나 싶을 정도로 기분이 좋아 보이는 이우혁의 모습인지라 장택근은 고개를 절레절레 저었다.

"누나 안 바쁘대?"

"음, 안 바쁜 모양이던데? 지금 미용실에 있는 거 같더라고. 머리 끝나면 바로 온대."

그녀와 스스럼없이 대화하는 그의 모습이 부러웠는지 이우혁이 입맛을 다셨다. 무언가 끼어들 타이밍을 찾는 기색이 역력했는데 좀처럼 타이밍을 잡지 못하고 입만 열었다 닫았다 했다.

그 모습이 우스꽝스럽기도 하고 또 안돼 보이기도 해 장택근이 화제를 돌렸다.

"근데 우혁이 너는 왜 아직도 여자 친구가 없어? 우리 회사, 연애 말리고 그러는 거 없잖아."

"정확하게 말하면 회사 방침이 원래 그런 게 아니라 택근 씨나 우혁 씨나 나이가 좀 있으니 아무래도 아이돌 같은 친구들이랑은 관리법이 다르지 않겠어? 말린다고 뒤로 연애 못할 나이도 아니고. 차라리 털어놓고 연애해야 회사에서도 나중에 골머리를 안 썩지."

추영훈이 불쑥 끼어들어 그렇게 말하니 이우혁이 고개를 끄덕였다.

"그치. 김 이사님이 그러더라. 기왕 연애할 거면 톱스타랑 연애하라고. 그래야 덕을 좀 본다던데. 농담이겠지만 뭐 그 정도로 자유로우니까."

그의 말에 장택근이 속으로 쓴웃음을 지었다. 과연 그게 농담이었을까. 여태까지 보아온 그녀의 모습을 떠올려 보면 연인이 아니라 가족이라도 마케팅에 도움이 된다면 이용하고도 남을 그녀였다. 하지만 그렇다고 꼭 그녀가 악질은 아니라서 어느 정도 배우의 사정을 헤아려 주기도 하니 장택근과 이우혁의 입장에서는 그녀가 믿음직스럽기만 했다.

이러쿵저러쿵 해도 장택근도 그녀의 도움을 받았고 이우혁 역시 이래저래 그녀 덕에 근근이 조연이나마 영화판에 머리를 들이밀고 있는 상황이다.

"실례하겠습니다."

깔끔하게 유니폼을 차려입은 종업원이 테이블 위에 정갈하게 세팅된 음식들을 올려놓기 시작했다. 요즘 한창 인기몰이 중인 윤신애와 장택근을 앞에 두고도 추호도 흔들림이 없는 모습이라 그녀가 돌아가자 이우혁이 감탄했다.

"나도 전에 김 이사님 따라서 여기 와봤는데, 여기 수준이 좀 있더라고. 직원들도 괜스레 부담 안 주고 손님들도 그렇고. 내 말대로 여기 오기를 잘했지?"

자랑할 게 얼마나 없는지 별걸 다 가지고 거들먹거리는 그의 모습에 사람들이 키득거리며 웃어대는데 장택근은 내심 코웃음을 쳤다.

남들보다 몇 배는 예민한 청각에 주변에서 수군거리는 소리가 여과 없이 들린 탓이다.

"장택근하고 윤신애야. 둘이 웬일이지? 드라마도 끝났는데 원래 친한 사인가?"

"전에 기사 못 봤어? 아마존에서 조난당했을 때 장택근이 윤신애 구해줬다잖아."

이건 저 멀리 앉은 커리어우먼 스타일의 여성 둘이 떠들어대는 소리이고,

"야, 쳐다보지 마. 오징어 된다. 진짜 차승훈앓이 어쩌고

하더니 진짜 자체 발광이네."

"누가 누구더러 오징어래. 저기 윤신애 안 보여? 너나 나나 재들 옆에 가면 오징어 되기는 마찬가지야."

이건 또 맞은편에 앉아 툭탁거리는 커플들이 속닥거리는 소리다.

"다음 세팅은 내가 나갈게."

"무슨 소리야. 저기 내 담당이잖아. 기지배가 저번에 조연성 왔을 때 그렇게 빼기더니. 침도 바를 생각 하지 마. 내가 나갈 거야."

이우혁이 수준 있다며 칭찬한 종업원들은 저 구석에서 무표정한 얼굴로 마치 복화술이라도 하듯 티격태격하고 있다.

"야, 손님 왔다. 니가 나가."

"알았어. 어? 또 연예인인가 본데? 진짜 민간인은 서러워서 죽든가 해야지. 이 동네는 뭔 연예인이 이렇게 많아?"

가만히 그들의 대화를 듣고 있던 장택근은 혹시 또 동종 업계 선배라도 온 건 아닌지 고개를 돌려 입구를 보고는 눈을 크게 떴다.

"누나?"

입구에는 남색 코트를 맵시 있게 차려입은 진재영이 들어서고 있었다.

"어? 사람 되게 많네. 추 실장님, 오랜만이네요. 그쪽은 민경 씨죠? 택근이 스타일리스트라고."

또각또각 대는 발걸음으로 다가온 그녀가 서슴없이 장택근의 곁에 앉으며 추영훈과 성민경에게 아는 척을 했다.

"네, 재영 씨도 오랜만이네요."

"처음 뵙겠습니다. 성민경이에요. 저도 얘기 많이 들었어요. 반가워요."

추영훈과 성민경이 그녀의 인사를 받는 사이에 윤신애가 눈을 동그랗게 뜨며 진재영에게 물었다.

"언니, 머리 잘랐어?"

턱 선에서 날카롭게 커트해 낸 그녀의 단발머리를 보며 윤신애가 얼떨떨하게 물으니 그녀가 어색한 얼굴로 물었다.

"왜? 이상해?"

"아니, 아니. 진짜 잘 어울려. 언니, 되게 지적으로 보여."

"이 언니는 원래 지적이란다. 언니가 의사라는 거 자꾸 까먹지?"

윤신애가 짧은 머리가 신기한지 대뜸 손을 뻗어 그녀의 머리끝을 어루만지며 대꾸하는데, 진재영이 장택근에게 시선을 보냈다. 그 눈빛이 마치 너도 감상을 말해보라는 듯한 눈빛이라 그가 웃으며 대답했다.

"잘 어울려요. 전부터 누나는 짧은 머리가 잘 어울릴 것 같다고 생각했어요."

도시적인 외모의 그녀인지라 짧게 쳐낸 단발머리 덕에 그녀의 이미지가 한층 더 세련되어 보였다. 엄지를 추켜올리며 말하니 진재영이 씨익 웃어 보였다.

"그치? 이 누나가 안 어울리는 게 어디 있겠니."

그녀의 너스레에 사람들이 다 웃고 마는데, 꿔다 놓은 보릿자루처럼 멀거니 진재영을 바라보고 있던 이우혁이 헛기침을 했다.

"아, 그쪽 분은 처음 보는 분이네요? 반가워요. 진재영이라고 해요. 택근이나 신애랑은 절친이랍니다."

시원시원한 그녀의 인사에 이우혁이 쭈뼛거리며 인사를 받았다.

"네, 저는 택근이랑 친구이고 같은 NB엔터테인먼트 소속 배우 이우혁입니다."

그 모습이 처음 윤신애를 보았을 때랑은 다르게 사뭇 진지해 보여 장택근이 어리둥절한 얼굴을 해보이다가 이내 입꼬리를 치켜 올렸다.

이것 봐라?

묘하게 상기된 얼굴 하며 그답지 않게 무게를 잡는 모습 하며, 이우혁의 평소와 다른 모습이 마치 첫사랑이라도 발견한 얼굴이다.

"택근이랑 동갑이면 제 쪽이 누난데……."

진재영이 그렇게 말하니 그가 냉큼 그녀의 말을 받았다.

"말 편하게 하십시오. 택근이 누님 되시면 제게도 누님이십니다."

마치 제비라도 되는 양 대꾸하는 그의 모습에 지켜보고 있던 사람들이 웃음을 터뜨렸다.

진재영이 합류한 자리는 금세 화끈 달아올랐다. 역시나 거침없는 성격의 진재영답게 오자마자 이우혁을 동생으로 삼고 추영훈과는 친구가 되어버렸다. 성민경 역시 시원시원한 그녀의 태도에 반했는지 소심한 성격답지 않게 금세 그녀를 언니라 부르며 따르기 시작했다.

"자! 건배하죠!"

술자리의 분위기를 주도하는 그녀의 모습에 사람들이 유쾌하게 술잔을 내밀었다.

"뭘 위해서?"

화기애애한 술자리에 기분이 좋아졌는지 장택근이 미소를 가득 띤 얼굴로 물으니 이우혁이 대답했다.

"음. 재영 누님과의 만남을 위해서?"

도대체 무슨 의미인지 모를 그의 제안에 장택근이 뜨악한 표정을 지어 보였다.

멀끔하게 생겨서 이놈도 허당이다.

척 보기에도 진재영에게 관심이 있어 보이는데 하는 말을 보면 4~50대 중년의 작업 멘트와도 다를 게 없다. 다른 이들도 그의 말에 황당했는지 눈을 동그랗게 떴다가 이내 웃음을 터뜨렸다.

"그래, 그래! 우혁이가 이 누나를 아주 격하게 반겨주는구나!"

진재영이 재미있어 죽겠다는 듯 깔깔거리며 잔을 내미니 이우혁이 얼굴을 붉히면서도 꿋꿋하게 외쳤다.

"재영 누님과의 뜻깊은 만남을 위하여!"

"위하여!"

진지하기만 한 그의 얼굴에 사람들이 잔을 내밀다 말고 폭소를 터뜨렸다.

* * *

자리가 흥겹다 보니 술잔을 비우는 사람들의 손놀림에 거침이 없었다. 당연하게도 술이 약한 사람들은 벌써부터 얼굴이 벌겋게 되어 눈이 게슴츠레해져 있다.

"그래요?"

뭐가 그리 좋은지 배시시 미소가 끊이지 않는 윤신애의 볼이 발그레하게 상기되어 있다. 조곤조곤하던 말투는 언제부턴가 끝이 슬쩍 늘어지는 모습이 영락없이 취기가 오른 모습이다.

"신애야, 좀 천천히 마셔."

보다 못한 장택근이 잔을 뺏어 멀리 치워 버리자 그녀가 볼을 부풀렸다.

"오빠 있는데 왜에. 취하면 오빠가 데려다 주면 되잖아."

평소와 다르게 애교를 부리는 그녀의 모습에 어이가 없어진 장택근이 결국 피식 웃고 마니 그녀가 또 그 모습을 보고 좋다고 함박웃음을 지어 보였다.

그들이 그렇게 툭탁거리며 대화를 나누는 모습을 보고 일행이 고개를 절레절레 저었다. 윤신애가 장택근을 좋아한다는 이야기를 건너건너 듣기는 했지만 실제로 보니 그저 뜬소문이 아닌 듯했다.

저렇게 대놓고 달라붙어서 애교를 피워대는데 어느 누가 눈치채지 못하겠는가. 지금도 슬쩍 몸을 기울여 장택근의 어깨에 이마를 가져다 댄 그녀가 응석이라도 부리듯 칭얼거렸다.

"누님, 한잔 주세요."

그 모습을 부러운 얼굴로 바라보고 있던 이우혁이 불쑥 잔을 내밀었다.

"어? 어, 그래!"

뭔가 생각에 잠겨 있었는지 한 박자 느리게 대답한 진재영이 술병을 들어 그의 잔에 채워주는데 잔이 금세 흘러넘쳐 버렸다.

"앗차차차!"

이우혁이 호들갑스럽게 손을 털어대니 멍하니 있던 그녀가 뒤늦게 술병을 일으켜 세우며 미안하다고 사과했다.

"괜찮습니다. 근데 누님, 취하신 거 아니에요?

활발하기만 하던 조금 전과는 다르게 묘하게 넋이 나가 보이는 그녀인지라 이우혁이 물으니 그녀가 눈을 가늘게 뜨고 물었다.

"얼마나 마셨다고 벌써 취해? 이거 이거, 우혁이 너 누나가 취하기를 바라는 거 아니야?"

장난스러운 그녀의 말에 금세 또 왁자하게 웃음이 터져 나왔다. 그 웃음소리에 놀란 성민경이 꾸벅꾸벅 위아래로 꺼떡거리던 고개를 번쩍 들었다.

"끄응."

눈동자를 데구루루 굴리다가 이내 다시 눈꺼풀을 내리까는 그녀의 모습에 추영훈이 앓는 소리를 냈다.

"안 되겠다. 나 민경 씨 데려다 주고 올게."

그의 말에 사람들이 뒤늦게 그녀를 바라보니 당장에라도 테이블에 머리를 박을 듯 위태위태한 모습으로 졸고 있는 그녀의 모습이 보인다.

"아, 민경 씨, 술을 잘 못 마시나 보네요."

"언능 다녀와요, 형."

"어. 나 후딱 데려다 주고 올 테니까 혹시 자리 옮기게 되면 문자 줘."

그렇게 추영훈이 성민경을 데리고 자리를 떴다.

"음……."

두 명이 자리를 비우자 6인석 테이블의 두 자리, 이우혁의 양옆이 휑하니 비어버렸다. 그가 입을 오물거리며 진재영과 자신의 옆자리를 번갈아 바라보는데 자리 배치를 다시 하자는 기색이 역력했다.

하지만 진재영은 짐짓 그의 눈짓을 모르는 척하며 끝까지 장택근의 곁을 지켰다.

"신애야, 너 괜찮아? 술도 잘 안 마시는 기지배가 무슨 바람이 불어서 이렇게 술을 많이 마셨대."

괜스레 장택근에게 칭얼거리는 윤신애를 타박하니 그녀가 천진한 미소를 지어 보이며 입을 삐죽였다.

"왜요, 언니? 우리 아마존 이후로 이렇게 편하게 마셔본 적 없잖아요. 나 오랜만에 너무 기분이 좋은데요?"

웃음기가 가득 묻어나는 그녀의 말에 진재영이 무심코 고개를 끄덕였다.

"그러게. 지원이만 있으면 진짜 그때 기분 나겠다."

그녀의 말에 윤신애의 미소가 순간적으로 경직됐다. 그 모습을 본 진재영도 괜스레 몸을 멈칫하고는 어색하게 이우혁의 눈치를 살폈다.

"우와, 그럼 이지원 씨랑도 친하신 거예요?"

그들의 대화에 끼어들 타이밍만 찾고 있었는지 그가 기다렸다는 듯이 말을 던졌다.

"응, 지원이와도 친하지. 지원이까지 해서 이렇게 셋이랑 아마존에서 같이 지냈는데 당연히 친하지."

"근데 왜 이지원 씨는 안 불렀어? 같이 모이면 좋잖아."

딴에는 생각해 준답시고 하는 말인데, 그 얼굴을 보니 사심이 그득해 보여 장택근이 실소를 내뱉었다.

"지원이 오면 우혁이 너 죽어나갈 텐데?"

"왜?"

"달리는 속도가 장난이 아니거든. 따라갈 수 있겠어? 너 일행이 혼자 잔 비우는 거 못 보잖아."

"당연하지! 일행이 있는데 왜 혼자 잔을 비워! 그건 주도도 아니고 매너도 아니지!"

평소 자신의 주량을 자랑스럽게 생각하던 이우혁은 스스로가 주도에 일가견이 있다며 너스레를 떨고는 했다. 장택근의 입장에서야 술 마시고 정한 법도라는 게 얼마나 우스운 말인가 생각했지만 내색하지 않고 그의 장단에 맞춰주었다.

"그러니까 너 죽었다는 거야. 지원이 말술이야."

장택근의 말에 이우혁이 인상을 썼다.

"인마, 사나이 갑바가 있지, 아무려면 내가 쫄리려고?"

은근히 자존심이 상한 얼굴이라 장택근이 헛웃음을 내뱉었는데, 그는 그걸 또 비웃음으로 받아들인 모양이다.

"안 되겠다. 이지원 씨 지금 못 와?"

이제는 정말 기분이 상한 모양인지 말투가 꽤나 날카로웠다. 아무래도 술이 조금 들어가니 감정적이 됐는지 그의 태도가 평소보다 변덕스러웠다. 장택근이 고개를 절레절레 흔들며 스케줄에 바쁜 그녀가 오겠냐고 물으니 그가 타깃을 바꿨다.

"누님, 누님도 이지원 씨랑 친하시죠?"

"어? 친하지. 에이, 왜 그래. 왜 무식하게 주량 가지고 그래."

이제껏 고분고분 들어오던 진재영의 말에도 굳은 얼굴을 펴지 않은 그가 자꾸만 이지원을 부르라며 독촉했다.

"신애 씨, 신애 씨가 한번 불러봐 주시면 안 될까요?"

급기야 취기가 오른 윤신애에게까지 화살을 돌리고 만다. 장택근의 곁에 딱 달라붙어 나른한 표정을 짓고 있던 그녀가 화들짝 놀라 장택근과 진재영을 번갈아 바라보았다.

"끄응. 일단 전화는 해볼게. 스케줄 있으면 못 오는 거다?"

그렇게 말하며 휴대폰을 집어 드니 이우혁의 눈동자가 활

활 타오른다.

정말 쓸데없는 곳에서 승부욕이 발동되는 놈이구나 하고 생각한 장택근은 쓴웃음을 속으로 삼켰다.

무미건조한 통화 연결 음을 한참 듣고 있는데 이내 휴대폰 너머로 이지원의 음성이 들렸다.

"어, 지원아, 난데, 우리 지금 술 한잔하고 있는데 올래? 어, 그래. 알았어. 가게 위치는 문자로 찍어줄게. 알았어. 이따 봐."

통화랄 것도 없이 간단히 통화가 끝나고 나자 이우혁이 기다렸다는 듯이 물었다.

"뭐래? 온다지?"

"어. 촬영 끝나려면 한 시간 정도 걸릴 것 같다고, 끝나고 바로 온다는데?"

그 말에 그가 뭔가 비장한 표정을 지어 보였다.

"그래? 그럼 잠깐 나 화장실 좀 다녀올게. 호적수를 만날 텐데 속 좀 비우고 와야지."

일면식도 없으면서 호적수라 지껄이는 그의 모습이 어이없어 그냥 웃고 말았다. 테이블에 올려둔 술잔을 입에 털어낸 이우혁이 주섬주섬 자리에서 일어나 테이블 사이의 복도를 빠져나갔다.

"완전 애다, 애야."

그가 화장실 문 너머로 사라지는 것을 본 장택근이 중얼거리는데 진재영과 윤신애가 테이블을 정리하기 시작했다.

"뭐 해요? 그냥 둬요. 어차피 금세 어질러질 텐데요."

그가 그렇게 말하니 진재영과 윤신애가 술잔을 들고 일어났다.

"아니, 지원이 오면 자리가 좀 그렇잖아."

그러고 보니 자리 배치가 조금 애매했다. 6인용 테이블이라 세 명씩 마주 보는 구조인데, 남은 자리가 이우혁의 곁뿐이라 어차피 자리를 정리하기는 해야 했다.

명색이 연인인데 남의 남자 곁에 앉힐 수는 없지 않은가.

"어? 신애 너는 또 왜?"

진재영이 건너편 좌석으로 자리를 옮기는데 윤신애 역시 자리에서 일어났다.

"언니 혼자 저기 앉으면 좀 불편하잖아. 아예 나하고 언니가 저쪽에 앉고 우혁 씨가 오빠 옆에 앉으면 되겠네."

뭔가 복잡한 계산이 있는지 저들끼리 술잔을 옮기고 젓가락을 옮기는데 금세 자리가 정리되었다.

"어? 자리가 왜 이렇게 바뀌었어?"

화장실을 다녀온 이우혁이 자신의 자리에 앉아 있는 진재영과 윤신애를 바라보며 묻자 그녀들이 사정을 설명했다.

"아, 그냥 앉아 계시지. 뭘 또 이렇게."

장택근의 곁에 앉은 그가 고개를 갸웃거렸다. 왠지 모르게 조금은 어색해진 분위기에 그가 의아한 얼굴로 다른 사람들을 살펴보았다.

"아, 근데 추 실장님은 왜 안 오시지?"

윤신애가 딴청을 부리며 묻자 진재영이 음흉한 얼굴로 대꾸했다.

"신애 너 몰랐어? 영훈이가 민경이 좋아한다는 것 같던데? 민경이도 싫지 않은 모양이고."

그녀의 말에 이우혁이 덩달아 음흉한 얼굴을 해 보였다.

"으, 그럼 두 분이 같이……."

흐흐흐 하며 음침한 웃음을 짓는 그에게 장택근이 어이없다는 듯 핀잔을 주었다.

"인마, 영훈이 형님 그런 사람 아니야. 형이 민경 씨 좋아하는 건 사실인데 술 취한 여자한테 들이댈 성격은 아니거든."

장택근의 말에 진재영이 검지를 세우고는 양옆으로 까딱거렸다.

"우리 택근이가 아직도 뭘 모르는구나. 과연 민경이가 진짜로 취했을까?"

"음, 민경 언니 나갈 때 보니까 자기 물건도 빠짐없이 챙기고 걸음도 똑바르던데."

윤신애마저 그렇게 말하니 장택근이 뜨악한 표정을 지어 보였다.

"오빠는 연기한다는 사람이 아직도 그런 걸 구분 못해? 이거 안 되겠네."

그녀의 장난스러운 말에 그는 정말로 혼란스러운 표정을 지어 보였다.

"민경이 성격 소심한 건 오늘 처음 본 나도 알겠더라. 저렇게라도 안 하면 영훈이 마음에 대답할 용기가 나지 않았나 보지."

진재영의 말이 그럴싸해 그가 무심코 고개를 끄덕이는데 마침 휴대폰이 문자 알림 음을 토해냈다.

"음."

휴대폰을 보며 인상을 찡그린 장택근이 말했다.

"형은 다시 못 올 것 같다고 그냥 저희끼리 마시라는데요."

그 말에 일행이 거 보라며 손뼉을 쳐댔다.

"내가 눈치가 없었구나. 난 전혀 몰랐네."

그가 뺨을 긁적이며 말하니 이우혁이 야유를 퍼부었다.

"네가 그러니까 아직도 여자 친구가 없는 거야."

본인도 혼자인 주제에 그렇게 지껄여 대는 모습이 어이없어 그가 웃는데 곁에 있던 진재영이 끼어들었다.

"우혁이 너 아직 모르는구나?"

"네? 뭘요?"

"택근이… 음, 아니다. 어차피 조금 있으면 알게 될 테니까 그냥 있어봐."

말끝을 흐리고 장난스러운 표정을 짓는 그녀의 모습에 이우혁이 고개를 갸웃거렸다. 그렇게 이런저런 이야기를 하다 보니 금세 시간이 흘렀다. 테이블 위에 놓인 지저분한 접시들을 치우고 새롭게 주문한 음식이 테이블에 올라왔을 때 식당이 소란스러워졌다.

"지원이 왔나 보다."

이미 몇 번이나 이런 경험을 한지라 장택근이 그렇게 말하니 사람들이 입구 쪽을 향해 고개를 돌렸다.

"맞네. 여기야."

진재영이 손을 들어 보이자 입구에서 그들을 찾아 고개를 두리번거리고 있던 이지원이 마주 손을 흔들었다.

언제나처럼 크게 요란하지 않은 차림을 한 그녀였지만 방금 전에 막 촬영을 마치고 온 것인지 무대에서나 볼 법한 화려한 메이크업이 돋보인다.

"이지원도 왔어. 어떻게 해. 완전 예뻐."

"빛난다, 빛나. 가서 사인 해달라고 할까?"

장택근과 윤신애를 보고도 자기들끼리 쑥덕댈지언정 겉으로 표를 내지 않던 사람들이 이번만큼은 크게 술렁였다.

과연 걷는 곳이 런웨이라는 별명을 지닌 여신 이지원다운 카리스마에 장택근은 내심 감탄했다.

"웬일로 나 빼고 이렇게 술을 드시나?"

당당한 걸음걸이로 성큼성큼 다가온 그녀가 그렇게 묻고는 이우혁을 빤히 바라보았다.

"아, 안녕하세요. 택근이와 같은 소속사 배우 이우혁입니다."

아까 전까지만 해도 비장한 얼굴을 하고 있던 그가 바짝 얼어서 대꾸를 하는데, 실제로 보니 카리스마가 상상 이상인 그녀를 보고 긴장한 기색이 역력했다.

"아, 반가워요. 이지원이에요. 그보다 옆으로 한 칸 들어가시죠?"

그녀의 말에 얼떨결에 자리에서 일어난 그가 빠릿빠릿한 동작으로 옆의 의자에 앉으니 이지원이 망설이지 않고 장택근의 곁에 앉았다.

"재영 언니, 오랜만. 신애도 오랜만이지?"

"그러게. 언니는 볼 때마다 예뻐져."

"언니 나이가 이제 30줄 코앞이다. 이 나이 때는 현상 유지도 힘들어. 기지배, 아부가 늘었네?"

"네가 현상 유지가 힘들면 나는 볼 때마다 주름이 늘게? 못하는 소리가 없어."

"언니 머리 잘랐네요? 언니야말로 요즘 한창 물올랐는데요?"

그렇게 저들끼리 반갑게 인사하는 여자들의 모습을 얼빠진 얼굴로 바라보던 이우혁이 어색한 얼굴을 해보이니 한창 이지원과 인사를 나누던 진재영이 작게 말했다.

"아, 우혁아, 아까 말했잖아. 지원이 오면 알게 될 거라고. 지원이가 택근이 여자 친구야."

이우혁이 순간적으로 눈알이 튀어나오지 않을까 싶을 정도로 눈을 크게 뜨고는 장택근과 이지원을 번갈아 바라보았다.

*　　*　　*

이지원이 오기 전까지만 해도 그녀가 오는 대로 당장 주량을 겨룰 것 같던 이우혁은 완전히 그녀에게 압도되어 아무런 말도 없이 술잔만 기울였다. 도살자의 촬영장에서야 그녀가 맡은 역할이 워낙에 여린 캐릭터이기도 했고 실제로 사담을 나눌 기회도 없었던지라 오늘 본 그녀의 모습에 새삼 놀라움을 감출 수가 없었다.

사람들이 여신, 여신 하며 노래를 부르더니 외모가 예뻐서 그런 게 아니라 뭔가 범접할 수 없는 아우라가 있어서 그랬던 모양이다.

그런데 그렇게나 인세의 사람 같지 않은 그녀가 장택근과 사귄다니 정말 충격적이다. 지난 기사를 통해 열애설이 불거지기는 했지만, 그간 이지원이 대중들에게 보여주던 깔끔한 사생활을 떠올리며 그저 가십으로 생각했다.

그런데 지금 와서 곰곰이 생각해 보니 잊고 있던 의문 몇 가지가 저 혼자 풀려 버렸다. 지난 영화 도살자의 뒤풀이에 있던 최민혁과 장택근의 트러블. 비록 그날은 다른 일이 있어 일찍 일어나야 했던지라 직접 그 광경을 목도한 것은 아니지만 꽤나 몸싸움이 격렬했다고 들었다.

평소 촬영장에서도 좋은 호흡과 친근한 모습을 보이던 두 남자의 갑작스러운 마찰에 의아했는데 이제야 아귀가 맞아떨어지는 기분이다.

만약 장택근이 이지원과 사귀고 있었고 뒤늦게 최민혁이 그 사실을 알았다면 충분히 문제가 있을 법했다. 영화를 촬영하면서 최민혁이 장택근에게 보여주던 살가운 태도는 분명 단순한 후배 챙기기 그 이상이었으니 배신감을 느꼈으리라.

가만히 생각에 잠겨 그들이 하는 모습을 보고 있자니 괜스레 입맛이 썼다.

맞은편에 앉은 진재영을 바라보는데 그녀는 이지원이 도착한 이후로 부쩍 말수가 줄어 들었다. 말없이 술잔만 비워내는 그녀의 곁에 앉은 윤신애도 말수가 준 것은 마찬가지였다.

이미 취기가 많이 올랐는지 반쯤 감긴 눈을 자꾸만 끔벅거리는 윤신애의 모습이 억지로 버티고 있는 기색이 역력했다.

"신애 씨, 이제 들어가 봐야 하는 거 아니에요?"

터질 것처럼 달아오른 얼굴이 사랑스럽기는 했지만 그대로 두었다가는 언제 쓰러질지 불안한 모습이라 이우혁이 그녀를 불렀다.

"아? 아니요. 괜찮아요."

고개를 세차게 털어내고는 냉수를 벌컥벌컥 들이켜는 그녀의 모습에 절로 고개가 갸웃거려졌다. 굳이 끝까지 버틸 이유가 없는 술자리에서 왜 저렇게 오기를 부리는 것일까. 이해할 수 없는 그녀의 모습에 그냥 시선을 돌렸다.

"끄응."

언제 취한 건지 진재영 역시 꾸벅대며 고개를 꺼떡거리고 있다. 말없이 혼자 술잔만 기울이더니 결국 취해 버린 모양이다.

"누님, 괜찮으세요?"

흐트러진 모습의 그녀가 걱정되어 물으니 그녀의 반응이 윤신애와 꼭 같았다. 고개를 털고 물을 마시고는 괜찮다고 말하는 모습에 이우혁은 점점 더 혼란스러워졌다.

도대체 이깟 술자리가 뭐라고 저렇게 필사적으로 버틴단 말인가. 아무리 생각해도 연유를 알 수 없어 그는 계속해서 고개만 저어댈 뿐이다.

* * *

"음, 누나하고 신애가 많이 취한 것 같은데."

진즉부터 알고 있었지만 미처 신경 쓰지 못한 진재영과 윤신애의 취기 가득한 모습에 장택근이 말했다.

"그러게."

이제는 완전히 테이블에 고개를 파묻고 잠이 든 진재영과 간신히 버티고 앉은 윤신애의 모습을 바라보며 이지원이 묘한 눈빛을 보냈다.

"이 사람들 원래 술버릇이 술 취하면 안 가고 버티는 거야?"

이우혁의 질문에 장택근이 고개를 저었다.

"설마. 누나는 취하면 알아서 들어가는 편이고, 신애는 저렇게 취할 때까지 마시지도 않는데 오늘은 좀 이상하네. 갑자기 왜들 이런대?"

그의 말에 이우혁이 고개를 절레절레 흔들다가 이내 자리에서 일어났다.

"어디 가?"

"물 빼러 간다."

그렇게 말하고는 휘적거리는 걸음으로 그가 사라지자 이지원이 장택근을 뻔히 바라보았다.

"왜?"

"언니하고 신애, 많이 마셨다. 먼저 들여보내야지."

장택근이 그녀의 말에 자리에서 일어나 진재영을 흔들었다.

"누나, 일어나. 집에 가야지."

그렇게 한참을 흔들어대자 진재영이 게슴츠레한 눈으로 고개를 들었다.

"아, 가야지. 집."

방금 전까지는 죽은 듯이 엎드려 있더니 지금은 또 벌떡 일어나 뒤도 안 돌아보고 걸음을 옮기는 그녀의 모습에 당황한 장택근이 서둘러 그녀의 가방을 챙겨 따라나섰다.

"나 누나 차 좀 태워서 보내고 올게!"

"응, 다녀와."

그마저 진재영을 따라 자리를 비우자 이지원이 천천히 눈앞의 잔을 들었다.

"신애야, 괜찮니?"

윤신애에게 묻는 그녀의 음성이 부드러웠다. 한창 꾸벅꾸벅 졸고 있던 그녀가 힘겹게 눈을 뜨고는 고개를 도리질 쳤다.

"그래, 술도 잘 못 마시면서 뭘 그렇게 과음했어?"

물잔에 물을 가득 채워 넘겨주니 윤신애가 몇 모금 마시고는 다시 테이블에 잔을 내려두었다.

"많이 힘들어?"

그저 술에 취해 그녀가 걱정되어 묻는 말치고는 그 음성이 어딘지 모르게 복잡했다.

"그래, 힘들 거야. 그래도 어쩌겠니."

속삭이는 듯한 음성에 윤신애가 눈을 한참이나 껌뻑이더니 다시 꾸벅꾸벅 졸기 시작했다.

"힘 내. 언니가 응원해 줄게."

왠지 씁쓸한 음성으로 그렇게 중얼거린 그녀가 창 너머에서 진재영을 택시에 태워 보내느라 진땀을 빼고 있는 장택근을 바라보았다. 완전히 취한 모양인지 그에게 엉겨 붙어 간신히 몸을 지탱하는 그녀의 모습에 그녀는 말없이 술잔을 비워냈다.

5장

칼자루

장택근은 사무실의 소파에 깊게 몸을 파묻고 시나리오 뭉치를 한 장 한 장 넘기기 시작했다. 전날 빠르게 시나리오를 훑어내던 모습과는 사뭇 다른 모습이다.

진지한 얼굴로 그렇게 시나리오의 마지막 장까지 읽은 그가 벌떡 자리에서 일어났다.

"이사님 계시죠?"

"네, 잠시만 기다리십시오."

김인숙의 비서가 장택근을 보고는 금세 인터폰을 들고 그의 방문을 알렸다.

"들어오시랍니다."

그녀의 말에 장택근이 고맙다 말하고는 사무실 문을 열었다. 한창 종이 뭉치 따위를 훑어보고 있던 그녀가 한 손으로 소파를 가리켰다.

"잠깐만 앉아 있을래요?"

"네, 바쁘신가 봐요?"

"아, 처리할 게 하나 있어서. 금방 끝나요."

종이 다발을 넘기며 시선조차 돌리지 않은 그녀의 말에 그는 고급스러운 가죽 소파에 엉덩이를 붙였다.

김인숙은 뭔가 중요한 사안이라도 검토하는지 드물게 안경을 쓰고 서류에 집중하고 있었다. 밝은 크림색의 투피스를 입고 살짝 미간을 찡그린 모습이 그렇게 잘 어울릴 수가 없었다.

이지원과 윤신애, 진재영을 비롯한 미녀들에게 둘러싸여 어지간히 눈이 높아진 장택근이 보기에도 확실히 매력적인 모습이다. 이성적인 감정을 떠나서 아름다운 무언가를 감상한다는 것은 인간 본연에 내재된 탐미의식에 따르는 것이다.

즐거운 마음으로 그녀를 바라보며 일이 끝나기를 기다리는데 그의 시선을 느꼈는지 그녀가 고개를 들었다.

"아, 커피 한잔할래요?"

"괜찮습니다. 방금 전까지 질리도록 마시다가 왔거든요."

시나리오를 검토한답시고 도대체 몇 잔이나 커피를 마셨는지 이제는 커피 향만 맡아도 속이 울렁거릴 정도라 그가 엄살을 부렸다. 콧잔등을 찡그리며 살짝 웃어 보인 김인숙이 검토하고 있던 서류를 내려놓았다.

"시나리오하고 기획안은 다 읽어봤어요?"

"아니요. 다 읽지 못했습니다."

그의 말에 살짝 인상을 찌푸린 그녀가 못마땅한 듯 그를 바라보았다.

"가급적이면 다 읽어보는 게 나을 텐데. 잘 찾아보면 괜찮은 작품 몇 개 있을 거예요."

그렇게 그를 타이르던 그녀의 눈에 장택근이 꼭 움켜쥐고 있는 시나리오를 발견했다.

"그럴 필요가 없을 것 같아요. 벌써 결정했거든요."

그녀의 시선을 의식한 장택근이 시나리오를 들어 그녀의 눈앞에서 흔들었다.

"이걸로 하기로 마음먹었어요."

확신에 가득 찬 그의 음성에 김인숙이 흥미롭다는 표정으로 자리에서 일어나 그에게 다가왔다. 그가 손을 내밀어 시나리오를 건네주자 그녀가 제목을 보고는 고개를 갸웃거렸다.

"〈심장이 뛴다〉?"

제목만 봐서는 어떤 내용인지 파악이 되지 않는지 그녀가 장택근의 맞은편에 앉아 시나리오를 훑어보았다.

"이 영화가 딱 마음에 들었습니다."

그의 말에 시나리오를 훑어본 그녀가 묘한 표정을 지어 보였다.

"음, 의외의 결정을 했네요. 저는 택근 씨가 요즘 이미지대로 로맨틱한 작품을 고를 줄 알았는데, 소방관 영화네요?"

그녀의 말에 진한 아쉬움이 묻어나왔다. 기껏 기사도니 뭐니 하며 여심을 흔들어놓고 차기작은 전혀 엉뚱한 영화를 골랐으니 복잡한 심정이 된 모양이다. 차기작의 결정은 전적으로 그에게 맡긴다고 한 터라 번복할 수도 없고, 그녀의 표정이 많은 말을 하고 있다.

"소방관 영화이기는 한데 로맨스도 들어 있어요. 어떻게 보면 그냥 로맨스보다는 저하고 잘 맞을 것 같기도 해요."

〈심장이 뛴다〉는 어느 소방관과 그에게 구조를 받은 한 여성의 격정적인 사랑 이야기였다.

늘 위험 속을 살아가는 사내는 하루를 살더라도 불꽃같은 사랑을 연인에게 퍼붓고 또 여인은 불꽃 속에서 무사히 생환할 그를 묵묵히 기다려 주는 것으로 그 사랑에 보답한다.

하지만 여자는 사내가 자꾸만 불길 속으로 몸을 던지는 것에 서서히 지쳐 간다. 언제 자신의 곁을 떠날지 모른다는 두려움에 그녀는 자꾸만 그를 붙잡지만, 사내는 여인의 모습에 연민을 느끼면서도 결국 다시 불길로 뛰어들어 사투를 벌인다. 여인은 또다시 홀로 집에 남아 사내가 돌아오기를 간절히 바라고 또 바란다.

그렇게 서로를 사랑하기에 더욱 고달프고 힘든 애틋한 연인의 모습, 〈심장이 뛴다〉의 시나리오는 그런 그들의 가슴 아프고 애절한 사랑을 잘 그리고 있었다.

처음에는 장택근의 결정에 아쉬운 표정을 지어 보이던 그녀가 시나리오를 잠시 읽어보고는 만족스러운 얼굴을 해보였다.

"뭐, 차기작에 대한 결정은 완전히 택근 씨에게 맡겼으니까 따로 할 말은 없네요. 그래도 이상한 시나리오를 가져왔으면 잔소리나 한참 해주려고 했는데 나름 괜찮은 작품을 골랐어요. 제가 생각한 방향하고 조금 달라진 건 아쉽지만."

그녀의 말에 장택근이 환하게 미소를 지었다. 아무리 그녀가 차기작에 대한 결정권을 주었다지만 혹시나 어깃장을 놓으면 어쩌나 걱정했는데 다행스럽게도 그녀도 그의 결정이 흡족한 모양이다.

"감사합니다. 이 작품, 꼭 하고 싶거든요."

시나리오의 첫 장을 넘긴 순간 그는 이미 〈심장에 뛴다〉에 마음을 빼앗겨 버린 상황이다. 이제 와서 다른 작품을 하라고 하면 정말로 맥이 빠질 뻔했다.

“그럼 추 실장한테 말해둘 테니까 그쪽 사람들하고 조만간 만나 봐요. 시나리오가 아무리 좋아도 같이 작업할 사람들과 상성이 좋지 않으면 말짱 꽝이니까.”

“네, 그렇게 알고 있겠습니다.”

그녀의 시원시원한 대답에 기분이 좋아진 장택근이 씩씩하게 대답하니 그녀가 마침 생각났다는 듯이 말했다.

“오늘 저녁에 시간 비워둬요. 갑자기 정해진 자리긴 한데, 그래도 가급적이면 얼굴 비춰요.”

그녀의 뜬금없는 말에 장택근이 영문을 몰라 눈을 크게 떴다.

“오늘 M방송국 드라마국 국장이랑 김석천이랑 따로 보기로 했어요.”

생각지도 못한 말이라 장택근이 저도 모르게 이유를 물었다.

“일단은 사과하러 가는 거 아니니까 얼굴 풀어요.”

미처 의식하지 못했는데 표정이 좋지 않았던 모양이다. 그녀의 말에 그가 얼굴을 가다듬었다.

“저번에 김석천이 택근 씨한테 좀 실수했잖아요? 그때 택근 씨가 뭐 시원하게 지르고 오긴 했지만 아직 제대로 해결된 건 아니니까요.”

“굳이 불편한 자리를 만들 필요가 있나요?”

그의 말에 그녀가 입꼬리를 쭈욱 치켜 올렸다.

"불편한 건 택근 씨가 아니라 그쪽이 될 겁니다."

그녀의 입가에 매달린 미소가 왠지 모르게 서늘했다.

* * *

"어? 김 이사님도 같이 가는 거 아니었어요?"

밴에 올라탄 장택근이 물으니 추영훈이 고개를 저었다.

"김 이사님은 이사님 차로 따로 움직일 거야. 원래 어지간해서는 소속 배우랑 같이 차 안 타는 분이라서."

"아, 그래요?"

추영훈의 대답에 장택근이 고개를 주억거리고는 이내 장난스러운 얼굴을 해 보였다.

"형, 민경 씨랑은 어떻게 됐어요?"

갑작스러운 기습에 놀랐는지 차가 순간적으로 끼익 하며 멈춰 섰다.

"뭐, 뭐? 민경 씨랑 뭐?"

말까지 더듬으며 평소 보이지 않던 얼굴을 해 보인 추영훈이 눈을 굴리며 장택근의 눈치를 살폈다.

"에이, 어제요. 다 알고 있어요. 어떻게 이야기는 잘 됐어요?"

"커흠."

대답 대신 헛기침을 한 추영훈이 다시 차를 출발시켰다.

"알고 있었어?"

한참 만에 묻는 말이 왠지 모르게 긴장한 기색이라 장택근은 결국 웃고 말았다. 덩치는 산만 해가지고 소심하게 눈을 굴리는 모습이 어쩐지 우스꽝스러운 탓이다.

"아직 그렇게 본격적인 이야기가 오간 건 아니고, 이제 조금 가까워진 거라 뭐라 대답하기가 참 조심스럽네. 그냥 당분간은 모른 척해줘."

시뻘건 얼굴로 그리 부탁하니 왠지 모르게 더욱 놀리고 싶었지만 그랬다가는 차를 어딘가에 들이받고도 남을 얼굴이라 장택근은 그저 작게 웃을 뿐이었다.

그 모습에 추영훈이 입을 삐죽이더니 반격을 해왔다.

"그보다 어제 별일 없었어?"

"뭐가요?"

"지원 씨도 왔었다며?"

은근한 어조가 놀리는 투라 이번에는 장택근이 인상을 찡그렸다.

"뭐, 별일 없었어요."

짧게 대답해 주니 추영훈이 룸미러로 그를 힐끗거리며 신기하다는 듯이 말했다.

"뭔가 애매해. 그치? 지원 씨 눈치도 꽤 빠를 텐데, 신애 씨가 택근 씨 좋아하는 거 모를 리가 없는데도 그렇게 지내는 걸 보면 신기하단 말이야. 보통 여자들은 그런 경우 머리채 잡고 싸우지 않나?"

"형, 왠지 은근히 기대하는 것 같은데요?"

오만상을 다 쓴 그가 쏘아붙이자 추영훈이 찔끔한 표정을 짓고는 헛기침을 해댔다.

"아니, 뭐 그런 건 아니고, 그냥 신기해서. 택근 씨도 은근히 낯이 두껍단 생각도 들고."

그의 말에 얼굴을 찌푸렸지만 생각해 보니 자신의 태도가 명확하지 않았던 것이 사실이라 반박할 말을 찾지 못해 입을 꾹 닫았다.

자신에게 감정이 있을 게 분명한 윤신애, 그녀를 생각한다면 당분간은 멀리 두어야 하는 게 분명했다. 하지만 워낙에 그녀가 편하게 느껴지는 탓에 저도 모르게 자꾸만 보게 되니 괜스레 윤신애에게도 이지원에게도 미안할 지경이다.

애써 생각하지 않던 사실이 추영훈의 입을 빌려 수면 위로 불거지자 마음이 무거워졌다.

"그렇게 심각한 얼굴 하면 내가 미안한데. 택근 씨 부담 가지라는 뜻으로 한 이야기는 아니었어."

괜히 장난스럽게 한마디 했다가 그의 기분을 상하게 만들었다고 생각했는지 추영훈이 그를 달랬다.

그렇게 잡담을 나누다 보니 어느새 약속 장소에 도착했다.

"음. 진짜 이런 곳에서 만나네요."

입구에서 보기에도 으리으리한 인테리어가 뭔가 예사롭지 않은 약속 장소의 모습에 그가 말하니 추영훈이 대답했다.

"뭐, 조용히 이야기하기에는 이런 곳만큼 좋은 곳이 없거든."

"그렇기는 하겠네요."

밀폐된 공간에 일행만이 있을 수 있으니 어떻게 보면 오늘 같은 자리에 이보다 더 적합한 곳은 있을 수가 없었다.

"그래도 살아생전에 텐프로라는 곳에 내가 와보게 될 줄은 상상도 못 했네요."

대한민국 남성이라면 으레 뜬소문처럼 들리는 텐프로 룸살롱에 대한 이야기는 한 번쯤 들어보았을 것이다. 장택근 역시 PD 일을 할 때 선배들로부터 온갖 허풍을 들어왔는데, 오늘 이 자리에 오고 나니 어쩌면 그들의 말이 거짓이 아니었을지도 모른다는 생각이 들었다.

"뭐, 감동받는 건 이해하는데 오늘은 놀러 온 게 아니니까 어서 들어가."

추영훈의 말에 밴에서 내린 그가 호화로운 입구 앞에 서서 잠시 주변을 둘러보고는 그대로 안으로 들어섰다.

밖에서 보았을 때보다 더욱 호화스러운 복도가 그를 반겨

주었다. 좁아터진 복도에 방이 주르르 늘어서 있는 일반 업소와는 전혀 다른 풍경에 저도 모르게 탄성이 흘러나왔다.

복도를 지나 커다란 홀 같은 곳에 도착한 장택근은 지금 자신이 있는 곳이 정말로 업소인지 아니면 유럽 귀족가의 저택인지 구분하기가 힘들 지경이다. 정신없이 주변을 둘러보고 있는데 어디서 나타난 것인지 아름다운 여인이 그에게 인사를 해왔다.

생각한 것과는 다르게 단정한 원피스 차림에 장택근이 자신도 모르게 그녀의 온몸을 훑어보다가 얼굴을 붉혔다. 왠지 모르게 이곳에 들어선 순간부터 평정심을 잃은 듯한 기분이다. 괜스레 촌스러운 모습을 보여주었다고 생각해 표정을 관리하니 그녀의 얼굴에 슬쩍 미소가 떠올랐다.

"일행분이 기다리고 계십니다. 안내해 드리겠습니다."

장택근이 표정을 가다듬고 있으니 그녀가 이내 몸을 돌리고 그를 안내하기 시작했다. 그녀를 따라 나선형의 계단을 오르는데 앞장선 그녀의 몸이 그의 눈에 들어왔다. 맨살을 분별없이 드러낸 품위 없는 의상은 아니었지만 꽤나 타이트하게 조이는 옷인지라 계단을 오르는 그녀의 잘록한 허리와 풍만한 엉덩이가 그대로 드러나 버렸다. 홀린 듯이 그녀의 뒤를 따르는데 그녀가 슬쩍 뒤를 돌아보며 입꼬리를 치켜 올렸다.

그 모습을 본 장택근의 얼굴이 확하고 붉어졌다. 마치 못된

짓을 하다가 들킨 듯한 기분이다. 그 뒤부터는 바닥만 보고 그녀를 따라갔다.

"여깁니다."

걸음을 멈춰 선 그녀가 장택근을 바라보며 말했다. 방금 전의 일로 아직까지 얼굴이 상기되어 있던 그가 눈을 마주치지 못하고 고맙다고 말하는데 그녀가 곱게 눈꼬리를 휘어 올렸다.

어떻게 보면 짓궂은 막냇동생을 보는 그런 시선이라 왠지 모르게 장택근의 상기되었던 얼굴이 조금은 원래의 색을 되찾았다.

"그럼 좋은 시간 보내시기를."

그녀가 다시 몸을 돌려 계단을 내려가는데 장택근은 이유 모를 허전함을 느끼고는 화들짝 놀랐다.

대한민국의 미녀라는 미녀는 전부 텐프로에 몰려 있다더니 안내하는 아가씨조차 어지간한 여배우 못지않은 외모다. 그냥 외모만 예쁜가 하면 또 그녀가 풍기던 묘한 분위기가 인상 깊었던지라 장택근은 한 번 더 그녀가 사라진 방향을 바라보고는 룸의 문을 열었다.

"여어! 장 배우!"

문을 열고 들어서자 고풍스러운 테이블과 소파에 앉아 뭔가를 속닥거리고 있던 M방송국 드라마국 국장이 그를 반겨

주었다.

“이쪽으로 와서 앉아.”

친히 입구까지 뛰어나와 그의 손을 잡고 살갑게 구는 그의 태도에 장택근이 내심 쓴웃음을 삼키며 마주 인사했다.

“제가 조금 늦었나요?”

“아냐, 아냐. 우리가 좀 일찍 와 있었어. 아직 시간 안 됐어.”

호들갑스러운 그의 대답이 어쩐지 억지스러웠지만 장택근은 신경 쓰지 않았다. 그저 그가 안내하는 자리로 앉고 보니 건너편에 앉아 있던 김석천이 어정쩡한 얼굴로 몸을 반쯤 일으켰다.

“오, 오랜만이지?”

인사를 하는 건지 뭐를 하는 건지 이도저도 아닌 그의 자세와 태도에 장택근이 화제를 돌렸다.

“김 이사님도 곧 도착하실 겁니다.”

“어, 안 그래도 연락 받았어. 일이 많은 모양이야. 역시 우리나라 최고의 기획사 NB엔터테인먼트의 대표다워.”

되도 않을 칭찬을 해대는 국장의 노력이 가상해 장택근은 나름 성의 있게 그의 장단을 맞춰주었다.

그렇게 그가 국장과 이야기를 시작해 버리니 반쯤 몸을 일으키고 있던 김석천이 다시 앉지도 못하고 어정쩡한 자세로

서 있다.

그가 눈짓으로 국장에게 도움을 요청하니 국장은 눈이 옆에도 달렸는지 용케도 그의 눈짓을 알아채고는 장택근에게 말했다.

"택근 씨, 전에는 좀 자리가 불편했지? 아무래도 젊은 사람들이다 보니 혈기가 좀 있어서. 안 그래도 반성하고 있는 모양이니까 이제 그만 털어버려."

국장의 말에 장택근이 고개를 돌리니 과연 김석천의 얼굴이 눈에 띌 정도로 풀이 죽어 있다. 아무래도 지난 일로 국장에게 어마어마하게 시달린 모양이다.

"뭐 해, 김 PD? 빨리 사과하지 않고!"

장택근을 대할 때와는 다르게 제법 엄한 국장의 서슬에 화들짝 놀란 김석천이 고개를 숙여 보였다.

"미안해. 저번 일은 내가 잠깐 어떻게 됐었나 봐. 진짜 후회하고 반성하고 있어. 사과할게. 정말 미안해."

장택근은 파르르 떨리는 그 음성에 진정성이 있는지 없는지 알 수 없었지만, 그의 정중한 태도만으로도 어느 정도 후련함을 느낄 수 있었다.

"아, 네."

하지만 그렇다고 해서 파렴치한 그의 행동을 완전히 용서할 수도 없어 굳은 얼굴로 대충 대답하니 국장이 능숙하게 분위기를 이끌었다.

"어휴. 그래, 속도 넓어. 우리 장 배우가."

김석천이 슬쩍 눈치를 보며 자리에 앉자 국장이 시간을 확인하고는 바로 본론을 꺼내 들었다.

"택근 씨도 알겠지만, 우리 드라마국이 조금 곤란해. 뭐 시청률 부진이야 그렇다고 치는데 지난 일로 여간 이미지가 나빠진 게 아니야."

아마존에서 여자들을 지키기 위해 헌신적으로 노력한 장택근을 퇴출시킨 M방송국은 지난 기자회견 이후로 '난지도' 내지는 '쓰레기 집합소'라는 별명까지 생겨 버렸다. 연이은 드라마 흥행 실패에 가뜩이나 팬들의 빈축을 사고 있던 드라마국인데 사정도 제대로 알아보지 않고 장택근을 냅다 쫓아낸 일로 단단히 미운털이 박힌 모양이었다.

가만히 국장의 말을 듣다 보니 국장이 앞으로 할 말이 예상되었다. 김석천과 자신의 문제는 아직 완전히 해결된 것이 아니다. 언제든 불거지기만 하면 김석천 개인의 이미지는 물론 방송국의 이미지까지 얼마든지 실추될 여지가 농후했다.

아니나 다를까, 국장이 김석천의 지난 과오를 꺼내 들었다.

"우리 김 PD가 왜 그랬는지는 모르겠는데, 공동 기획자라고 그 SNS인가 하는 곳에 떠들어댔잖아. 근데 사실 따지고 보면 공동 기획도 그렇게 틀린 말은 아닌 것 같아. 택근 씨가

〈아름다운 세계〉 기획할 때 보조 PD가 우리 김 PD였잖아."

은근슬쩍 김석천의 망언을 기정사실화시키려는 그의 모습이 가당치 않았지만 그는 모르는 척 그의 이야기를 듣고만 있었다.

"사실 드라마국에 자기 혼자 한 작품이 어딨어. 다 선배고 후배고 한마음으로 도와서 만드는 게 드라마 아니겠어? PD, 작가 할 것 없이 그렇게 노력하니 감동적인 드라마가 나오고 사람들이 드라마에 목을 매다는 거 아니야."

국장은 장택근이 별다른 표정 변화를 보이지 않자 조금은 안심한 얼굴이 되었다.

"좋은 게 좋은 거라고, 우리 굳이 서로 얼굴 붉힐 것까지는 없잖아. 그래도 한때는 한솥밥 먹던 사이인데 아옹다옹하는 것도 남들 보기에 안 좋고."

하지만 너무 이르게 마음을 놓은 모양이다. 장택근이 그의 말을 잘라내며 끼어들자 눈만 동그랗게 뜨고 아무런 반박도 하지 못했다.

"말씀 잘하셨습니다. 한솥밥이요? 그렇죠. 한솥밥 먹었죠. 근데 말입니다. 그 한솥밥 먹던 식구 내쫓은 것이 누굽니까. M방송국 드라마국 아닙니까? 그때 무슨 일이 있었는지 관심이라도 있으셨습니까. 전혀 없었죠. 누가 찌른 것인지 매스컴에서 떠들어대니까 기사 올라오기가 무섭게 저를 내치셨지요."

이제까지 침묵을 지키고 있던 것이 무색하게 한번 열린 그의 입은 쉽사리 닫히지 않았다.

"단 한 번만이라도 제게 어떻게 된 일인지 물어봐 주셨으면 일이 그렇게까지 되진 않았을 겁니다. 제 얘기를 단 한 번이라도 들어주었다면 전부 해명할 수 있었다고요."

장택근이 쓰윽 손을 뻗어 국장의 앞에 놓인 술잔을 잡아 들었다.

"근데 그럴 기회조차 얻지 못했습니다. 제가 변명을 하자니 이미 방송국이 입장 표명을 해버린 상태라 일개 PD 따위가 뭘 어떻게 할 수 있는 게 없더군요."

목이 타는지 잠시 말을 멈춘 그가 단숨에 잔을 비워냈다. 목을 타고 흘러내리는 알싸한 내음에 그가 인상을 잔뜩 찌푸렸다.

"죽고 싶었습니다. 평생을 PD가 되겠다고, 또 예능국에서 쫓겨났어도 입봉 한번 해보겠다고 아등바등했는데 사람 병신 되는 거 순식간이더라고요."

"방송국을 나간 건 택근 씨잖아. 그냥 근신 정도로 끝내려고 했다고."

한참 만에 변명이랍시고 하는 말이 더욱 가관이다. 입가를 훔쳐 낸 장택근이 국장과 시선을 똑바로 마주 보았다.

"제가 병신입니까? 징계 먹고 현지답사니 뭐니 작품도 못하고 언저리만 맴도는 선배들 숱하게 봐왔습니다."

"그 친구들하고 택근 씨 입장이 같은가. 택근 씨는 이지원 씨 소속사하고 연결점도 있고 우리 방송국에 꼭 필요한 사람이었다고."

국장의 말에 그는 고소를 지었다.

"그렇죠. 바로 그런 게 넌덜머리가 났습니다. 달면 삼키고 쓰면 뱉는다. 인간미라고는 쥐뿔도 없고 쓸모없어지면 바로 내쳐 버리는, 그게 바로 이 바닥이죠."

국장의 말은 아마도 사실일 것이다. 연이은 드라마의 실패로 가뜩이나 분위기가 좋지 않던 드라마국이다. 이지원과의 확실한 커넥션을 가진 장택근의 존재가 필요하지 않았을 리가 없었다.

"택근 씨가 잘못 생각하는 게 있어. 이 바닥이나 지금 택근 씨가 몸담은 연기판이나 다르지 않아. 아니, 차라리 더 끔찍하지. 얼마 전에 겪지 않았어? 대중들의 사랑이라는 게 얼마나 가치 없는지, 또 그렇게 등을 돌린 대중들이 얼마나 잔인한지 겪어봤잖아."

딴에는 맞는 말이다. 하지만 장택근은 비릿한 미소를 지어 보였다.

"그래서 지금 제가 어때 보입니까? 방송국 PD로 밤낮없이 구를 때보다 더 안 좋아 보입니까? 대중들에게 난도질당한 제가 지금 괴로워 보입니까?"

아직 톱스타의 반열에 올라섰다고 말할 수는 없지만 장택근은 자신이 있었다. 차기작 〈심장이 뛴다〉를 통해서 자신은 반드시 더 높은 곳에 올라서고 말 것이다.

"택근 씨, 그래도 옛정이 있어서 좋게 말했는데 자꾸 이러면 서로 불편해져. 아무리 요즘 케이블이니 뭐니 말이 많다지만 그래도 이 바닥 살면서 우리 M방송국이랑 틀어져서 좋을 게 없을 텐데?"

이제까지 전전긍긍하던 모습이 거짓말처럼 국장의 얼굴이 돌변했다. 소파에 깊게 몸을 기댄 그가 고개를 쳐들고 장택근을 눈 아래로 보았다. 그 거만한 얼굴에 장택근이 다시 한 번 입꼬리를 치켜 올렸다.

'그래, 이게 너희의 진짜 얼굴이지. 강자한테 약하고 약자한테 강하고. 밟을 수 있는 놈들은 마음껏 짓밟고 유린하는 네놈들의 쓰레기 같은 본성이야.'

"뭐, 우리 드라마에 굳이 출연 안 하겠다면 상관없긴 한데, 이 바닥 좁은 건 알지? 우리하고 얼굴 안 보면 끝이라고 생각하는 건 아닐 거라고 믿을게."

처음의 사람 좋은 얼굴 따위는 완전히 내다 버린 그의 모습에 장택근이 어깨를 들썩이며 키득거렸다.

"협박입니까?"

“아니. 현실을 알려주는 거야. 모난 돌이 정 맞는다고, 그렇게 인기 조금 얻었다고 천둥벌거숭이처럼 날뛰면 진짜 큰코다쳐.”

그가 위축되기는커녕 대놓고 비웃음을 보이자 국장이 불쾌한 얼굴로 장택근을 노려보았다.

“하긴 국장님 정도의 위치가 되면 이 바닥 저 바닥 가릴 것 없이 두루 힘있는 친구분들이 계시겠네요.”

그의 말에 국장은 장택근이 이제야 뒷감당을 걱정하기 시작했다고 생각한 모양이다. 한층 더 거만해진 얼굴로 지껄여 댔다.

“뭐, 충무로 쪽부터 시작해서 마음만 먹으면 신인배우 하나 흔적도 남기지 않고 지워 버리는 건 일도 아니지.”

그 저급한 협박을 전가의 보도라도 되는 양 휘두르는 국장의 모습이 이제는 흉물스럽게 보일 지경이라 장택근은 고개를 절레절레 흔들었다.

국장이 우쭐한 표정으로 그를 바라보며 거들먹거리는데 장택근이 시큰둥하게 대꾸했다.

“해보세요.”

“뭐?”

그의 반응이 예상한 것과 다르자 그의 얼굴이 순식간에 굳어버렸다.

"해보시라고요. 하시기 전에 먼저 말씀해 주세요. 아니다. 선빵 맞는 것도 이제 지긋지긋한데 제가 먼저 시작할까요?"

"인기 조금 얻었다고 정말로 보이는 게 없……."

한참 떠들어대던 국장이 순간적으로 입을 다물었다.

"더 말씀해 보시지요. 보이는 게 없어서 뭐를 어떻게 하시겠다고요?"

그의 손에 쥐어진 휴대폰에 선명하게 떠오른 'RECORDING'이라는 문자에 국장은 물론 김석천마저 눈을 부릅떴다.

대체 언제부터였을까, 휴대폰에 그들의 음성을 녹음하기 시작한 것이.

"너 이 새끼……."

너무 당황한 나머지 이제껏 보이던 허세 따위는 단숨에 날려 버린 국장이 욕지거리를 내뱉으며 손을 내뻗었다.

"말씀드렸죠? 기왕 판을 벌일 거면 그 판, 제가 짜겠다고."

국장의 손을 피해 휴대폰을 다시 품에 갈무리한 장택근이 턱을 치켜들었다.

"왜 갑자기 말씀이 없으십니까. 하실 말씀 아직 한참 남으셨을 텐데 더 해보세요."

"네가 이러고도 이 생활 계속할 수 있을 것 같아?"

시뻘게진 얼굴을 부들부들 떨어대며 국장이 이를 가는데, 그 사이로 불쑥 끼어드는 음성이 있었다.

"그게 무슨 의미죠?"

언제 도착했는지 김인숙이 입구의 문을 반쯤 연 채로 안을 노려보고 있었다.

"택근 씨가 이 생활을 계속 못하다니요?"

또각또각 소리를 내며 안으로 들어선 그녀가 웃는 얼굴로 국장에게 다시 물었다.

"김 대표!"

갑작스러운 그녀의 등장에 당황한 모양인지 국장이 이러지도 저러지도 못하고 입만 뻥긋거리는데 그녀가 다시 예의 그 나긋나긋한 음성으로 말했다.

"국장님, 지금 우리 배우 협박하시는 거세요?"

이미 들을 이야기는 다 들었는지 대뜸 물어오는 그녀의 말이 꽤나 직설적이다.

"아니… 그게 말을 하다 보니까 조금 흥분해서… 내가 말실수를 했어요. 김 대표, 너무 고깝게 듣지 말아요."

애써 담담한 얼굴을 한 국장이 그녀를 보며 말하니 그녀가 화사하게 웃어 보였다.

"어마, 그렇죠? 지금 하신 말씀, 진심이 아니시죠? 그럴 줄 알았어요. 인격자로 소문나신 분인데 신인배우 데려다 놓고 협박질이라니요. 게다가 오늘 이 자리는 경우 바른 국장님께서 택근 씨 마음 풀어주겠다고 만든 자리잖아요."

웃음기 가득한 말이지만 그 안에 한 자루 칼이 서 있었다. 추켜세워 주는 척하면서 결국은 이게 너희가 말하는 사과냐고 묻는 말이라 국장의 얼굴이 다시 굳어버렸다.

"여자들은 이해 못하지만, 뭐 사내들끼리는 종종 욕도 하고 주먹질도 하면서 더 가까워진다고 하니 잠깐 흥분해서 실수하신 거라고 생각할게요."

그렇게 말한 그녀가 장택근의 곁에 앉았다.

"오셨어요."

이제껏 인사할 타이밍을 잡지 못한 장택근이 뒤늦게 인사를 하니 김인숙이 갑자기 그를 노려보았다. 그 갑작스러운 변화에 그가 눈을 크게 뜨는데 그녀가 날카롭게 말했다.

"택근 씨, 지금 뭐 하는 거야?"

그 말에 담긴 질책이 너무도 노골적이어서 방금 전까지 오만상을 찌푸린 채 김인숙의 이야기를 듣고 있던 국장과 김석천의 얼굴이 활짝 펴졌다.

"네?"

"지금 뭐 하는 거냐고."

전에 없이 성난 그녀의 말에 장택근이 영문을 몰라 얼빠진 표정을 하니 그녀가 한숨을 내쉬었다.

그 모습을 보고 또 이제야 상황이 제대로 흘러가기 시작한 모양이라고 생각했는지 국장이 다시 사람 좋은 얼굴을 하며 그녀에게 말했다.

"아이고, 김 대표, 우리 장 배우한테 너무 뭐라고 하지 말아요."

"아니요. 잘못한 건 바로잡아야지요."

금세 기가 살아서 지껄여 대는 국장을 노려봐 준 장택근이 억울하다는 얼굴로 그녀를 바라보다가 눈을 휘둥그레 떴다.

"내가 뭐라고 했어요? 배우는 쪽팔리면 안 된다고 했죠!"

그녀의 말이 생각과 달라 장택근은 물론 국장과 김석천마저 눈을 끔벅거렸다.

"근데 왜 여기서 이딴 소리나 듣고 있어요! 택근 씨, 뭐 잘못한 거 있어요?"

그녀의 말에 국장과 김석천이 와락 얼굴을 일그러뜨렸다.

"그럼 일어나요. 난 우리 배우가 이따위 대우받는 거 죽어도 못 봐요."

그녀의 말에 장택근이 보란 듯이 미소를 지으며 자리에서 일어났다.

"김 대표, 김 대표까지 왜 이러는……."

"국장님."

국장이 잔뜩 굳은 음성으로 김인숙을 나무라는데 그녀가 단번에 그의 말을 잘라냈다.

"국장 자리에서 끝내실 것 아니잖아요. 근데 자꾸 이렇게 아마추어처럼 구시면 경력에 크게 흠집 날지도 몰라요. 지금 드라마국 사정도 좋지 않을 텐데 이러시면 금방 갈 길도 멀리 돌아서 가야 할 일이 생길지도 몰라요."

말투는 나긋나긋해 그를 생각해 주는 듯했지만 그녀의 눈빛만큼은 서늘하기 그지없었다.

"사내들이야 주먹다짐하고도 곧잘 화해를 한다지만 저는 속 좁은 여자라서 제 것에 흠집 낸 사람은 끝까지 따라가서 얼굴에 손톱자국을 내줘야 직성이 풀리거든요."

그녀의 말에 국장의 얼굴이 더할 수 없이 굳어버렸다. 그는 방금 전까지 자신이 장택근에게 한 협박 그대로 그녀에게 돌려받고 나자 반박도 못하고 눈만 껌뻑거렸다.

"높은 데 가셔야지요. 언제까지 그 자리에 계실 것도 아니고."

장택근의 손을 잡은 그녀가 그렇게 말하고는 몸을 돌렸다.

"아참, 인사도 안 했네. 정신이 없어서."

그렇게 말한 그녀가 화사한 미소를 지어 보이며 살짝 고개를 숙여 보였다.

"그럼 즐거운 시간 보내시고 다음에 또 봐요, 안광현 국장님."

* * *

"택근 씨, 사람은 이렇게 다루는 거예요."

그녀의 말에 장택근이 고개를 끄덕였다. 그래도 방송판에서 잔뼈가 굵었다는 국장을 어린애 다루듯 하는 그녀의 모습이 경탄스러울 지경이다.

"욕심 많고 야망은 있는데 능력은 부족한 저런 사람이 가장 다루기 쉬워요."

그가 그 말에 저도 모르게 고개를 끄덕였다. 전부터 사장 자리를 노린다고 소문이 파다하던 안광현 국장이다. 드라마의 연이은 실패로 인해 세가 위축되어 지금은 저렇게 몸을 낮추고 있다지만 한때 그는 M방송국의 실세 중의 실세였다.

이를 갈며 재기를 노리고 있는 그이니만큼 더 이상 불미스러운 일로 사람들 입에 오르내리는 것은 꺼려질 것이다. 게다가 칼자루를 쥐고 있는 것이 장택근이었으니 사실 그가 필요 이상으로 일개 배우의 비위를 맞춰준 것이 이상할 것도 없었다.

다만 그 방법이라는 게 심히 가증스럽고 뻔뻔한 것이라 협상이 중간에 결렬되어 버렸지만.

어지간한 신인 배우였다면 안광현 국장의 협박에 바짝 얼어서 시키는 대로 하고 말았을 것이다. 자신 역시 김인숙이라는 든든한 뒷배가 없었다면 지금처럼 기분 내키는 대로 일을 벌이지는 못했으리라.

"차차 배워 나가요. 톱스타라는 게 그저 연기만 잘해서 되는 게 아니니까요."

김인숙이 앞장서서 걸음을 옮기는데 장택근의 눈에 그녀의 뒷모습이 그렇게 커 보일 수가 없었다. 하지만 다시 살펴보니 여리디여린 여인의 몸인지라 쓴웃음을 지은 그는 이내 다부진 얼굴을 해보였다.

부끄러워할 것도 부러워할 것도 없다. 나는 이제 시작이니까.

장택근이 어깨를 곧게 펴고 김인숙의 뒤를 따랐다.

6장

심장이 뛴다

장택근은 결국 〈심장이 뛴다〉와 계약을 마무리 지었다. 제작사와의 미팅을 통해 영화의 방향과 캐릭터에 대한 이야기를 나누었고, 그 모든 이야기가 너무도 매력적으로 그에게 다가왔다.

제작사와의 미팅은 지난 출연작 〈도살자〉와는 사뭇 다른 분위기에서 진행되었다. 비공개 오디션을 통해 배역을 따내기 위해 필사적으로 노력해야 한 그때와는 다르게 이미 배역이 낙점된 상태에서 이루어진 미팅이라 그런지 스스로도 마음의 부담이 전혀 없었다. 게다가 제작사의 인물들은 혹시라도 그가 마음을 바꿀까 염려한 것인지 온갖 감언이설로 그를 꾀어내기 위해 노력하는 게 빤히 보였다.

배우 인생, 어제 다르고 오늘 다르다더니 다시 한 번 격세지감을 느끼지 않을 수가 없었다.

NB엔터테인먼트 측에서 세부적인 계약 조건을 마무리 짓게 되겠지만 출연료 역시 3억 원이라는 신인 배우치고는 상당히 파격적인 금액을 제시받았다. 톱스타들의 개런티에는 못 미치지만 그 정도 금액이면 영화판에서 어지간히 이름을 알린 베테랑 연기자 중에서도 최상위권의 금액이다.

하지만 NB엔터테인먼트 측에서는 과감하게 개런티를 낮추고 옵션을 내걸었다. 흔히 러닝개런티라 불리는 영화의 흥행 여부에 따른 추가 수당에 관한 조건을 넣어 계약을 마무리 지었다.

관객당 100원. 어떻게 보면 푼돈처럼 느껴지지만 지난 영화 〈도살자〉에 150원의 러닝개런티를 받은 이지원이 영화가 600만 명의 관객을 동원하면서 9억이라는 추가 수익을 벌어들인 것을 생각하면 상당히 그에게 유리한 조건이었다.

제작사 측에서도 차라리 기본 개런티를 올리고 옵션을 제외하자며 조건을 걸었지만 NB엔터테인먼트는 양보하지 않았다.

결국 제작사 쪽에서 먼저 항복 선언을 하고 말았다. 지금 장택근만큼 출연료 대비 인지도가 높고 대중의 관심과 사랑을 한 몸에 받는 배우도 없었다.

로맨스가 스토리의 주를 이루었지만 핵심 전개가 재난 영화의 그것과 같은지라 급격히 올라갈 수밖에 없는 제작비를 감안하면 톱스타를 기용해 투자 금액을 최대한 확보해야 예산 때문에 영화가 엎어질 염려가 없었다.

그런 상황 속에서 신인이면서도 어지간한 톱스타 이상의 인지도를 갖고 있는 장택근이라는 배우는 꼭 필요한 존재였다.

그의 위상이 올라감에 따라 덩달아 신이 난 것은 이우혁과 김우영이었다. 충무로를 전전했지만 그다지 좋은 배역을 따내지 못하고 있던 이우혁과 실질적인 연기력의 논란이 끊이지 않는 김우영이 〈심장이 뛴다〉의 조연으로 출연하게 되었다.

흔히들 '끼워 팔기' 라고 불리는 행위였는데, 대형 기획사에서 톱스타를 출연시키며 자사의 신인 배우나 인지도가 낮은 배우의 배역을 함께 따내는 관례와도 비슷한 행위이다.

장택근 덕에 블록버스터급 영화에 출연하게 된 김우영과 이우혁은 당연하게도 그에 대한 고마움을 지울 수가 없었다.

이우혁이 고맙다며 덕분에 집에서 쫓겨나지 않게 되었다며 감사 인사를 몇 번이나 하는 통에 장택근은 민망해서 고개를 들 수가 없을 지경이었다. 김우영 역시 정도의 차이는 있었지만 그간 기존 소속사가 재계약을 하지 않을 것을 통보하며 마음고생이 심했던지라 알게 모르게 고마운 마음을 감추지 못했다.

그 바람에 NB엔터테인먼트의 세 남자 배우가 붙어 다니는 일이 잦아졌다. 장택근이 어디를 가든 김우영과 이우혁이 그 뒤를 따랐다.

자주 보다 보니 당연하게 사이가 가까워졌고, 가장 나이가 어린 김우영이 장택근과 이우혁을 형으로 모시며 부쩍 친근한 척을 했다.

"형, 오늘도 술 한잔할까?"

김우영의 말투가 제법 애교스러워 장택근은 저도 모르게 고개를 절레절레 저었다. 세간에 건방지고 안하무인이라고 소문이 난 김우영은 실상은 전혀 다른 성격이었다. 가끔씩은 제 곳대를 주체 못해 건방을 떨기도 했지만 평소에는 그저 허세가 조금 심한 평범한 성격이었다.

"됐어, 인마. 너도 이제 슬슬 몸 만들어야지."

그간의 마음고생을 먹는 걸로 해소했는지 처음과는 다르게 뒤룩뒤룩 살이 붙은 김우영을 바라보며 한숨을 내쉬었다. 처음 보았을 때만 해도 그는 제법 샤프하고 훤칠한 외모였는데 지금 와서는 턱도 두 겹이 되었고 뱃살이 잔뜩 나온 후덕

한 외모가 되었다.

“형까지 이러기야. 안 그래도 다음 주 월요일부터 빡세게 감량하고 근육량 늘여야 한다고 트레이너 붙여준다고 했어. 미리미리 먹고 마시고 놀아줘야 힘든 시기에 후회가 남지 않지 않겠어?”

되도 않을 말을 지껄여 대는 그를 보며 장택근이 한숨을 길게 내뱉는데, 곁에 있던 이우혁이 김우영의 뱃살을 꾹 잡았다.

“악!”

뱃살을 움켜잡은 손에 제법 힘을 주었는지 김우영이 금세 죽겠다고 비명을 질러댔다. 이우혁이 손을 떼어내고는 자신의 손바닥을 멍하니 바라보았다.

“뭐지, 이 야릇한 느낌은? 분명 난 배를 잡았는데 왜 여자 가슴을 잡은 느낌이지?”

딴에는 연기자랍시고 정말로 몽롱한 표정까지 지어 보이며 호들갑을 떠는 그의 말에 김우영이 입을 삐죽였다.

“아, 뺄 거야! 금방 빠져! 나 원래 활동 없을 때는 살이 금방 찌는 체질이라고!”

버럭 소리를 지르는 그에게 장택근이 손가락을 저어 보였다.

“너도 이제 나이가 있어서 예전처럼 쉽게 안 빠질걸. 네가

만년 20대 초반인 줄 알아?"

그 말에 안 그래도 요즘 유독 심하게 무거워진 몸 탓에 스트레스를 받고 있던 김우영이 울상이 되었다.

"그나저나 택근이 넌 좋겠다?"

"뭐가?"

뜬금없는 이우혁의 말에 장택근이 반문했다.

"넌 따로 몸 안 만들어도 되잖아."

그가 부럽다는 얼굴로 장택근의 단단한 배를 툭 쳤다.

"어휴, 돌덩이구만."

이들이 이렇게까지 몸 관리에 신경을 쓸 수밖에 없는 이유는 그들이 모두 〈심장이 뛴다〉에서 현직 소방관을 배역으로 맡았기 때문이다. 그래도 명색이 소방관인데 축 늘어진 뱃살로 사람을 구하겠답시고 뒤뚱거릴 수는 없지 않은가.

제작사 측에서도 계약 조건에 복근이 보일 정도로 몸을 관리할 것을 조항으로 넣었는데, 굳이 그 조항이 아니더라도 세 남자 중 어느 누구도 엉망진창의 몸을 대중에게 보여주고 싶은 사람은 없었다.

"제수씨가 아주 좋아하겠어."

이우혁의 말에 장택근이 어이없다는 표정을 지어 보였다.

"지원이 앞에서는 고개도 제대로 못 들면서 없다고 잘도 제수씨 제수씨 한다?"

그의 말에 이우혁이 얼굴을 찡그렸다. 부쩍 사이가 가까워지면서 몇 번인가 이지원과 더 어울릴 자리가 생겼는데 그때마다 왠지 모르게 군기 바짝 든 신병이라도 된 듯한 자신을 발견하고는 놀란 적이 한두 번이 아니다.

"그거야… 뭐랄까. 지원 씨가 좀 범접하기 어려운 아우라가……."

변명이랍시고 입을 삐죽여 대는데 그 모습이 하도 불쌍해 장택근은 그러냐 하고 장단을 맞춰주었다.

"맞아요, 형. 지원 선배님, 뭔가 분위기가 좀 변했어요."

김우영이 불쑥 끼어들며 말하자 이우혁이 반색했다.

"그치? 그치?"

"네, 원래 제가 낯가림이 없는 성격이라 선배들이랑 곧잘 친해지는데 지원 선배님은 접근하기 어렵더라고요."

낯가림이 없는 게 아니라 경우가 없는 거겠지. 속으로 실소를 지은 장택근이 김우영의 말에 대꾸했다.

"넌 인마, 전에 아마존에서 누나라고 불렀다가 한번 대차게 까였잖아. 그래서 아무래도 좀 불편하겠지."

일전에 김우영이 이지원에게 누나라는 호칭을 썼다가 이지원에게 호되게 꾸지람을 들은 적이 있다. 그 일을 콕 집어 이야기하자 김우영이 고개를 갸웃거렸다.

"제가요? 그랬나? 아, 그래서 내가 지원 선배만 보면 선배님이라고 부르는 거구나?"

제 놈한테 불리한 기억은 금세 잊는 편리한 뇌 구조인지 혼자 납득했다는 듯이 지껄여 대던 그가 다시 장택근에게 이야기했다.

"그게 아니라, 지원 선배, 그래도 전에는 가까이 다가서기는 힘들어도 좀 무서운 누나 정도였는데 아마존 다녀온 뒤로는 더 살벌해졌어요."

김우영의 엄살에 장택근이 뭐라 핀잔을 주려는데 이우혁이 먼저 끼어들었다.

"맞아. 좀 뭔가 서늘한 분위기가 흐르는 게 무섭더라고."

"그렇죠? 지원 선배가 무표정하게 있을 때면 꼭 뱀파이어 같다니까요."

저들끼리 신 나서 떠들어대는 이우혁과 김우영을 바라보던 장택근이 결국 끙 하고 앓는 소리를 냈다.

"이놈들이 남의 여자 친구 가지고 뭐라고 하는 거야? 얀마, 지원이가 대가 강해서 그렇지 알고 보면 얼마나 털털하고 착한데."

그의 말에 김우영이 고개를 저었다.

"그거 형한테만 그러거든요? 후배들은 지원 선배만 나섰다 하면 벌벌 기어요."

"맞아. 택근아, 네가 몰라서 그렇지 후배뿐만 아니라 선배들도 지원 씨 어려워하는 거 유명하잖아."

그들의 말에 장택근은 이제 슬슬 기분이 나빠지려고 했다. 멀쩡히 잘 있는 자신의 여자 친구를 도마 위에 올려두고 마구 칼질을 해대니 세상의 어느 남자가 기분이 나쁘지 않겠는가.

한창 김우영과 떠들어대던 이우혁이 그의 얼굴이 굳었다는 사실을 깨닫고 입을 다무는데 눈치 없는 김우영은 계속해서 입을 놀려댔다.

"저번에는 제가 아는 여자애가 대기실에 지원 선배랑 단둘이 있었대요. 인사만 하고 단 한 마디도 없어서 불편해서 죽을 뻔했다는데, 지원 선배 분위기가 너무 차가워서 농담이 아니라 그날 그 여자애 감기 걸렸대요."

이제는 자신이 무슨 말을 하는지도 모르는지 쉬지 않고 입을 놀려대는 모양새가 위태로워 보인다.

"그리고 또 다른 후배가 있는데……."

"야."

결국 보다 못한 이우혁이 김우영의 옆구리를 쿡 찌르자 한참 신이 나서 떠들어대던 김우영이 뒤늦게 자신의 실수를 눈치채고는 하얗게 질렸다.

장택근이 불편한 얼굴로 김우영에게 말했다.

"인마, 너 아무리 그래도 지원이가 여자 친구도 없는 너희한테 미안하다고 일부러 데이트할 시간도 양보하고 그러는데 그렇게 노골적으로 뒷담화를 하면 듣는 내 기분이 어떻겠냐."

"아니, 저는 뒷담화를 한 게 아니라… 그 뭣이다냐."

당황한 나머지 어지간해서는 드러내지 않던 고향 사투리까지 써가며 변명하는 김우영의 모습에 장택근이 한숨을 길게 내뱉었다.

"그냥 지원 선배가 워낙에 범접치 못할 아우라가 있어서……. 헤헤. 여신 같다는 의미입니다."

금세 비굴한 웃음을 지으며 손까지 비벼대는 김우영의 모습에 장택근이 차마 화도 내지 못하고 그저 어이없다는 듯 피식 웃어 보였다.

"안 되겠다. 내가 자리 한번 만들어봐야지. 그래도 명색에 형수님인데 이렇게 내외해서 되겠냐."

"그건 좀……."

"아니, 이미 저는 마음으로 지원 선배를 충분할 정도로, 아니, 과할 정도로 존경하고 있는데……."

어지간히 그녀가 불편한 모양인지 하얗게 질린 얼굴로 손사래를 치는 김우영과 이우혁의 모습에 장택근이 쓰읍 하고 혀를 찼다.

그들이 그렇게 아옹다옹하며 시간을 죽이고 있는데 추영훈이 그들을 발견하고는 다가왔다.

"우영 씨, 뭐 하는 거야? 오늘 세 시부터 트레이닝이라고 했지! 지금 여기서 이러고 있으면 어쩌자는 거야?"

"앗, 추 실장님. 그게… 제가 몸이 좀 안 좋아서 다음 주부터 시작하자고 했는데……."

금세 퀭한 얼굴을 해보이며 엄살을 떠는 김우영의 모습에 장택근과 이우혁이 어이가 없다는 표정을 지어 보였다.

"잘됐네. 감량부터 해야 되는데 우리 체력의 극한을 찍어 보자고."

그렇게 말한 추영훈이 김우영의 잡아끌었다.

"아, 우혁 씨도 트레이닝 빠지지 말고 잘 나가요. 술 많이 마시지 말고요."

그의 손에 붙들린 김우영이 불쌍한 얼굴로 그들에게 도움을 요청했지만 이우혁은 깔끔하게 그를 무시했다.

"네, 걱정 마세요. 열심히 하고 있어요."

"그래요. 우혁 씨야 믿죠, 제가."

그렇게 말한 추영훈이 자신에게 붙들린 김우영을 바라보며 인상을 와락 썼다.

"갑시다. 지금 이 상태로 있다가는 계약이고 뭐고 다 파기됩니다."

그렇게 말하고는 그대로 김우영을 질질 끌고 사라진 추영훈을 멍하니 바라보던 장택근이 쓴웃음을 지었다.

"영훈이 형이 고생이 많네."

"그렇지. 그 찬광 씨가 우영이 맡았다가 도저히 통제 못하겠다고 김 대표님한테 직접 이야기했다더라."

"저놈도 진짜 어지간히 꼴통이야."

그들이 사라진 방향을 보며 장택근과 이우혁이 고개를 절레절레 저었다.

*　　*　　*

영화 〈심장이 뛴다〉가 파이낸싱, 즉 투자자를 유치하는 동안 장택근은 일전에 이야기가 오고 간 한국은행의 CF 촬영에 들어갔다. 한번 시작하면 몇 달이고 작업이 이어지는 드라마나 영화와는 다르게 CF는 대부분 당일에 촬영이 마무리되는 지라 무언가 색달랐다.

"오, 잘 부탁드려요. 이번 촬영을 맡은 김주성입니다."

"장택근입니다. 잘 부탁드리겠습니다."

인사가 끝나기가 무섭게 콘티를 확인하고 감독과 콘셉트에 대한 이야기를 나누었다. 그리고 메이크업을 하고 바로 촬영 시작. 뭐가 어떻게 돌아가는지도 모르게 빠르게 촬영이 진행되었다.

"컷!"

스스로도 표정 연기가 어색했음을 느끼고 있던 장택근은

감독의 컷 사인에 미안한 얼굴을 해보였는데 김주성 감독은 여전이 웃는 낯이다.

"택근 씨, 지금도 좋은데 조금만 자연스럽게 가볼게요. 자, 자, 다시 들어갑니다!"

CF 촬영장의 분위기는 확실하게 드라마나 영화와는 달랐다. 실수를 해도 얼굴을 붉히는 사람은 한 명도 없었고 감독마저도 내내 웃는 얼굴로 지적보다는 칭찬을 많이 하는 분위기였다.

그래서였을까, 장택근은 오전에 시작된 촬영이 자정에 다 되어 끝났을 무렵 무언가 아리송한 기분이 되었다. 분명 촬영을 하기는 했는데 미진한 기분이 들었다.

자신이 제대로 연기를 한 것인지 아닌지조차 모호할 지경인데 김주성과 스태프들은 벌써부터 장비를 거두며 촬영장을 정리 중이다.

"수고했어요."

한국은행의 광고팀 고영주 대리가 다가와 인사를 해오는데 장택근은 얼떨떨한 얼굴로 그 인사를 받아주었다.

"영화하고는 좀 다르죠? CF라는 게 좀 그래요."

그의 말에 장택근은 고개를 끄덕였다.

이건 뭐 달라도 너무나 달랐다.

아무래도 외주 제작사가 제작을 이끌어가는 탓인지 다른

드라마나 영화 촬영장과는 달랐다. 효율적인 콘티와 스케줄 분배, 그리고 스태프들의 민첩한 움직임까지 그 모든 것이 굉장히 리드미컬하게 느껴져 장택근은 신선함마저 느낄 지경이다.

"제가 제대로 한 건지 모르겠네요."

고작 이런 정도의 작업을 하고 그 정도의 개런티를 받아가도 되나 싶어 뺨을 긁적이며 말하니 고영주 대리가 고개를 저었다.

"잘하셨어요. 김주성 감독이라면 그래도 광고판에서는 알아주는 양반입니다. 아마 나중에 영상 보시면 깜짝 놀랄걸요."

여전히 얼떨떨함을 감추지 못하고 있는데 김주성 감독이 다가와 수고했다고 인사를 해왔다.

"수고하셨습니다. 택근 씨 첫 광고 출연인데 역시 연기력이 되니까 금방 적응하시네요."

아직까지 분위기에 적응 못해 어리벙벙한 표정을 짓고 있는 자신인데 감독이 저리 말하자 더욱 혼란스러워졌다.

"일단 우리 촬영이라는 게 대부분 블루 스크린 앞에서 찍는 거라 좀 뭔가 어색했을 거예요. 그래도 잘해주셨어요. 원래 블루 스크린 앞에서 연기하는 게 되게 어렵거든요. 상상력도 받쳐줘야 하고 집중력도 좋아야 해요."

그 심정 다 안다는 듯한 표정으로 김주성이 웃어 보였다.

"아, 나중에 어떻게 나올지 정말 궁금하네요."

"네, 기대해도 좋습니다."

그렇게 호언장담을 하는 김주성과 인사를 나누고 고영주 대리와도 인사를 나눈 장택근은 촬영장을 빠져나왔다.

밖에서 대기하고 있던 추영훈이 장택근을 보고는 차에 시동을 걸었다.

"잘 끝났어?"

차에 올라타기가 무섭게 들려오는 질문에 장택근이 고개를 절레절레 저었다.

"잘 모르겠어요. 이렇게 하루 촬영하고 그 큰돈을 받아가도 되나 모르겠어요."

아무리 생각해도 무언가 어영부영 촬영이 끝난 기분이라 그가 그렇게 말하니 추영훈이 낄낄대며 대꾸했다.

"그래서 스타들이 그렇게 광고를 찍는 거야. 영화나 드라마보다 사실 가장 돈이 되는 건 CF거든."

"그런가 봐요. 끝날 때까지 적응이 안 되네요. 김주성 감독도 지적이라고는 단 한 번도 안 하고 내내 잘했다고만 하는데 진짜 제대로 한 건지 모르겠어요."

얼떨떨한 그의 말에 추영훈이 손가락을 이리저리 휘저었다.

"그건 원래 그래. 이 광고판이라는 게 영화판처럼 감독 파워가 대단한 게 아니라서. 일단은 외주잖아. 어떻게 보면 하청 작업이니 입장이 다를 수밖에 없지. 아마 그래도 김주성 감독쯤 되면 알아서 분량 잘 뽑아갔을 거야."

그의 말에 장택근은 그제야 납득이 가는지 고개를 끄덕였다.

"그래도 뭐, 별로 다시 찍고 싶지는 않네요. 진짜 바보 된 기분이라서."

"그게 마음대로 되나? 이쪽이 돈이 되는데."

어차피 쓸 시간도 없는 돈 따위 하고 그가 중얼거리자 추영훈이 뜨악한 얼굴을 해보인다.

"어휴, 이럴 때마다 진짜 내가 서러워서 매니저 그만두고 배우 하고 싶다니까. 누구는 쎄빠지게 일해서 겨우겨우 벌어먹고사는데, 어휴, 세상 참 불공평해."

말이야 저렇게 한다지만 NB엔터테인먼트 측에서도 고참에 속하는 추영훈이라 연봉이 적지 않았다. 그 너스레에 장택근이 결국 찜찜함을 날려 버리고 낄낄거리며 웃어주니 추영훈이 얼굴을 찌푸리며 차를 출발시켰다.

*　　*　　*

"어땠어요?"

사무실에 들어서기가 무섭게 김인숙이 장택근을 붙잡았다.

"음, 뭔가 정신이 없기는 했는데 잘 끝나긴 한 것 같아요."

"익숙해질 거예요. 광고 제의 몇 개 더 왔거든요."

김인숙의 말에 장택근이 인상을 찌푸렸다.

"남들은 찍고 싶어도 못 찍는 게 광고예요. 진짜 어지간한 인기 가지고는 구경도 못하는 게 광고 쪽 일이니까 이렇게 일이 들어올 때 바짝 찍어둬요."

네네 하며 대답하는 그를 보며 김인숙이 눈을 동그랗게 떴다가 이내 웃어 보였다.

"이런 거 보면 택근 씨, 천생 배우예요. 이런 사람이 애먼 곳에 가서 재능을 낭비하고 있었으니 그렇게 일이 안 풀리지."

그러고 보니 배우로 전향한 지도 벌써 꽤 시간이 흘렀다. 이제는 방송국에서 PD들 뒤를 따라다니던 그 무렵의 자신이 기억조차 잘 나지 않을 정도로 희미해져 버렸다.

"그러게요. 저도 이 일이 적성에 맞을 줄은 생각도 못했는데. 사람 일은 역시 한 치 앞도 내다볼 수가 없나 봅니다."

지금은 배우 장택근이라는 이름이 완전히 익숙해졌다. 처음에는 자신을 배우라 소개하는 것도 어딘지 모르게 민망하고 간지러운 느낌이었는데 이제는 배우라는 말이 입에 붙어버렸다. 처음에는 그렇게 질색하던 메이크업도 이제는 자연스럽게 받아들이고, 촬영장의 한가운데 서서 카메라에 둘러싸이는 것이 전혀 어색하지 않았다.

"고작 2년 만에 이룬 성공치고는 진짜 꽤 멀리 왔죠?"

김인숙의 질문에 장택근은 고개를 끄덕였다.

돈도 PD로 일했다면 평생 만져보지도 못할 돈을 이미 벌어두었고, 또한 인지도 역시 꽤나 탄탄해졌다. 자신에게 주어진 시간이 고작 2년뿐이었음을 생각하면 성공도 이만한 성공이 없었다.

"뭐, 아직 갈 길이 멀지요. 진짜 스타가 되려면 이런 정도로는 턱도 없으니까요."

사람들이 알아봐 주니 스타가 됐다고 착각할 수도 있겠지만 아직 자신은 부족했다. 잘 봐줘야 '반짝이' 일 뿐이니 지금부터 기고만장해서야 나중에 어떤 꼴이 될지 몰랐다.

"좋아요. 그런 마음가짐이에요. 초심을 지키라는 말은 안 할게요. 사람이 원래 위치가 달라지면 마음가짐도 달라지는 게 당연하니까요. 대신 현실에 안주하지 말아요."

제법 엄한 김인숙의 말투에 장택근은 저도 모르게 고개를 끄덕였다.

"택근 씨를 대신할 사람은 얼마든지 있어요. 그 사람들이 재능이 부족해서 못 올라오는 거 아니에요. 노력이 부족해서 못 올라오는 것도 아니고요. 그냥 택근 씨는 운이 있었을 뿐이고 그들은 운이 없었다는 차이일 뿐이에요."

당장 멀리 볼 것도 없었다. 요즘 자신과 절친하게 지내는 이우혁만 해도 실력이나 외모, 노력까지 어느 것 하나 부족하지 않았다. 그럼에도 불구하고 그는 아직도 조연 자리를 따내기 위해 발에 땀이 나도록 뛰어다녀야 했다.

"그리고 하나 더 그들과 제가 다른 점이 있죠."

그의 말에 김인숙이 흥미롭다는 눈빛을 해 보인다.

"저한테는 김 대표님이 있고 그 사람들에게는 없다는 차이지요."

생각지도 못한 그의 말에 김인숙이 눈을 동그랗게 떴다. 커다랗게 뜨인 눈망울에 떠오른 감정은 당혹스러움보다는 유쾌함에 가까웠다.

"우리 택근 씨가 그런 말도 할 줄 알아요? 진짜 이제 이 바닥 사람 다 됐네요."

배를 잡고 허리까지 숙이며 웃어대는 그녀의 눈매에 눈물마저 맺혔다.

"좋아요. 바로 그런 자세예요. 우리 이번 영화도 한번 진짜 대박 내봐요."

그녀의 말에 장택근이 손을 내밀었다. 여전히 웃음기가 가득한 얼굴을 한 그녀가 그의 손을 미주 잡았다.

"잘 부탁드립니다."

장택근과 김인숙이 서로의 손을 굳세게 마주 잡았다.

* * *

"진짜 자르시게요?"

"네."

"진짜요?"

"네."

"후회 안 하세요?"

"그냥 잘라 달라니까요."

한참이나 이어진 질답에 장택근이 황당하다는 표정을 지어 보였다.

"오 실장님, 그냥 잘라주세요."

결국 보다 못한 성민경이 나서서 이야기하니 오 실장이 울상이 되었다.

"그래도 아깝잖아. 택근 씨한테 이 스타일이 얼마나 잘 어울리는데."

입으로는 아깝다 말하면서도 결국 가위를 잡은 그녀가 눈물을 머금고 장택근의 기다란 머리칼을 쳐 냈다.

"우리 차승훈이도 끝이네요."

끝까지 엄살을 피우며 호들갑을 떨어대는 오 실장의 말에 장택근이 작게 웃었다. 전부터 〈체크메이트〉의 차승훈 팬이라며 자신 역시 차승훈앓이의 희생자라고 너스레를 떨어댄 오 실장이다. 그런데 오늘 하는 꼴을 보니 농담이 아니라 정말로 '차승훈'을 어지간히 좋아했던 모양이다.

"택근 씨만큼 포마드 스타일이 잘 어울리는 배우도 없는데."

"그래도 배역 맡은 게 있어서 어차피 잘라내야 해요."

오 실장의 푸념에 성민경이 대답을 대신했다.

성공적으로 파이낸싱 작업까지 마친 영화 〈심장이 뛴다〉의 크랭크인이 이제 코앞으로 다가왔다. 당연하게도 이제는 슬슬 배역에 몰입을 시작해야 할 때였다.

극중 소방관 배역의 이미지와 지금의 헤어스타일은 너무나 이미지가 동떨어져 있다. 세상에 어느 소방관이 연예인도 부담스러운 이런 머리스타일을 하고 다닌다는 말인가. 당연하게도 스타일의 변화가 필요했다.

"그래도 너무 짧게 가는 건 좀 그렇지 않아? 택근 씨 두상이 워낙에 예뻐서 잘 어울리긴 하겠지만, 대충 손질할 정도는 남겨두는 것도 잘 어울릴 것 같은데."

클리퍼를 들고 여전히 미련이 남는지 성민경을 설득하려

는 오 실장의 말에 장택근이 한숨을 내쉬었다.

"어휴, 그냥 잘라주세요. 이러다 해 넘어가요. 어차피 남자들 머리는 금방 자라잖아요."

그의 말에 오 실장이 눈을 질끈 감고 클리퍼를 작동시켰다.

"진짜 아깝다. 진짜."

바닥에 가득 떨어진 머리카락을 보며 오 실장이 길게 한숨을 내뱉었다. 그에 반해 장택근은 한결 홀가분한 얼굴로 거울을 바라보았다.

그간 많이 익숙해졌다고는 하지만 여전히 부담스럽던 머리는 온데간데없고 마치 이등병처럼 깔끔하게 반 삭발이 된 사내가 거울 속에 있다.

조금 어색하기는 하지만 그는 만족스러운 얼굴을 해보였다.

역시 남자는 머리가 짧아야지 계집애처럼 기르는 건 별로다.

"이렇게 보니까 택근 씨, 되게 동안이네요?"

성민경의 말에 한탄을 하던 오 실장이 고개를 끄덕였다.

"냉철한 차승훈이는 사라지고 어디서 이런 귀요미가 나왔을까."

오 실장의 말에 주변에서 장택근을 훔쳐보고 있던 손님들이 깔깔거리며 웃음을 터뜨렸다.

하지만 실상 머리를 짧게 쳐 낸 장택근의 이미지는 귀여운 쪽과는 거리가 멀었다. 날카로운 턱 선에 어딘지 모르게 사나운 눈매까지 귀여운 구석이라고는 단 한 구석도 찾아볼 수가 없었다. 그럼에도 불구하고 여자 손님들은 오 실장의 말에 좋다고 맞장구를 쳤다.

남자와 여자의 눈은 뭔가 다른 모양이다.

장택근은 까슬까슬한 머리를 쓰다듬으며 일어났다.

갑작스레 휑해진 머리 탓에 허전한 기분이 들었지만 나쁘지 않았다. 같은 반 삭발이어도 오 실장이 신경을 제법 쓴 모양인지 가운데가 슬쩍 솟아난 게 얼핏 모히칸 스타일이다. 의도한 것과는 달랐지만 강인하고도 투박한 느낌이 마음에 들어 그는 흡족한 얼굴을 해 보였다.

"아, 근데 우혁이하고 우영이는 머리 잘랐대요?"

"아, 우혁 씨는 잘랐고요, 김우영 씨는 지금 추 실장님이 잡으러 갔어요. 머리 자르기 싫다고 도망가는 사람은 처음 봤어요."

역시나 사소한 것 하나도 그냥 넘어가지 않는 김우영의 기행에 장택근이 고개를 절레절레 저었다. 김우영을 떠올리며 피식 웃은 그가 다시 한 번 거울 속의 자신을 바라보았다.

강인한 눈매에 투박한 헤어스타일까지 겹치니 제법 투박한 사내가 자신을 바라보고 있다. 이제 저 눈앞의 사내는 불길을 헤치고 사람들을 구하는 대한민국의 소방관이 되어야 한다.

한참을 거울을 바라보던 그가 슬쩍 턱을 쓰다듬었다.

"음, 턱이 좀 허전한데 수염이라도 좀 길러볼까요?"

"절대 안 돼요!"

그의 말에 성민경과 오 실장이 빽 하고 소리를 질렀다.

*　　*　　*

장택근은 평소 혼자 쓸 때는 한 번도 좁다 생각하지 않던 밴이 오늘은 군식구들 때문에 제법 비좁게 느껴졌다.

"대본은 다 잘 확인했지?"

추영훈의 말에 이우혁과 장택근이 고개를 끄덕였다.

"네, 뭐, 대충은."

"네."

제법 자신감 있는 그들의 대답에 추영훈이 만족스러운 얼굴을 해보이다가 끝까지 대답을 하지 않는 김우영의 모습을 발견하고는 얼굴을 찌푸렸다.

"우영 씨는? 대본 체크 안 했어?"

근 한 달 사이에 얼굴이 반쪽이 된 김우영은 퀭한 얼굴로 창밖을 보고 있다가 그의 말에 화들짝 놀라 입을 열었다.

"네? 대본이요? 아, 네, 봤어요."

어딘지 모르게 미덥지 않은 대답이라 추영훈이 룸미러를 슬쩍 살펴보니 아니나 다를까, 고개를 푹 숙이는 그의 표정에 자신감이 하나도 없다.

"오늘 오시는 배우 중에 성격 까다로운 사람 많다. 특히 다른 분은 몰라도 임수진 씨나 김상경 씨는 연기에 관해서는 엄청 엄한 사람들이니까 미팅 때 망신 안 당하려면 지금이라도 읽어봐."

추영훈의 말에 그가 더욱 울상이 되었다.

"넌 인마, 대사도 별로 없는데 그걸 제대로 체크를 안 했어?"

"트레이너한테 시달리느라 제정신이 아니었단 말이에요."

이우혁의 핀잔에 변명하는 그의 얼굴이 꼭 숙제를 안 해 선생님에게 혼나는 초등학생의 얼굴과 다르지 않았다.

"나는 아직도 네가 어쩌다가 배우가 됐는지 이해가 안 간다."

"동감. 대본도 안 읽어, 그렇다고 연기 연습을 하는 것도 아니야. 대체 배우는 왜 됐니?"

장택근과 이우혁이 입을 모아 김우영을 구박하자 한창 운전 중이던 추영훈이 대꾸했다.

"아, 두 사람은 모르겠구나. 원래 우영 씨, 배우 지망 아니었어. 가수 지망생이었는데 소속사에서 배우로 내돌린 게 어쩌다 인기를 얻어서 그대로 쭉 나간 케이스야."

그의 말에 장택근이 그제야 납득이 간다는 얼굴을 해보였다.

평소 생활습관을 보면 김우영은 절대 배우를 할 인물이 아니었다. 대본을 읽는 것은 물론 연기 연습에 다른 배우들의 연기를 모니터링하는 것조차 질색해하는 그를 어느 누가 배우라고 생각할 수 있겠는가.

"의외네요? 그럼 우영이, 노래 잘하겠네?"

이우혁의 질문에 추영훈이 웃음을 터뜨렸다.

"글쎄, 딱히 그것도 아닐걸. 만약 노래를 정말 잘했으면 연기와 노래를 병행했겠지 배우로만 내돌렸을까?"

듣고 보니 또 그런지라 장택근과 이우혁이 고개를 절레절레 저었다.

"저는 랩하고 안무 담당이었거든요? 노래는 못한 게 아니라 제 재능이 멜로디보다는 리듬에 특화되어 있어서……."

"말은 잘한다. 그러는 놈이 대사 한 줄 읽는데 그렇게 박자가 엉망이야?"

제 딴에는 변명이라고 하는 말이 가관이라 장택근이 결국 한마디 하니 김우영의 얼굴이 와락 찌푸려졌다.

"너 이번에 제대로 안 하면 김 대표님이 바로 군대 보내 버린다고 하더라."

"왜 나만 가지고……."

"너만 열심히 안 하니까 그렇지."

처음에는 장난식으로 시작한 잔소리가 나중에 가서는 제법 엄해졌다.

"택근이 배역 받을 때 끼워 팔기로 들어간 건데 네가 제대로 안 하면 택근이나 김 대표님 얼굴이 뭐가 되겠니."

이번 잔소리는 제법 아팠는지 김우영이 자존심이 상한 얼굴을 해보였다. 이우혁이 그런 그의 얼굴을 보고는 한마디 더 하려다가 그대로 입을 다물었다.

"인마, 우혁이도 너 걱정돼서 하는 말이잖아. 임수진 선배님이나 김상경 선배님 성격 유명하잖아. 오늘 모르긴 몰라도 대본 리딩 때부터 피가 튈 텐데 그게 네 피면 어떻게 할래?"

장택근이 나서서 얼러주니 그제야 그의 얼굴이 조금이나마 펴졌다.

"그 사람들한테 한번 찍히면 영화 찍는 내내 피곤하다고 하더만. 임수진 선배야 너랑 마주칠 일이 많이 없다고 해도 김상경 선배님은 처음부터 끝까지 내내 같이 찍는다."

뒤늦게 대본을 펼쳐 든 그가 자신의 대본을 읽는데 온갖 주석과 해석 따위가 너저분할 정도로 쓰인 장택근과 이우혁의 대본에 비하면 새것과 다름없다.

"그나저나 정작 나도 떨리네."

옆에서 중얼거리며 대본을 읽어대는 김우영을 바라보다 이우혁도 대본을 펼쳐 들었다.

한참을 그렇게 각자 대본을 읽으며 가다 보니 차가 미팅 장소에 도착했다.

"들어가면 선생님들하고 선배님들한테 먼저 인사하고 방정 떨지 말고 잘해봐. 영화가 급이 있어서 영화판에서 난다 긴다 하는 사람들 다 왔을 테니까 이번에 단단히 눈도장 받으라고."

추영훈의 말에 알았노라 대답한 장택근이 이우혁과 김우영을 이끌었다.

"음, 좀 떨리긴 한다."

회의실의 문 앞에 선 장택근의 얼굴이 조금은 굳었다. 이미 몇 번이나 경험해 보았다고는 해도 첫 대본 리딩은 언제나 부담스러웠다. 대본을 읽는 것보다 처음 만나는 배우들과의 상견례가 더욱 신경 쓰였다.

첫 작품에 비하면 하늘과 땅 차이라고 할 정도로 위상이 달라졌다지만 그거야 대중들 앞에서나 먹힐 소리이고 연기자들 사이에서는 그저 일개 신인 연기자에 불과할 뿐이다.

"뭘 그렇게 긴장들을 하세요."

장택근과 이우혁이 마음의 준비를 한답시고 심호흡을 하

고 있는데 김우영이 벌컥 회의실의 문을 열어버렸다.

"안녕하십니까!"

허둥지둥 김우영을 따라 대기실에 들어가니 안에서 대본을 읽고 있던 사내 하나가 벌떡 일어나 마주 인사를 해왔다.

"안녕하십니까, 선배님들! 신인 연기자 소준섭이라고 합니다!"

쭉 찢어진 눈매가 인상적인 사내가 허리를 격하게 접어 보이며 인사를 하자 김우영이 금세 거들먹거리기 시작했다.

"아, 신인이시구나. 난 또 선배님들 계신 줄 알고."

"네, 잘 부탁드리겠습니다!"

긴장한 기색이 역력한 얼굴로 자신들의 눈치를 살피는 소준섭의 모습에 장택근은 자신의 미래를 보았다. 곧 들이닥칠 선배 연기자들의 존재를 떠올리니 괜스레 속이 쓰려올 지경이다.

"무슨 역 맡았어?"

"조용후 역을 맡았습니다!"

김우영의 질문에 대답하는 목소리가 씩씩하다.

"어, 조용후 역이면 내 파트너네? 잘 부탁해요."

극중 장택근이 맡은 배역 '김형준'의 파트너가 되는 '조용후'다. 소방서에 갓 전입해 와 좌충우돌하며 김형준을 따라다니는 역인지라 제법 비중이 큰 역할이기도 했다.

"조용후면… 비중 좀 있는 역할인데?"

이우혁의 말에 김우영이 고개를 갸웃거렸다.

"운 좋게 감독님께서 믿어주셔서 역을 맡았습니다. 많은 지도 편달 부탁드리겠습니다."

싹싹하게 그들의 말에 일일이 대답을 해오는 모습을 보며 장택근과 이우혁이 소곤거렸다.

"아무래도 저놈도 끼워 팔린 놈 같지?"

"아마도."

연기 경력도 없고 또 그렇다고 특별히 활동을 하고 있는 배경도 없었다. 그렇다면 주연급 배우와 함께 캐스팅이 되었거나 그도 아니면 일전의 이우혁처럼 투자자의 스폰과 함께 들어온 경우일 가능성이 컸다.

"준섭 씨는 회사가 어디? 이쪽은 전부 NB엔터테인먼트거든."

"네, 대상 엔터테인먼트에서 왔습니다."

아니나 다를까, 대상이라면 이번 영화에 제법 많은 금액을 투자한 투자자 중 하나이다.

"캬! 회사가 능력이 좋으니까 배역도 막 내리꽂는구나. 투자금 넣으면서 같이 들어온 거야?"

김우영의 말에 장택근이 뜨악한 얼굴을 해보였다. 사실 남에게 부끄러울 것도 없고 이미 관례적으로 많은 배우가 비슷

한 방법으로 배역을 따내고 있는 실정이라지만 저렇게 대놓고 말하는 경우는 한 번도 보지 못했다.

역시나 소준섭이 당황한 얼굴로 입을 벙긋거리는데 이우혁이 재빨리 나섰다.

"인마, 너도 택근이 때문에 꼽사리로 껴온 거면서 뭔 말을 그런 식으로 해?"

"아니, 저는 그냥 부러워서 말한 건데."

저쯤 되면 정말 바보도 저런 바보가 없다. 억울하다는 얼굴 너머로 정말로 사심이 한 점도 보이지 않았다.

"아, 준섭 씨, 미안해. 우영이가 원래 솔직한 편이라 말을 좀 안 가려요. 다른 뜻이 있는 것은 아니니까 기분 상해하지 말아요."

"네……."

얼떨떨한 얼굴로 김우영과 이우혁을 바라보던 소준섭이 굳은 음성으로 대답했다. 이우혁 덕분에 상황이 대충 수습되기는 했다지만 분위기가 어색해진 것은 어쩔 수 없었다.

그 순간 회의실의 문이 빠끔히 열리며 누군가가 들어섰다.

"어라? 분위기가 왜 이래?"

아담한 키에 단아한 얼굴을 한 여인이 회의실에 감도는 어색한 공기를 느꼈는지 고개를 갸웃거리며 말했다.

"안녕하십니까."

"임수진 선배님, 처음 뵙겠습니다."

작고 여린 외모를 한 그녀지만 벌써 영화와 드라마를 수십 편이나 찍은 베테랑 연기자다. 여기 있는 어느 누구와도 견줄 수 없는 화려한 이력과 필모그래피를 가진 그녀인지라 장택근을 비롯한 연기자들의 태도가 깍듯했다.

"아, 반가워요. 임수진이에요."

반갑다며 웃음을 보이는 그녀 탓에 회의실의 공기가 대번에 화사해졌다. 마치 꽃이 피어나듯 화사한 웃음을 짓는 그녀의 모습에 남자들이 일순간 넋을 잃었다.

"앉아요. 왜들 그렇게 서 있어요. 누가 보면 내가 군기 잡는 줄 알고 욕해요. 빨리 앉으라니까."

그녀의 장난스러운 말에 뒤늦게 정신을 차린 남자들이 자리에 앉자 그녀가 작게 콧노래를 부르며 대본을 꺼내 들었다.

처음 보았을 때까지만 해도 도도하고 우아한 분위기 탓에 말도 걸기 힘들었지만, 지금의 그녀는 입가에 은은하게 매달린 미소 탓에 분위기가 그렇게 부드러울 수가 없었다.

"택근 씨가 김형준 역이죠?"

목소리 또한 어찌나 여성스럽고 조곤조곤한지 마치 귓가에서 새가 지저귀는 듯한 느낌이다.

"네, 선배님. 잘 부탁드릴게요."

장택근이 그녀를 똑바로 바라보며 고개를 숙이자 그녀가

눈매를 살짝 휘어 올렸다.

"부탁은 내가 해야죠. 내가 나이가 좀 많아서 감정이입하기 힘들어도 노력 좀 해봐요."

얼핏 보기에는 20대 초반처럼 보이는 외모지만 황당하게도 그녀의 나이는 40줄에 접어들고 있었다. 극중 그녀와 연인관계를 연기해야 하는 장택근의 입장에서는 조금 부담스러울 법한 나이 차이기도 해 그는 표정을 가다듬었다.

"에이, 선배님이 저보다 한참은 더 어려 보이시는데요."

어려 보인다는 말에 임수진이 기분이 좋아졌는지 곱게 미소를 지어주었다. 마냥 아부만은 아닌 게 실제로도 얼굴만 보면 장택근 쪽이 명백한 연상이었다.

"근데 좀 일찍 오셨네요?"

"아, 차에 있는 거 싫어해요. 매니저는 여주인공이 너무 일찍 나타나면 매력 없다고 뭐라 하는데 갑갑해서 차에는 있기 싫더라고요. 근데 막상 와보니까 남자주인공도 와 있고, 오기를 잘했네요."

그녀의 웃음기 어린 말에 장택근이 고개를 끄덕였다. 20대와 30대를 톱스타로 살아온 그녀다. 도대체 얼마나 바쁘게 살아왔을지 생각하면 그녀가 차에서 보낸 세월이 적지 않을 것이다.

"차보다는 여기가 낫죠. 창문도 있고 널찍하니. 저도 차에 있는 건 어지간히 싫어해서.

자신 역시 그간의 살인적인 스케줄을 소화한답시고 서울과 부산이 좁다고 뛰어다닌 시절이 있었다. 그렇게 스케줄과 스케줄 사이에 시간이 생길 때면 늘 차에서 시간을 보내야 했던지라 그 갑갑함이 얼마나 클지 십분 이해가 갔다.

무언가 공감대를 찾아 이야기를 해나가는 장택근을 바라보며 다른 남자들이 뭔가 감탄한 표정이다.

임수진과 이야기를 나누는 장택근은 문득 고개를 갸웃거렸다. 이렇게나 부드럽고 나긋나긋한 그녀인데 소문만 들으면 천하에 마녀도 그런 마녀가 없었다. 지금도 자신의 말에 수줍게 입을 가리며 웃는 모습을 보면 천생 여자의 모습이다.

그런 생각은 김상경을 비롯한 선배 연기자들이 들어서자 더욱 짙어졌다. 등장과 동시에 회의실을 얼려 버릴 정도로 압도적인 카리스마를 보이는 김상경이다. 아무도 말을 못하고 바짝 얼어 있는데 임수진이 나서서 김상경에게 짓눌린 공기를 가볍게 풀어냈다.

"선배님, 저번 드라마 잘 봤어요. 스케줄 있는 날은 녹화까지 해서 봤다니까요."

"아, 뭘 그렇게까지. 하여간 고마워."

"시청자 입장에서 제가 감사드려야죠. 이렇게 재미있는 드라마를 찍어주셨는데."

바짝 군은 김상경에게 살갑게 이런저런 말을 건네니 이미 결혼해서 애도 있다는 김상경마저도 미녀의 아양에 슬쩍 미소를 지어 보였다.

덕분에 자칫 살벌해질 뻔한 회의실의 분위기가 한결 가벼워졌다.

어느새 회의실의 테이블도 꽉 차고 벽면에 가득 늘어놓은 의자들마저 단역 연기자들로 꽉 차버렸다. 약속 시간이 조금 남았음에도 사람들이 조금 이르게 도착했는지 회의실은 금세 만석이 되어버렸다.

다들 선배 연기자들의 눈치를 본답시고 소곤거리지만 그게 한두 사람이 아닌지라 회의실은 금세 웅성거리는 소리로 가득 찼다.

"음."

그마저도 대본을 읽고 있던 김상경이 주변을 쓱 둘러보니 조용해졌지만, 이내 문을 열고 들어선 감독과 작가로 인해 회의실은 다시 소란스러워졌다.

"자, 다들 도착하신 것 같으니 슬슬 시작해 볼까요?"

*　　*　　*

"저는 뭐 다들 아시리라 믿겠지만 그래도 자기소개는 하겠습니다. 영화 〈심장이 뛴다〉의 감독을 맡은 정영태입니다. 이 옆에 잘생긴 남자분은 각본을 맡은 김지명 작가님이십니다."

정영태 감독은 한국형 블록버스터 영화인 〈휻날리는 태극기〉를 통해 1,000만 관객을 동원하며 일약 스타 감독으로 떠올랐다. 이후로도 수많은 영화를 히트시키며 이제는 명실상부한 한국 최고의 흥행감독이 된 입지전적인 인물이다.

김지명 작가 역시 수없이 많은 소설을 히트시킨 소위 말하는 대박작가였는데, 이번 영화를 통해서 영화계에 데뷔하는 유명인사이다.

당연하게도 충무로에서 파워가 막강할 수밖에 없는 정영태 감독과 김지명 작가라 사람들이 연기 경력의 고하에 상관없이 힘차게 박수로 그들의 인사에 화답해 주었다.

"감사합니다. 시간만 넉넉했으면 각자 소개하는 게 모양새가 좋겠지만 시간이 넉넉하지 않으니 제가 대신 소개해 드리겠습니다. 먼저 남자주인공인 김형준 역할에 장택근 씨."

정영태 감독의 소개에 자리에서 일어난 장택근이 꾸벅 고개를 숙이자 방금 전과 마찬가지로 사람들이 박수를 쳐주었다. 그 뒤로 빠르게 소개가 이어지고, 사람들이 각자 미소를 짓거나 고개를 숙여 보이며 소개에 호응했다.

"그럼 대충 소개가 됐으니 바로 대본 리딩 시작하겠습니다. 비록 현장도 아니고 앉은 채로 하는 거라 감정이 안 살겠지만 배우분들은 최선을 다해 감정을 담아주시기를 부탁드리겠습니다. 이번 리딩을 통해 대본 수정이 있을 수 있으니 이 점 감안하시고요."

역시나 다른 감독들과는 다르게 시작부터 실전과 같은 연기를 종용하는 정영태 감독이다.

"지문은 제가 읽겠습니다. 그럼 바로 시작합니다."

그의 말에 사람들이 부산스럽게 손을 놀리며 대본을 펼쳐 들었다.

*　　*　　*

"다시 갑시다."

김상경의 말에 김우영이 하얗게 질렸다. 벌써 몇 번째 지적을 받는지 모른다. 얼마 되지 않는 대사를 읽는데도 임수진과 김상경의 지적이 자꾸만 그를 향했다.

"김우영 씨라고 했나? 여기 오기 전에 대본 안 읽어봤나? 지금 초등학생이 책 읽는 것도 아니고 왜 그렇게 말을 더듬어?"

날카로운 지적에 김우영이 안절부절못하며 다시 대사를 읽었다.

"반장님, 지금 바로 출……."

"아니, 아니. 지금 상황이 급박하잖아! 근데 왜 그렇게 느긋해! 도대체가 감정이 와야 내가 그 감정을 받아서 연기를 하지."

한 줄도 안 되는 대사를 채 다 끝내기도 전에 김상경이 그의 말을 잘랐다.

"조금 쉬었다 하죠."

결국 보다 못한 정영태 감독이 나서서 휴식을 선언했다.

"15분 정도 휴식할 테니 화장실 다녀오실 분 미리 다녀오시고 잠깐 쉬도록 하세요."

그의 말에도 자리를 일어나는 연기자는 하나도 없었다. 다들 대본을 펼쳐놓고 필사적으로 대본을 머릿속에 우겨넣는데 열중하는 모습이라 무안해진 정영태가 어깨를 으쓱했다.

아무래도 언제 자신들도 김우영과 같은 꼴을 당할지 모르니 발등에 불이라도 떨어진 기분인 모양이다.

"이거 내가 너무 시간을 뺏은 건 아닌지 모르겠어요."

김상경이 한숨을 내쉬며 말하자 정영태가 그 말을 받았다.

"아뇨. 현장에서 고생하는 것보다는 미리미리 잡아두는 게 편하죠. 잘하고 계십니다. 애초부터 대본 리딩이라고 대충 넘어갈 생각은 없었어요. 제 대신 수고해 주시는데 고마울 따름이죠."

잔뜩 굳은 얼굴로 대본을 읽는 데 열중하는 김우영을 보며 그가 고개를 절레절레 저었다.

“저 친구는 대체 어떻게 뽑힌 겁니까?”

“아, 그게 말이죠. 저 옆에 앉은 저 친구, 장택근이라고, 저 친구 데려올 때 같이 딸려왔답니다.”

“아, 덤이네. 답이 안 나오네요. 기본도 없고 성의도 없어요. 아까 얼굴 봤죠? 그것도 연기라고 당당하게 있는 거.”

신랄한 김상경의 말에 정영태가 한숨을 내쉬었다.

“그래도 저 친구가 나름 여성 관객 동원에는 도움이 된다던데. 뭐, 이래저래 제법 인기가 있는 모양인데, 요즘 애들 취향은 당최 알 수가 있어야지.”

입맛을 다시는 그의 말에 임수진이 불쑥 끼어들었다.

“그래도 비중도 없는 역 하나 주고 장택근 저 친구 데려왔으면 이득 아닌가요? 내가 아는 감독들만 해도 저 친구한테 시나리오 넣은 사람이 한둘이 아니거든요.”

“아, 택근 씨? 택근 씨야 뭐 말할 게 있나. 요즘 최고 이슈메이커에 연기력도 발군이고 최근 나온 신인 중에는 가장 물건이지.”

임수진의 말에 정영태가 고개를 끄덕였다. 방금 전까지 김우영에 대해 이야기할 때와는 달리 제법 흡족한 얼굴이다.

“아, 나도 도살자는 봤는데, 저 친구 순 편집발 아니야? 대사 치는 거 보니까 별로 특별할 것도 없고. 나는 차라리 저 옆에 우혁이라는 친구가 더 기대가 되는데. 발성도 좋고 감정 전달력도 좋아. 연극판에서 몇 년 하다 온 건지 개성도 있고."

김상경은 장택근보다는 이우혁이 마음에 든 모양이다.

"아, 저 친구도 뭐 탄탄하죠. 실력도 있고 마스크도 되는데 운이 없어서 아직 조연이지, 사실 당장 비중 있는 역할을 맡겨도 무리 없이 할 수 있을 정도는 되지."

"그렇긴 해도 주연 맡는다고 다 스타가 되는 건 아니죠. 스타 될 사람은 조연을 맡아도 사람들이 알아보잖아요."

정영태와 김상경의 대화에 임수진이 끼어들어 슬쩍 장택근을 추켜세웠다.

"일단 현장에서 보세요. 저 친구는 현장에서 날아다니는 스타일이라더군요. 카메라 돌기 시작하면 완전히 다른 사람이 된다던데."

어디서 주워들은 이야긴지 꽤나 상세한 그녀의 이야기에 정영태가 어디서 들었는지 출처를 물었다.

"장미연 선배 아시죠? 저 친구랑 같이 영화 찍었잖아요. 저 친구 보고 감동받았다고 어찌나 이야기하시는지 귀에 딱지가 앉을 판이라니까요."

"아, 장미연 씨라면 그래도 사람 보는 눈이 제법 있지. 그 눈을 다른 쪽에 써서 문제지."

"앗, 상경 선배님, 제가 미연 선배님이랑 엄청 친한 거 아시면서."

금세 화제가 다른 쪽으로 넘어가 버린 김상경과 임수진을 보며 정영태가 가만히 생각에 잠겨 있다가 조감독을 불렀다.

"지금 카메라 준비 되지?"

"네? 네."

"그럼 가서 가져와."

임수진이 그 말에 고개를 돌렸다.

"어? 정 감독님, 카메라는 왜요? 오늘 메이킹까지 찍게요?"

"아, 수진 씨가 그랬잖아. 저 친구 카메라 돌기 시작하면 다른 사람 된다면서요? 저도 한번 어떻게 변하는지 보려고요."

정영태의 대답에 임수진이 황당하다는 얼굴을 해보였다. 원래부터 즉흥적이고 기분파인 정영태 감독의 소문은 들었지만, 이건 또 경우가 다른지라 그녀가 떨떠름하게 이야기했다.

"그거야 뭐 말이 그렇다는 거죠. 대본 리딩에 카메라 돌린다고 현장 되는 건 아니잖아요."

괜히 자신 때문에 일이 커졌다고 생각한 그녀가 수습하기 위해 안간힘을 쓰는데 곁에서 지켜보던 김상경이 정영태의 편을 들었다.

"뭐 하러 말려. 있어봐. 재미있겠구먼."

평소에는 근엄하고 카리스마 있는 김상경이지만 한번 흥이 나면 정영태 감독만큼이나 기분파가 되곤 하는지라 그의 얼굴에 드물게 장난기가 떠올랐다.

*　　　*　　　*

"그러니까 여기 대사 할 때는 봐봐. 상황이 급박하잖아. 출동 소식을 알리는데 걸어왔겠어? 당연히 뛰어왔겠지. 호흡도 좀 가쁘게 하고 급하게 좀 해봐."

이우혁은 잔뜩 기가 죽은 김우영을 보며 조언을 해주느라 바빴다. 차 안에서 놀리긴 했지만 정말로 김상경과 임수진의 집중 포화를 맞을 줄은 장택근도 몰랐던지라 그 곁에서 상대 배역을 해주며 그들을 거들었다.

"반장님! 지금 바로 출동입니다!"

"오! 조금은 나아졌어."

마치 책을 읽는 듯하던 김우영이 이우혁의 집중 교습에 조금은 나아진 모습을 보이자 보는 사람들이 덩달아 기쁜 얼굴을 했다.

"자, 조금 더 헐떡이는 느낌으로."

"바, 반장님! 지금 출동이랍니다!"

이번에는 대사가 틀려 버렸지만 느낌만큼은 훨씬 나아졌다. 장택근이 김우영의 어깨를 두들기며 그의 기를 살리기 위해 칭찬을 해주었다.

“훨씬 나아졌어. 그 느낌 그대로 이번에는 대사 틀리지 말고.”

“바, 반장님! 지금 바로 출동입니다아아!”

기세를 탄 그가 어찌나 크게 대사를 읽었는지 한창 자기 대사를 읽느라 열중해 있던 연기자들이 일순간 그를 쳐다보았다.

“됐어? 조금 나아졌어?”

제 스스로 느낀 것이 있는지 방금 전과는 완전히 달라진 김우영의 음성이 들떠 있다. 장택근과 이우혁이 한시름 덜었다는 얼굴로 그의 어깨를 두들겨 주었다.

“그래, 다 좋은데 너무 크게 읽지 마. 다른 사람들 연습하는 데 방해되잖아.”

장택근의 핀잔에도 김우영이 아랑곳하지 않고 기쁜 얼굴로 대사를 읽어댔다. 확실히 한번 감을 잡자 대사가 훨씬 더 매끄러워진 모습이다.

“근데 형들은 연습 안 해요?”

한창 제 대사를 읽느라 입을 쉬지 않고 놀리던 김우영이 생각났다는 듯이 물었다.

"인마, 우리야 여기 오기 전에 백 번도 더 했지. 이제 와서 몇 번 더 읽는다고 달라지는 건 없어."

"그래서 미리미리 연습해 두라고 했잖아. 너 오늘 김상경 선배님 때문에 좋은 공부 하는 줄 알아."

제 딴에는 시간을 뺏은 게 미안하답시고 던진 말인데 본전도 못 건지자 김우영이 와락 인상을 썼다.

"어? 갑자기 웬 카메라?"

이우혁이 갑작스레 회의실에 나타난 카메라에 고개를 갸웃거렸다.

"오늘 메이킹 얘기는 없었지?"

"당연하지. 메이킹 찍는다는 이야기가 있었으면 다른 사람들이 저 꼴로 왔겠냐?"

그의 말마따나 수수한 차림의 배우들이 술렁이며 소곤거리자 회의실이 금세 소란스러워졌다.

"뭐지, 그럼? 이제 와서 카메라 테스트를 할 리도 없고."

장택근이 고개를 갸웃거리는데 정영태가 갑자기 자리에서 일어났다.

"자! 휴식 시간 끝났습니다! 자리에 안 계신 분은 없는 것 같으니 바로 다시 들어가겠습니다."

그가 그렇게 말하고는 카메라를 들고 뒤에 선 조감독에게 눈짓했다. 조감독이 어깨에 지고 있던 카메라를 능숙한 동작으로 만지작거리기 시작한다.

“갑작스럽겠지만 아무래도 그냥 앉아서 대본을 읽다 보니 감정이 안 사는 것 같아서 카메라를 준비했습니다. 역시 카메라가 있어야 연기하는 데 흥이 나지 않겠습니까?”

뻰뻰스러운 그의 말에 사람들이 하나같이 인상을 찌푸렸다.

“잠깐 메이크업할 시간 없나요?”

한 여성 연기자의 말에 정영태가 고개를 저었다.

“오늘 하루 종일 대본만 읽을 것도 아닌데 대충대충하시죠. 중간에 밥도 먹고 해야 할 거 아닙니까.”

대꾸라고 하는 말이 가관도 그런 가관이 아니다. 대충대충하자고 해놓고 카메라를 들고 나타난 쪽이 대체 어느 쪽이란 말인가.

“음, 하는 김에 그냥 일어나서 할까요? 아니지. 테이블을 옆으로 치우면 되겠네.”

방금 전에 한 자신의 말 따위는 기억도 나지 않는다는 듯한 그의 태도에 사람들이 웅성거리는데 김상경이 한 발 앞으로 나섰다.

“그냥 약소하게 리허설한다고 생각하면 되는 거 아니야? 기왕 이렇게 된 거, 그냥 최선을 다하자고.”

아무렇지도 않은 그의 어조에 사람들이 한숨을 내쉬었다.

소문대로 기행을 일삼는 정영태 감독의 행동에 김상경마저 동조하자 도저히 상황을 피해 갈 수 없다 생각한 모양인지 다들 분분히 대본을 들고 테이블을 밀어냈다.

"이야, 우리 회의실이 이렇게 넓었네. 이렇게 넓은 공간을 두고 그간 답답하셨죠, 여러분?"

장난스러운 그의 말에 사람들이 결국 참지 못하고 한숨을 내쉬었다.

7장

대본 리딩

"신7, 아파트 입구, 쾅 하는 폭발음, 진동하는 카메라, 소스라치게 놀라 고개를 숙이고 움츠려 드는 사람들. 격렬한 폭발탓에 사람들의 머리 위로 열풍이 휘젓고 지나간다. 고개를 드는 놀란 눈빛의 여자. 김윤아다. 길호, 지휘본부장이 들고 있는 무전기를 급하게 빼앗아 들며."

정영태가 지문을 읽어주자 대기하고 있던 김상경이 앞으로 나섰다. 잔뜩 인상을 찌푸린 그가 한 손으로 휴대폰을 마치 무전기처럼 잡고 다급하게 외쳤다.

"다들 무사해?"

그 말에 한편에서 이우혁과 장택근이 나름 혼신의 연기를 펼친다.

"네, 괜찮습니다."

"아, 씨바. 진짜 돌아가실 뻔했네."

괜찮다고 말하는 그들의 얼굴에 십년감수했다는 표정이 역력하다.

"새끼들, 무사하구만. 상황은 어때?"

김상경의 대사가 끝나자 정영태가 다시 지문을 읽기 시작했다.

"연기가 자욱하게 깔린 계단, 형준이 내민 손을 상태가 잡고 일어선다. 연기로 한 치 앞을 분간하기 힘든 복도. 상태와 형준이 서로의 몸을 살펴보며 이상 유무를 찾는다. 아파트 창을 내다보며 잠시 갑갑함을 해소한 형준이 무전기에 대고 말한다."

"현재 상황, 그다지 좋지 않습니다. 시야 확보가 어렵고 아파트가 낡아서 언제 무너질지 모르는 상황입니다."

"일단 더 깊이 들어가지 말고 방수를 기다려."

정영태 감독이 지문을 읽으면 대본을 꼭 쥐고 있던 연기자들이 대본마저 내던지고 회의실의 중앙에 나와 연기를 펼쳤다. 이제는 대본 리딩이라기보다는 마치 오디션 현장처럼 배우들이 몸짓과 발짓을 섞어가며 혼신의 연기를 보였다.

"캬! 진즉 이렇게 할걸. 카메라 돌리니까 분위기가 완전 달라지잖아."

잠시 지문과 지문 사이 연기자들이 대사를 주고받는 틈에 정영태가 곁에 있는 김지명 작가에게 말했다.

"끄응. 좋기는 한데 이렇게 해서 오늘 대본 다 읽을 수 있겠어? 이제 11번 신인데 언제 89번 신까지 다 읽을지."

"뭐 밤을 새우더라도 읽기야 읽겠지. 왜요? 벌써부터 힘드신가?"

"그걸 지금 말이라고 합니까. 앓느니 죽지."

"그럼 뭐, 잠깐 쉬었다 하죠."

그들이 그렇게 잡담을 나누는 사이에 연기자들의 대사가 끝났다. 정영태 감독이 지문을 읽기를 기다리는 연기자들의 눈빛이 그들에게 향했다.

정영태가 그들의 시선에 어깨를 으쓱하며 벌떡 일어났다.

"자, 잠시 쉬었다 갑시다. 아주 잘하고들 있습니다. 15분 휴식입니다."

그의 말에 연기자들 사이에서 한숨이 흘러나왔다.

"어때? 괜찮아?"

정영태가 카메라를 쥐고 있던 조감독에게 물으니 조감독이 엄지를 치켜세웠다.

"배우들이 연기를 잘해서 그런지 꼴이 저래도 분위기가 사는데요?"

"김상경 씨야 말할 것도 없고 다른 배우들도 전부 연기력 보고 뽑았으니까."

"그래도 안 그런 사람도 있어요."

조감독의 시선이 김우영과 몇몇 연기자를 훑어갔다.

"끄응. 그래도 아까보다는 훨씬 나아졌으니 그걸 위안 삼아야지. 아니다. 이럴 게 아니라 내가 한번 봐야겠다. 카메라 줘봐."

그렇게 말한 그가 카메라를 뺏듯이 넘겨받아 테이프를 돌렸다.

화면 속의 배우들이 이리저리 움직이며 대사를 읊어댄다. 제각각 상황에 몰입해 연기하는 모습이 복장과 어울리지 않아 제법 우스꽝스러웠지만, 몇몇 연기자는 그런 복장마저도 연출로 보이게 하는 힘이 있었다.

김상경이 그랬고 임수진이 그랬다. 또한 장택근도 그들에게 꿇리지 않았다.

그들에게는 복장도 장소도 중요하지 않았다. 그들이 연기할 때는 마치 주변의 배경이 바뀐 듯한 느낌이다.

카리스마 있는 반장 호길 역의 김상경의 연기는 꾸준히 위엄과 연륜이 드러났다. 임수진의 연기는 정말로 사랑에 빠진 여인의 그것과 다르지 않아 보는 것만으로도 가슴이 설레었다.

그리고 장택근의 연기는 뭐라고 표현할 수가 없는 종류의 것이었다. 발성을 보면 차라리 이우혁이 나은 편인데 또 표정 연기나 감정선을 보면 임수진이나 김상경에 비할 수가 없었다.

그럼에도 불구하고 그의 연기는 사람의 시선을 빼앗는 무언가가 있었다.

특히 방금 전에 보여준 11번 신의 아파트 폭발 신에서는 정말로 눈앞에서 화염이 터져 나온 듯한 모습이다. 자신이 읽어 준 지문, 그중에서 펑 하는 폭발음에 맞춰서 어깨를 움츠린 그의 눈빛에 긴장감이 가득했다.

이후 보여준 대사는 평이한 발성임에도 불구하고 묘하게 사람의 가슴을 옥죄는 느낌이었다. 정말로 폭발 현장을 바로 눈앞에 둔 듯한 그의 모습에 정영태가 감탄했다.

"이야, 이 친구 진짜 물건이네, 물건이야."

찍기만 했지 정작 제대로 영상을 확인해 볼 기회가 없던 조감독이 금세 그의 곁에 달라붙어서 카메라의 조그만 액정을 바라보았다.

"임수진 씨 말이 맞았네요."

조감독의 말에 정영태가 고개를 저었다.

"아니야, 아니야. 이건 카메라 앞이라서 그런 게 아니라 상상력의 문제야. 이 친구는 딱 봐도 머릿속에 온갖 상황을 상상하며 연기하는 것 같아. 그런 친구를 책상에 앉혀놓고 대사를 치라고 했으니 합이 안 맞지. 봐. 여기 보이지? 대사와 표정에만 집중하는 이우혁 씨하고 다르게 혼자서 몸을 움찔거리고 이리저리 고개를 흔들잖아. 뭐 같아?"

그가 카메라의 액정을 두들기며 말하자 조감독이 고개를 갸웃거렸다.

"진짜 그러네요. 뭐지? 이 날씨에 모기라도 있었나?"

"그치? 그치? 아마 이 친구, 머릿속으로 화재 현장을 떠올렸을 거야. 내가 보기에는 불길을 이리저리 피하는 듯한 모션이거든? 봐봐. 여기 불씨나 파편이 튀었다고 생각하면 딱 맞잖아. 그리고 표정을 자세히 보면 어딘지 모르게 숨 쉬기 불편해 보이지?"

정영태의 말에 조감독이 눈을 동그랗게 떴다가 한참 뒤에 고개를 끄덕였다.

"정말이네요. 이게 말이 돼요?"

간혹 가다가 혼자 판을 다시 짜는 배우들이 있다는 이야기는 들었지만 실제로 눈앞에서 보니 믿어지지 않을 정도의 현장감이라 조감독의 음성에 놀라움이 가득했다.

"글쎄, 말이 되고 안 되고는 더 보면 알겠지."

그렇게 말한 그가 한참 김우영을 가르친다고 부산을 떠는 장택근을 바라보았다.

"저 친구가 대사 칠 때는 좀 크게 잡아봐. 그래도 얼굴은 보일 정도로 하고 화면도 가급적이면 정면에서 잡고."

"네."

조감독의 다부진 대답에 정영태가 고개를 끄덕이다가 다시 입을 열었다.

"근데 한 가지 걸리는 게 말이야……."

"네?"

"상상치고는 너무 디테일하단 말이야. 저래서야 마치 불길에 몇 번은 타 죽어본 사람 같잖아."

어딘지 모르게 무거운 그의 어조에 조감독이 피식 웃으며 그의 어깨를 주물렀다.

"에이, 감독님도. 그럼 지금 우리 앞에 있는 사람은 뭐 귀신이게요?"

짐짓 놀리는 듯한 어투라 정영태가 미간을 찌푸렸다.

"이 새끼, 이제 맞먹는다, 아주? 놀리냐?"

말투와는 달리 그다지 기분 나쁘지 않은 듯한 음색이라 조감독이 적당히 겁먹은 표정으로 장단을 맞춰주고는 원래의 자리로 돌아갔다.

정영태는 한참 전부터 말도 안 하고 무언가 생각에 잠겨 있는 김지명 작가를 흘겨보고는 박수를 쳤다.

"자, 휴식 끝났습니다! 바로 12번 신 들어갈 테니까 준비해

주세요!"

그의 말에 연기자들이 다시 긴장한 얼굴로 고개를 쳐들었다.

"신 12, 아파트 4층 18호, 한 치 앞도 분간하기 힘든 연기를 헤치며 조심스러운 걸음을 옮기는 형준과 상태의 모습, 폭발의 순간 이리저리 흩어진 탓에 전쟁터를 방불케 할 정도로 난장판이 된 집안의 모습. 가구들이 불길에 휩싸여 여기저기서 무너져 내린다."

정영태가 물을 한 모금 삼키고는 빠르게 대본을 읽어갔다.

"신 13, 물 펌프 차 앞."

기관원의 배역을 맡은 중년 연기자가 어디서 구해왔는지 담배갑을 마치 무전기처럼 잡고는 비장하게 외쳤다.

"방수!"

"호스의 주둥이 끝을 통해 쏘아 올린 물줄기를 따라 카메라 이동, 아파트 내부로……."

서서히 긴장감을 고조시키는 그의 음성에 연기자들이 각각 시선을 주고받으며 한 발 앞으로 나섰다.

"신 14, 아파트 3층, 비상계단, 노블을 통해 뿜어져 나오는 물을 쏘아대며 불길로 꽉 막힌 전면을 뚫어내기 위해 필사적으로 노력하는 길호."

김상경이 조금 전처럼 휴대폰을 입가에 대고 외쳤다.

"압력 더 올려!"

"더욱더 거세지는 물줄기. 하지만 불길은 쉽게 잡히지 않는다. 신 14, 5층 3호, 불길이 여기저기서 타오르는 집안의 모습을 둘러보는 상태. 학생의 방인지 가지런히 놓여 있던 교과서와 참고서들이 활활 타오르고 있다. 반쯤 타버린 교복을 바라보던 상태. 방을 빠져나가다 안방에서 들리는 희미한 소리를 듣는다. 3분의 1쯤 열려 있는 욕실 문을 통해 물줄기 떨어지는 소리가 들린다."

"인명 구조팀은 최대한 작업을 서둘러라. 건물이 낡아 무너질 위험이 크다."

김상경의 나직한 말에 시선을 멀리 둔 이우혁이 말했다.

"야, 빠지자. 건물 무너진단다."

그의 말에 장택근이 눈을 가늘게 뜨고는 주변을 둘러보았다. 어딘지 모르게 긴장감 가득한 모습에 지켜보고 있던 연기자들마저 마른침을 삼키는데, 그들 뒤로 조감독이 카메라를 들고 장택근의 정면으로 이동했다.

"아니야, 아니야. 누군가가 있어."

마치 홀린 듯이 걸음을 옮기며 이리저리 손을 휘적거리던 그에게 상태가 외쳤다.

"야, 인마! 없어! 살았으면 진즉 빠져나왔겠지!"

상태의 말에 형준이 잠시 뒤를 돌아보았다. 어딘지 모르게 서늘한 눈동자로 상태를 노려보았다.

"만약 빠져나올 수 없는 상황이라면?"

"뭐, 인마?"

상태가 눈을 동그랗게 뜨자 형준이 다시 걸음을 옮기기 시작했다. 그의 발걸음이 방금 전까지 상태가 바라보고 있던 욕실 쪽을 향했다.

[아파트 정문 계단, B구역까지. 퇴로 막혔으니 현장에 있는 대원들은 C구역의 대원들과 합류한다. 반복한다. 퇴로가 막혔으니 방수 중인 대원들과 합류해서 조속히 현장을 빠져나오도록.]

무전기 너머로 들리는 다급한 음성에 상태가 하얗게 질렸다.

"인마! 지금 바로 나가야 돼! C구역까지 가는 길도 간당간당해! 가다가 막히면 다 죽는다고!"

그의 비명과도 같은 말에 형준이 뒤도 돌아보지 않고 대꾸했다.

"넌 가. 나는 더 찾아봐야겠어. 아무리 생각해도 뭔가 이상해. 이 근처에 있는 중학교 중에 오늘 쉬는 학교가 있나?"

뜬금없는 말에 상태가 황망한 와중에도 대답했다.

"아, 여기 옆에 용진중학교가 오늘 개교기념일이야. 그게 뭐, 인마? 빨리 나가자."

상태가 다가와 형준의 팔목을 붙잡았다.

"아까 수색한 방 중에 학생 방이 있었어. 교복이 의자에 걸린 채로 타고 있더라고."

"그게 뭐?"

"부모님은 일 나가고 학생 혼자 집에 있어. 그런데 갑자기 아파트에 불이 나. 정신을 차렸을 때는 이미 복도고 뭐고 전부 난리고. 만약 너라면 어떻게 할 거야?"

그의 말에 낌새를 알아차린 상태가 방금 전까지 신경 쓰고 있던 욕실로 시선을 옮겼다. 이리저리 무너진 가구들로 불길의 벽이 생겨 버린 욕실 너머에서는 여전히 물소리가 들려오고 있다.

"욕실?"

그의 말이 떨어지기가 무섭게 형준이 갑작스레 몸을 날렸다. 쏟아지는 불길을 뚫고 욕실까지 내달린 그가 물이 쏟아지는 샤워기 아래 웅크리고 앉아 온몸을 떨고 있는 여학생을 발견하고는 외쳤다.

"여기는 둘 다시 하나! 여기는 둘 다시 하나! 구조자 발견했다! 가벼운 호흡 곤란 조짐이 보이지만 전체적으로 양호하다!"

[구급팀이 대기 중이다. 최대한 빠르게 구조자와 함께 탈출하라. 현재 아파트 A구역부터 붕괴의 조짐이 보이고 있다.]

무전기를 내려놓은 형준이 반쯤 정신을 잃은 여학생을 들쳐 멨다.

"상태야! 길 뚫어!"

"알았어!"

그렇게 길을 뚫고 앞을 나서는데 형준의 앞에 누군가가 나타났다.

"아……."

장택근은 자신을 멍하니 바라보는 단역 연기자의 얼굴을 보고는 문득 정신을 차렸다. 회의실 중앙에 있던 자신이 어느 순간 구석까지 와버렸다.

"저기요. 이제 내려주세요."

어깨에 짊어지고 있던 여자아이가 조그맣게 말하자 그는 퍼뜩 정신을 차렸다.

"아, 미안. 불편했지?"

짐짝처럼 둘러멘 탓에 제법 불편했을 여자아이를 내려주니 여자아이의 얼굴이 어딘지 모르게 상기되어 있다.

아니, 얼굴이 발갛게 상기되어 있는 건 여자아이뿐만이 아니었다. 주변을 둘러싸고 있던 연기자들의 얼굴이 하나같이 붉었다.

"아, 죄송합니다. 제가 너무 몰입했나 봐요."

"죄송합니다."

자신들 탓에 대본 리딩의 맥이 끊겼다고 생각한 장택근과 이우혁이 민망한 얼굴로 고개를 숙여 보이는데 어디선가 손뼉 부딪치는 소리가 들려왔다.

짝짝짝!

정영태 감독이 벌떡 일어나 박수를 치자 주변에 있던 연기자들이 뒤늦게 박수를 치기 시작했다.

그 얼떨떨한 상황에 장택근과 이우혁이 어리둥절한 얼굴로 서로를 바라보았다.

* * *

정영태는 신바람이 났다. 평소에도 꽤나 현장감 있는 대본 리딩을 주문하고 배우들이 곧잘 따라주기는 했지만, 이번 대본 리딩은 그때와 비교할 수조차 없었다.

넓은 회의실이 좁다고 누벼대는 연기자들의 모습에 절로 콧노래가 나왔다. 지문 따위는 벌써 조감독에게 맡겨두고 카메라를 들고 회의실을 이리저리 뛰어다니기를 한참, 카메라 배터리와 메모리카드만 벌써 세 번이 넘도록 교체했다.

화면 가득 잡힌 배우들의 박진감 넘치는 연기에 그는 문득 아쉬움이 느껴졌다. 만약 이게 대본 리딩이 아니라 리허설이었다면 어땠을까. 아니, 지금 이 분위기 그대로 현장으로 가져갔다면 어땠을까.

생각만 해도 발가락이 오그라들 정도로 찌릿찌릿했다.

"수고하셨습니다!"

어느새 마지막 신까지 대본을 읽고 난 연기자들이 입을 모아 외쳤다. 그 말에 정신을 차린 그는 아쉬움에 입맛을 다셨다.

"벌써 끝났네. 한참 재밌어지려는 참인데."

그의 말에 곁에 있던 김지명 작가가 질린 얼굴을 해보인다. 몇 시간이면 끝날 대본 리딩을 한나절이나 진행했다. 그런데도 정영태는 피곤한 기색 하나 없이 정말로 아쉽다는 듯이 지껄여 대고 있다.

"정 감독님, 지금 우리 11시간 넘게 한 거 알아요?"

결국 참지 못하고 한마디를 하니 그가 시계를 확인하고는 배를 움켜쥐었다.

"벌써? 어쩐지 아까부터 배가 요동을 치더라니."

그 천연덕스러운 말에 김지명을 비롯한 사람들이 고개를 절레절레 저었다.

"다들 수고하셨고, 실제 촬영 들어가서도 딱 지금처럼만 합시다!"

그의 말에 연기자들이 하나같이 지친 얼굴로 고개를 끄덕였다. 대본 리딩이 길어진 탓에 스케줄이 있는 배우들은 먼저 자리를 떴다. 그런 이들의 대사마저도 다른 이들이 읽어야 한 탓에 피로가 두 배는 더 쌓인 기색이다.

휑하니 비어버린 연기자석을 살펴보던 정영태가 씨익 웃었다.

"힘드시죠? 다들 수저 들 힘 있으면 같이 밥이나 먹으러 갑시다!"

연기자들의 피로 가득하던 얼굴이 금세 밝아졌다. 몇몇 연기자는 밥도 술도 싫다며 고개를 저었지만, 대다수의 얼굴에 떠오른 것은 뿌듯함이다.

고작 대본 리딩일 뿐이었지만 마치 영화 하나를 끝낸 듯한 성취감에 다들 기운을 차리고 호들갑을 떨었다.

"택근 씨, 밥 먹고 갈 거지?"

여자 연기자 중에 유일하게 자리에 남아 있던 임수진이 장택근의 어깨를 툭 치며 물었다.

"네? 아, 먹어야죠. 배고파 죽겠네요."

중간에 도시락을 먹기는 했지만 역시 밥은 밥상에 앉아서 먹어야 배가 든든하다. 장택근이 공복감에 울상을 지어 보이자 임수진이 곱게 보조개를 접었다.

"오늘 수고했어요. 진짜 기대 이상이던데?"

"아니요. 선배님들이 워낙에 잘해주시니까 저는 뭐 따라가느라 정신없었어요."

그의 엄살에 김상경이 불쑥 끼어들었다.

"아니야, 아니야. 오늘 주역은 누가 뭐라고 해도 택근 씨야. 이거 이거, 처음엔 그렇게 안 봤는데 진짜 배우네?"

처음과는 다르게 호의 가득한 그의 말에 장택근이 머쓱한 웃음을 짓는데 주변에 있던 연기자들이 하나같이 부러운 얼굴을 해보였다.

평소 후배들을 엄하게 대하고 연기에 있어서는 귀신이라 불릴 정도로 완벽을 추구하던 김상경의 인정을 받았다는 사실이 부러운 것이다. 하지만 부러운 얼굴을 하고 있던 그들도 이내 뿌듯한 표정을 지어 보였다.

왠지 모르게 오늘의 대본 리딩을 통해 한 단계 발전한 듯한 기분이 든 때문이다. 기본기는 다들 갖추고 있는 엄선된 배우들이니만큼 딱히 지적받을 만한 문제점은 없었지만 어딘지 모르게 부족한 감이 늘 있어왔다. 그런데 오늘 장택근과 김상경, 그리고 임수진과 호흡을 맞추다 보니 부족한 점을 깨달을 수 있었다.

자신들에게 부족한 것은 절실한 감정이었다. 아무리 탄탄한 기본기로 그 감정을 메우고 흉내를 내어도 진짜에 비할 수는 없었다. 그런데 오늘 이 자리, 본 촬영도 아니고 리허설도 아닌 고작 대본 리딩 자리에서 그 감정을 배울 수 있었다.

연기를 평생 업으로 살아온 이들에게 오늘만큼 기쁜 날은 없었다.

"갑시다! 소화 잘되는 고기 먹으러!"

한 연기자의 익살스러운 말에 사람들이 와 하고 웃음을 터뜨렸다.

*　　　*　　　*

이 바닥의 저녁 식사라는 것이 으레 그렇듯이 술이 빠지지 않았다. 처음에는 허기가 진 사람들이 바쁘게 젓가락을 놀리며 고기를 먹던 것이 배가 좀 차고 나자 금세 술판이 벌어졌다.

술잔이 정신없이 돌고 술병이 금세 비워진다. 사람들의 얼굴에 웃음이 떠나지 않고 무표정을 고수했던 김상경마저도 지금만큼은 잔뜩 풀어진 얼굴로 후배들과 대화를 나눴다.

임수진 역시 홍일점이라는 포지션답게 사람들의 관심 속에서 웃고 떠들며 술자리를 즐겼다.

하지만 역시 오늘의 자리는 누가 뭐라고 해도 장택근이 주연이었다. 감독이고 작가고 할 것 없이 사람들이 그의 주변에 모여들어서 술을 권하고 한마디라도 더 나누기 위해 열을 올렸다. 장택근이 비워낸 술병만 해도 이 자리에서 마신 술의 10분의 1은 차지하고도 남을 정도로 술잔이 바쁘게 오고 갔다.

그럼에도 불구하고 용케도 제정신을 유지하고 있는 장택근의 얼굴이 한없이 빛나 보인다.

이우혁과 김우영은 조금은 구석진 자리에 앉아서 그를 보며 복잡한 얼굴을 해보였다.

"얼굴이 왜 그래? 오늘 욕 좀 먹긴 했어도 마지막엔 칭찬도 받았잖아."

이우혁이 술잔을 채워 건네며 멍한 얼굴을 하고 있는 김우영에게 말했다.

"아, 뭔가 되게 기분이 묘하네."

"뭐가 또, 인마."

어딘지 모르게 얼이 빠진 모습에 이우혁은 고개를 갸웃거렸다.

"아니, 이게 진짜 연긴가 싶어서. 그간 이것저것 많이 찍기는 했는데 이런 같은 기분은 오늘이 처음이야."

"그동안은 어땠는데?"

"뭐랄까, 그냥 대본 읽고 분량 채우고 나면 끝나는 일? 대충 그런 느낌이었는데 오늘은 뭔가 되게 기분이 묘해. 맞아. 내가 처음 오디션 볼 때 노래를 했거든. 근데 그날따라 노래가 잘 불러지는 게 노래 끝나고도 한참 정신이 없었거든. 근데 지금 내가 딱 그때 그 기분이야."

그가 느릿느릿하게 자신의 심경을 토로하자 이우혁이 피

식 웃으며 그의 어깨를 툭 쳤다.

"인마, 뭘 그렇게 어렵게 말해. 그냥 오늘 자기 연기에 감동받았다고 해."

이우혁의 말에 김우영이 멍한 눈동자를 굴려 그와 시선을 마주했다.

"내가? 내 연기에? 그래도 돼? 나 발연기잖아. 아까도 김상경 선배님한테 엄청 혼나고 임수진 선배님도 뭐라고 했는데?"

"마, 그게 뭐 어때서? 그래도 나중에는 잘했잖아. 꼭 연기를 소름 끼치게 잘해야 연기를 잘하는 건가. 그렇게 자기감정에 충실한 연기도 진짜 연기지."

"그래? 진짜 그런가? 아직도 막 가슴이 두근거리네."

발갛게 달아오른 김우영의 얼굴이 꼭 술 탓은 아닌 모양이다. 가슴께에 손을 올린 그가 혼잣말로 중얼거렸다.

"이게 진짜 연기구나."

그의 말에 이우혁이 대견하다는 얼굴을 해보이는데 어딘지 모르게 심사가 복잡해 보인다.

김우영. 넉살 좋고 뻔뻔해서 요 근래에 가장 친하게 지내는 소속사 동생이기도 하고 또 〈심장이 뛴다〉에 장택근에 자신과 함께 끼워 팔린 덤과도 같은 녀석이다. 연기에 대한 열정도 없이 연예인병에 걸려서 대중의 관심과 칭송에만 정신이 팔려 있던 그가 지금 진짜 연기자가 되려고 하고 있다.

씨앗이야 품고 있었겠지만 결정적으로 싹이 트게 만든 사람은 장택근이다.

그의 연기에 감화되고 그 넘쳐흐르는 감정에 동화되어 김우영이 연기에 눈을 뜬 것이다. 자신 역시 그와 호흡을 맞출 때면 마치 눈앞에 불길이 타오르는 듯한 환상이 보였다. 다른 이가 들으면 말도 안 된다고 할지 몰라도 그는 장택근의 몸짓에서 화염을 보고 활로를 보았다.

꼭 자신이 현장에 출동한 소방관이라도 된 듯한 기분이었다.

"김 대표님이 끼고 도시길래 뭐 하는 놈인가 했더니 진짜 물건이었구나."

그의 혼잣말에 김우영이 눈을 동그랗게 떴다.

"뭐가?"

"택근이 저놈을 보니까 나도 연기 헛배웠지 싶어서."

어딘지 모르게 자조적인 그의 말에 김우영이 술병을 내밀었다.

"택근이 형이야 뭐 타고났지. 김상경 선배님도 압도당하던데, 뭘."

김우영이 채워준 잔을 손으로 움켜쥐며 그가 고개를 끄덕였다.

"하긴 차이가 어느 정도 나야 질투라도 하지. 저 새끼는 그냥 연기의 신이다, 신."

그렇게 말한 이우혁이 저 멀리서 임수진과 대화에 열중하고 있는 장택근을 바라보며 술잔을 털어냈다.

* * *

"택근 씨, 아까 연기하면서 무슨 생각 했어? 그 아파트 신 있잖아. 사람들 구하는 장면. 13번 신이었나?"

임수진의 말에 장택근이 곰곰이 생각했다.

"음. 그냥 진짜 내가 있는 곳은 화재 현장이고, 눈앞에는 불타오르는 아파트가 있다?"

그의 말에 그녀가 그 정도는 예상했다는 투로 대꾸했다.

"아니아니, 그건 다들 그렇게 하고, 정확하게 그때 이렇다 저렇다 스스로에게 세뇌시킨 이미지가 있을 거 아냐."

어느새 말을 놓아버린 그녀의 말에 장택근이 살짝 미소를 지었다. 평소에는 천생 여자더니 연기 얘기만 나왔다 하면 눈에 불을 켜고 달려드는 그녀의 모습이 신기해 보인 탓이다.

"아, 그냥 저 앞 어딘가에 사람이 있고, 빨리 가지 않으면 나도 죽고 그 사람도 죽는다고 생각했어요."

이번 대답 역시 그녀의 기대와는 다른 대답이라 풀이 죽은 표정이다. 제 딴에는 뭔가 대단한 비결이라도 있을 거라 생각한 모양이다.

"그래, 그게 연기의 기본이지. 근데 그걸 진짜 지키는 배우는 드물어. 우리 택근 씨가 아주 기특해."

곁에 있던 김상경이 슬쩍 끼어들며 장택근을 추켜세우는데 언젠가부터 장택근의 이름 앞에 '우리'라는 단어가 붙었다. 그 노골적인 호의에 그가 민망한 얼굴로 손사래를 쳤다.

"아니요. 그렇게 대단한 건 아니고, 제가 연기 시작한 지 얼마 안 돼서 그렇게 혼자 몰아붙이지 않으면 연기를 못해요. '김형준이 나고 장택근이 김형준이다. 그리고 지금 나는 소방관이다'라고 수천 번은 자기최면을 걸어야 그나마 연기를 할 수 있어요."

"그래서 우리 택근 씨가 남들 대본 볼 때도 혼자서 눈 감고 그렇게 명상을 하고 계셨구만. 난 또 어떤 괘씸한 놈이 대본 리딩부터 졸고 자빠졌나 했지 뭐야."

장택근의 말을 장난스럽게 받아치는 김상경의 말에 사람들이 웃음을 터뜨렸다.

"무슨 이야기들을 그렇게 재미있게 하시나?"

언제 다가왔는지 한 손에는 소주병을, 나머지 한 손에는 소주잔을 쥔 정영태 감독이 그들 사이로 불쑥 끼어들었다.

"아, 정 감독님. 좁아요."

"어이구, 미안해요. 내가 엉덩이가 좀 튼실해서. 나도 우리 택근 씨 옆에 좀 앉아보게요. 수진 씨는 아까부터 택근 씨 옆에 있었잖아요."

우스꽝스러운 몸짓으로 임수진과 장택근 사이에 끼어든 그 탓에 임수진이 질색을 했다.

"그럼 저쪽에 앉으시지. 자리도 많은데."

"그거야 택근 씨도 택근 씨지만 임수진 씨 옆에도 앉고 싶어서 그렇지."

넉살 좋은 그의 대답에 결국 그녀는 몸을 옆으로 비켜주며 피식 웃었다.

"어휴, 진짜 정 감독님, 이거 성희롱이에요."

"우리 사이에 이런 정도로 성희롱은 무슨!"

이미 몇 번인가 작품을 통해 호흡을 맞춰본 그들이라 그런지 죽이 척척 맞았다. 웃는 얼굴로 그들의 만담을 보고만 있는 장택근에게 정영태가 술잔을 내밀었다.

"자, 내 잔도 좀 받아요."

"네."

자세를 바로잡은 장택근이 잔을 내밀었다.

"편하게 해요. 우리 택근 씨는 이런 모습이 참 매력적이야. 한창 인기 좋을 때인데 사람이 허세가 없어. 왜 다들 이 정도 뜨면 거드름 피우느라 어깨에 힘을 꽉 주잖아."

어깨를 흔들며 거들먹거리는 시늉을 해보인 정영태 탓에

사람들이 또 한 번 웃음을 터뜨렸다.

"이제 시작인데요, 뭘."

"캬! 우리 택근 씨는 자세도 됐네, 됐어!"

말끝마다 '우리 택근 씨'를 연발하는 정영태 감독을 보며 임수진이 입을 삐죽였다.

"다들 우리 택근 씨, 우리 택근 씨. 어휴, 누가 보면 택근 씨가 정 감독님 막내아들인 줄 알겠어요."

그녀의 말에 정영태가 씨익 웃으며 고개를 저었다.

"막내아들이라니! 막냇동생이면 또 모를까!"

그 실없는 말에 사람들이 또 웃음을 터뜨리는 걸 보면 오늘의 술자리가 얼마나 흥겨운지 알 수 있었다.

"우리 수진 씨, 홍일점 대우 안 해주고 택근 씨만 예뻐해 주니까 질투가 나셨나? 오늘 따라 왜 이렇게 까칠하실까."

"아, 징그러워요, 감독님! 좀!"

그녀의 말에 결국 장택근마저 소리 내어 웃고 말았다.

"우리 택근 씨가 수진 씨 말 비웃는다. 그치?"

웃느라 그의 말에 대답도 못하고 있는데 그가 다시 말했다.

"내가 택근 씨 덕분에 가슴이 설레서 가만있을 수가 없더라고. 빨리 촬영 시작하고 싶어서 손발이 근질거린다는 말이지."

정영태의 얼굴에는 여전히 웃음기가 가득했지만 목소리만

큼은 진지하기 그지없었다.

"저 얼굴을 진짜 카메라에 제대로 담으면 어떤 기분일까. 또 저기에 이런 대사를 추가하면 어떨까 상상하는 것만으로도 머리가 저릿저릿해요."

황홀한 얼굴을 한 그의 말에 장택근이 조금은 부담스럽다는 표정을 지어 보였다.

"응? 어떻게 할 거예요? 이거 택근 씨가 책임져야지."

농담기 싹 빠진 그의 말에 술자리가 일순간 조용해졌다.

"내가 말이야, 조명판 들고 시작해서 영화판에서 굴러먹은 게 벌써 30년이야, 30년. 근데 단 한 번도 택근 씨 같은 배우는 못 봤다고."

사람들의 시선을 느낀 모양인지 잠시 주변을 둘러본 그가 다시 입을 열었다.

"너무 설레서 심장이 터질 것 같아. 한시라도 빨리 찍고 싶어서 미치겠어. 그런 기분 알아요? 내가 〈휼날리는 태극기〉 찍을 때도 이런 기분이었어. 아니, 지금이 더해. 지금 기분 같아서는 천만 관객이 다 뭐야. 이천만도 가능할 것 같다고."

그렇게 말한 그가 장택근의 잔에 술을 채우고 자신의 잔 역시 채웠다.

"무슨 말인지 알아요?"

그가 장택근을 바라보며 넌지시 물었지만 장택근은 그저

멀뚱멀뚱 눈만 껌뻑거릴 뿐이다. 그 얼굴을 보며 정영태가 피식 웃었다.

"무슨 말이긴 무슨 말이야. 이번 영화도 대박이라는 거지."

혼잣말처럼 중얼거린 그가 술잔을 높이 치켜들었다.

"〈심장이 뛴다〉의 대박을 위하여!"

그를 주목하고 있던 사람들이 술잔을 높이 치켜들며 그의 말을 따라 외쳤다.

"위하여!"

*　　*　　*

대본 리딩이 있고 얼마 있지 않아 제작발표회 일정이 잡혔다. 지난 영화가 지나칠 정도로 흥행한 탓에 정영태 감독의 신작은 별다른 홍보 없이도 주목을 받을 수밖에 없었다.

"음, 조금 긴장되기는 하네요."

장택근이 다소 경직된 얼굴로 말하자 추영훈이 별꼴이라는 눈빛을 보내온다.

"웬일이래. 택근 씨가 긴장을 다 하고."

"제작발표회면 기자들 잔뜩 와 있을 거 아니에요. 저 지난번도 그렇고 기자들하고 얽혀서 좋은 꼴을 본 적이 없어서 좀 꺼려지기도 하고 긴장되기도 해요."

지난번 손보석 살인 혐의를 해명하기 위해 기자들 앞에 섰던 장택근은 이제는 정말이지 기자라는 생물이 싫어도 너무나 싫었다. M방송사에서 내쳐질 때 결정적인 역할을 한 것도 기자들이고, 얼마 전에도 그들 탓에 하마터면 나락으로 떨어질 뻔하지 않았는가.

사실 여부를 떠나서 대중의 관심을 끌 수만 있다면 상대방이 진창을 나뒹굴든 벼랑 끝으로 내몰리든 간에 일말의 가책도 없는 그들의 생리에 진절머리가 날 지경이다. 게다가 일이 모두 처리된 이후에는 너무도 손쉽게 태도를 바꾸어 버린 그들의 이중성에 이가 갈리기까지 했다.

그와 기자는 좋아지려야 좋아질 수 없는 최악의 궁합이었다.

"그래도 좋은 자리인데 얼굴 펴. 택근 씨는 무표정하게 있으면 사람이 정말 차보여서 좀 그러니까 입꼬리도 좀 올려보고."

추영훈이 그의 기분을 풀어준답시고 이런저런 소리를 늘어놓는데, 장택근은 여전히 달갑지 않은 얼굴로 한숨만 푹푹 내쉴 뿐이다.

"오늘 배우 장택근의 첫 주연 영화의 첫 제작발표회 자리잖아. 얼굴 펴고 우리 순수하게 즐기자. 다 잘 풀리고 있잖아."

그러고 보니 주연으로서 제작발표회에 나서는 것이 처음이다. 지난 〈도살자〉야 말로는 제3의 주연이니 뭐니 떠들어댔어도 정작 제작발표회에 참가도 못한 조연이었고, 드라마 〈체크메이트〉 같은 경우에는 영상으로 발표회를 대신했다.

그래도 자신의 연기 인생에 있어 기념비적인 자리라고 할 수 있는 제작발표회인데 부정적인 면만 떠올린 것 같아 장택근은 스스로를 다독였다.

"으으, 그래도 떨리긴 하네요. 김상경 선배님도 오실 텐데, 워낙에 엄하셔서."

괜스레 호들갑을 떨어 보이니 추영훈이 피식 웃었다.

"김상경 씨가 택근 씨 엄청 예뻐한다면서. 우영 씨한테 다 들었는데, 택근 씨 대본 리딩 때 완전 날아다녔다고. 그 이후로 연락도 자주 하고 종종 술자리도 갖고 그랬다면서."

"아, 잘해주시기는 한데 왠지 어려워요. 뭔가 예쁘게 봐주시는 것만큼 실수하면 안 된다는 생각이 들어서 그런지 만날 때마다 진이 쪽쪽 빠져요."

지난 술자리를 떠올리며 진저리를 치는 장택근의 모습에 추영훈이 웃는 얼굴로 격려의 말을 건넸다.

"어차피 그 양반 까다로운 성격 다 맞추는 사람은 진짜 드물어. 그냥 예뻐해 줄 때 더 재롱도 떨고 예쁨도 받고 그래. 나중에 가서 욕먹더라도 지금 즐겨둬야 나중에 애교라도 피우면서 버텨보지."

하지만 듣고 보니 그게 격려인지 놀리는 것인지 애매한 말이라 장택근의 얼굴이 와락 일그러졌다.

"다 왔다. 주차하고 올 테니까 앞에서 기다렸다가 같이 들어갈래, 아니면 먼저 가 있을래?"

"그냥 갈게요. 전에도 형 기다리다가 앞에서 누가 알아봐서 되게 뻘쭘했어요. 할 말도 없는데 가지도 않고 주변을 맴도는데 어색해 죽는 줄 알았어요."

밴에서 내린 장택근이 손을 흔들고는 그대로 몸을 돌리는데 추영훈이 창문을 열고 외쳤다.

"15층 아니야! 발표회는 15층인데 대기하는 건 14층 12호다!"

"알아요! 차 대고 빨리 오기나 해요!"

그렇게 말한 장택근은 엘리베이터의 버튼을 누르고는 선글라스를 꼈다.

* * *

"어, 왔어?"

1412호의 객실 문을 열고 들어서니 안쪽에서 한참 스타일리스트의 손질을 받고 있던 임수진이 그를 반겨주었다.

"어, 일찍 오셨네요?"

그의 말에 임수진이 미간을 좁히며 투덜거렸다.

"여배우는 준비할 게 많아서."

"그런 것치고는 준비가 아직 안 되신 거 아니에요? 안녕하세요, 이 실장님?"

한참 임수진의 머리며 옷매무새를 다듬어주고 있던 스타일리스트 이 실장이 장택근을 보고는 눈웃음을 쳤다.

"어머, 얘 좀 봐. 평소에는 그렇게 쌀쌀맞으면서 너 지금 택근 씨한테 끼 부리니?"

"아니에요. 에이, 왜 그러세요. 제가 뭘 어쨌다고."

이 실장이 시치미를 떼자 임수진이 눈을 가늘게 떴다.

"너, 택근 씨가 여섯 살은 더 어린 거 알지? 괜히 주책 떨지 마, 이것아. 남자 친구도 있으면서 이렇게 미남을 밝혀요."

꽤나 오랜 시간 함께한 탓인지 이 실장과 임수진의 관계는 허물이 없어 보였다. 괜스레 웃음이 삐져나온 장택근이 키득거리는데 임수진이 인상을 썼다.

"택근 씨도 남자가 그렇게 살살 눈웃음치는 거 아니야."

"제가 뭘요, 선배님. 그보다 오늘은 스타일이 좀 변한 거 아니에요?"

서른일곱이라는 나이가 무색하게 동안의 그녀가 이럴 때 보면 또 아줌마 같아 보이기도 해서 장택근은 그게 못내 우스웠다. 내심을 숨기기 위해 말을 돌리니 그녀가 곱게 눈을 흘기고는 적당히 모르는 척해주었다.

"오는 길에 기자들하고 사람들 만나서 한번 휩쓸렸어. 택근 씨는 멀쩡하네?"

어쩐지 풀 세팅을 하고도 어딘지 모르게 정리가 안 된 느낌이더니 오는 길에 취재진과 팬들에게 붙들려 꽤나 시달린 모양이다.

"저는 매니저 형이 워낙에 유능해서 사람 안 다니는 루트를 확보하고 다니죠."

그래도 지난 술자리에서 제법 친해졌다고 그가 농담을 던지니 그녀가 웃는 얼굴로 장단을 맞춰주었다.

"그 매니저 탐나네. 우리 매니저는 맨날 나를 상어 떼 사이로 던져놓는단 말이야. 가만 보면 일부러 그러는 것 같기도 해."

"설마요. 저번에 보니까 선배님께서 엄청 챙기시던데요."

"나이도 우리 막내 동생뻘이기도 하고 애가 이 바닥에서 구른 애답지 않게 조금 얼빵하거든. 내가 안 거둬주면 어디 가서 욕이나 안 먹나 걱정돼서 데리고 있는 거지."

말이야 저렇게 하지만 자기 식구를 끔찍하게 챙기는 걸로 유명한 그녀이다. 그녀의 데뷔 시기부터 그녀를 챙겨온 매니저가 은퇴할 때 그녀가 직접 치킨집을 차려주었다는 일화는 이 바닥에서 제법 미담으로 유명했다.

괜한 농담에 장택근이 낄낄거리며 웃어 보이니 이 실장이 툭 끼어들었다.

"언니, 나더러 끼 부리지 말라면서 언니 지금 눈웃음 완전 작살인 거 알지? 언니도 택근 씨랑 일곱 살 차이거든요. 자꾸 그러면 언니도 사람들한테 욕먹어요."

아까 전의 복수를 한답시고 던진 말에 임수진이 어이없다는 표정으로 말했다.

"자기까지 이러기야? 안 그래도 믿을 사람 없어서 서러워 죽겠는데. 내가 죽어야지. 에구구!"

그녀의 엄살에 장택근과 이 실장이 동시에 웃음을 터뜨렸다.

"웃지 마. 택근 씨까지 그렇게 웃으면 나 속상해."

여성스러운 말투로 곧잘 농담도 하고 장난을 치니 그 조곤조곤한 음성에서 오는 괴리감이 상당히 우스웠다.

"무슨 이야기를 그렇게 재미있게 해?"

김상경의 등장에 장택근이 벌떡 일어나 허리를 숙이는데 김상경이 다가와 살갑게 그의 어깨를 두들겨 주었다.

"선배님 오셨어요? 죄송해요. 지금 머리 만지는 중이라……."

이 실장이 머리를 손질하고 있는 터라 일어나지 못한 그녀가 양해를 구하니 김상경이 손을 휘저으며 자리에 앉았다.

"됐어. 여배우가 꽃단장하는데 그거 가지고 뭐라고 할까 봐. 나 신경 쓰지 말고 볼일 봐."

그렇게 말한 그가 자리에 앉아 한쪽 다리를 꼬았다.

"근데 웬일로 준비를 이렇게 오래해?"

"말도 마세요. 오다가 기자들 만났는데 머리채라도 잡을 기세였다니까요."

"수진 씨가 하도 오랜만에 작품 찍는 거라 기자들도 뭐 뜯어먹을 거리가 필요했겠지."

"어휴! 선배님은 괜찮으셨어요?"

그녀의 말에 그가 엄살을 피웠다.

"나 같은 퇴물은 신경도 안 쓰더만."

그의 말에 장택근과 임수진이 고개를 절레절레 저었다. 괜히 약한 소리를 하지만 그의 인기는 범국민적이다. 호불호가 갈리는 젊은 배우들의 인기와 다르게 그는 폭 넓은 팬 층을 확보하고 있으며, 열정적인 활동이 없다 뿐이지 팬클럽의 행사도 꾸준한 걸로 알려져 있었다.

"눈빛으로 제압하고 오신 거 아니에요?"

웃음기 가득한 임수진의 말에 김상경이 너털웃음을 터뜨렸다. 장택근은 그녀의 농담이 농담처럼 들리지 않아 어정쩡한 웃음만 지어 보일 뿐이다.

무표정한 얼굴로 시선을 줄 때면 그 모습이 어찌나 차가워 보이는지 그는 사람들이 쉽게 다가서기 힘든 분위기가 있었다. 게다가 그를 따라다니는 소문도 하나같이 그의 카리스마를 알려주니 기자들도 적당히 거리를 두고 취재하려 했을 것이다.

"내가 무슨……."

그렇게 한참 배우들이 이야기를 나누고 있는데 추영훈과 임수진의 매니저가 도착하고 얼마 지나지 않아 정영태 감독과 김지명 작가가 대기실로 들어섰다.

"다들 일찍 오셨네요."

중절모에 뿔테를 쓴 정영태가 미리 기다리고 있던 배우들을 보고는 미소를 짓는데 그 모습이 꼭 유럽 신사처럼 멋스러운 맛이 있었다. 곁에 있는 김지명 역시 제법 신경을 썼는지 대충 면바지에 운동화를 신고 오던 지난 대본 리딩 때와는 다르게 멀끔한 정장 차림이었다.

"정 감독님, 너무 멋 낸 거 아니에요? 누가 보면 감독님이 남자주인공인 줄 알겠는데요?"

"왜? 반할 것 같아요? 수진 씨라면 내가 언제든 환영이지. 말 나온 김에 같이 로맨스나 한번 찍어볼까?"

칭찬을 금세 농담으로 받아치는 그를 보며 임수진이 고개를 절레절레 저었다.

"감독님은 그 능글능글한 멘트만 아니면 참 존경할 만한 분인데, 그걸 못 고치시니 평생 존경할 수가 없겠네요."

제법 강한 그녀의 농담에도 정영태는 그저 낄낄거리며 웃어 보일 뿐이다. 그의 주책에 김지명이 한숨을 내쉬며 고개를 저어댔다.

"일단 발표회는 한 시간 정도 진행될 겁니다. 진행 순서는 대충 들으셨을 테고, 준비된 내용을 지금 이 자리에서 한 번 더 확인하세요. 무대 올라가서 내용 확인한다고 종이 들춰볼 수도 없고 말 더듬으면 괜히 나중에 이불 치면서 후회합니다."

가벼운 말투로 제작발표회에 대해 설명하는 그의 말에 장택근이 귀를 기울였다. 이 자리에서 자신만 첫무대이니만큼 그의 설명이 자신을 배려하고 있다는 느낌에 그가 살짝 고개를 숙여 보였다.

그런 그에게 한쪽 눈을 찡긋해 준 정영태가 다시 말을 이었다.

"그리고 추가적으로 다들 소감 한 줄쯤은 준비해 오셨죠? 뭐, 경사스러운 날이니만큼 짓궂은 질문을 하는 기자는 없겠지만 작품 내용에 관한 설명은 저한테 넘기시고 개인적인 질문에만 재량껏 대답하기로 한 거 명심하세요."

그의 말에 장택근이 머릿속으로 여러 가지 질답을 떠올려 보고는 입을 웅얼거렸다.

"아마 여기서 가장 뜯어먹기 좋아 보이는 게 택근 씨일 테니까 기자들 유도심문 조심하시고요."

그의 말마따나 기자들의 질문이 어느 쪽을 향할지는 뻔했다. 산전수전 다 겪고 꼬리가 아홉 개는 달렸을 임수진이나 압도적인 카리스마와 범접치 못할 아우라를 풍기는 김상경 두 배우 다 기자들에게 만만한 상대는 아니었다.

하지만 그들에 비해 연륜도 경력도 부족한 장택근은 어떠한가. 최근 가장 잘나가는 인기인이기도 하니 기자들 입장에서는 그처럼 먹음직스러운 먹이도 없을 것이다.

"영화 내용은 딱 필요한 만큼만 보여주는 겁니다. 반드시 말입니다."

대단한 자신감이다. 남들은 제작발표회에 쓸 포스터와 영상을 준비하고도 조금이라도 자신의 영화를 홍보하기 위해 기를 쓰는데 그는 포스터라고는 〈심장이 뛴다〉라는 다섯 글자가 적힌 타이포그래피가 다였고, 보여줄 영상이라고는 지난 대본 리딩 때 찍은 것이 다였다. 그마저도 공개를 하지 않을 예정이라니 오늘의 발표회는 전적으로 그의 설명에만 의존하게 될 터였다.

역대 최고 관객을 동원한 지난 영화는 둘째 치고서라도 매번 관객을 실망시키지 않는 그였으니만큼 이런 자신감을 보이는 것도 가능했으리라.

"어차피 1차 홍보 영상 나가면 그때는 게임 끝입니다. 아시죠? 우리 영화, 무슨 조짐이라고 했죠?"

아직 촬영도 안 한 홍보 영상을 언급하며 배우들에게 물어오는 그의 말투가 유쾌하기만 하다.

"대박 조짐이요."

임수진이 피식 웃으며 그의 말에 대꾸하니 그가 손뼉을 치며 좋다고 낄낄거렸다. 그렇게 그가 배우들과 제작발표회에 대한 이야기를 나누는 사이 김지명이 휴대폰을 꺼내 들었다.

"아, 벌써? 알았어. 오케이."

짤막하게 통화를 끝낸 그에게 정영태가 누구냐고 물으니 손가락으로 위를 가리키며 대꾸했다.

"조감독인데 대충 준비 다 됐고 기자들 자리도 다 잡았다네. 시간 맞춰서 올라오면 될 거라는데?"

"걔는 왜 김 작가님한테 전화를 한대? 멀쩡한 지 감독 두고."

"정 감독 전화기 무음으로 해둔 거 아니야? 전화 안 받는다고 대신 전해달라고 하던데."

김지명의 말에 정영태가 호주머니를 뒤적거리더니 휴대폰을 꺼내 들고 앓는 소리를 냈다.

"많이도 했네. 이럴 정성이면 올라와서 말해주고 가겠다."

부재중 통화가 제법 많이 찍혀 있는지 액정을 살펴본 그가 한숨을 내뱉고는 사람들을 일으켜 세웠다.

"갑시다. 수진 씨도 다 됐지? 그럼 올라가자고."

그의 말에 장택근을 비롯한 연기자들이 자리에서 몸을 일으켰다.

"오셨어요? 지금 바로 올라가시면 될 것 같아요."

발표회가 시작하기 전 홀의 단상 뒤편에 준비된 공간에서 잠시 대기하고 있던 연기자와 감독은 조감독의 사인에 무대로 올라섰다.

그들이 무대에 오르기가 무섭게 기자들의 플래시세례가 터져 나왔다.

진행요원에게 마이크를 건네받은 정영태가 제작발표회의 시작을 선언하고는 배우들을 소개했다.

"지금부터 영화 〈심장이 뛴다〉의 제작발표회를 시작하겠습니다!"

8장

제작발표회

〈휼날리는 태극기〉, 〈마라토너〉의 정영태 감독의 신작 〈심장이 뛴다〉(제작:시네스트 필름, 감독:정영태, 각본:김지명, 주연:장택근, 임수진, 김상경)가 지난 2월 17일 오후 6시 조선호텔 다이아 홀에서 열린 제작발표회를 통해 출사표를 던졌다.

이번 제작발표회에는 정영태 감독, 주연배우인 장택근과 임수진, 김상경이 참석했고, 〈무궁화 13호〉의 소설가이자 영화 〈심장이 뛴다〉의 작가인 김지명 작가가 함께해 언론과 첫 상견례를 치렀다.

정영태 감독 '로맨스와 재난영화의 장점을 두루 갖춘 흥미로운 영화가 될 것.'

장태근 '첫 주연작이니만큼 최선을 다해 이전과는 다른 모습을 보여드릴 것을 약속하겠다.'

임수진 '이제까지 보지 못한 재미있고, 슬프고, 아름다운 시나리오에 벌써부터 기대 중.'

김상경 '역량 있는 제작진, 연기자들과 함께 촬영하게 되어 영광, 꼭 좋은 연기를 보여드릴 것.'

이필상 작가 '감독과 배우를 믿는다. 시나리오 이상의 영화가 될 것을 확신한다.

2015년 최고의 기대작 〈심장이 뛴다〉의 화려한 시작!

한국 영화계의 흥행 기록을 매번 갱신하며 역량을 과시하는 정영태 감독의 신작이니만큼 이날 제작발표회 현장에는 많은 취재진뿐만 아니라 많은 영화계 관계자와 문화부장관을 비롯해 각계의 저명인사까지 참석, 정영태 감독의 새로운 시작을 축하해 그 명성을 톡톡히 증명했다.

마이크를 잡은 정영태 감독은 '세 주연배우는 물론 조연배우들까지 모두 연기력이 입증된 베테랑이다. 완벽한 대본과 제작 환경까지 갖춰진 만큼 어깨가 무겁다. 꼭 기대 이상의 영화가 될 것을 약속한다'며 장태근과 임수진, 김상경을 비롯한 배우들과 김지명 작가에 대한 무한한 신뢰를 드러냈다.

'김형준' 역의 장태근은 '정영태 감독님과 처음 하는 작품이지만 전작을 통해 평소 감독님을 흠모해 왔다. 다른 배우들에 비해 부족한 점이 많으니만큼 최선을 다하겠다. 최고의 제작진, 배우들과 함께하다 보면 한층 더 발전할 수 있지 않을까 벌써부터 기대가 된다. 배우 장택근의 변신이 관객들에게도 즐거움이었으면 한다'며 결의를 보였다.

'김윤아' 역의 임수진은 '시나리오가 너무나 흥미롭다. 사랑과 재난, 남자들의 우정이 잘 버무려진 명품 시나리오를 보는 순간 〈심장이 뛴다〉의 출연을 결정했다. 이번 영화가 배우 임수진의 대표작이 될 수 있도록 최선을 다하겠다'고 캐스팅 소감을 밝혔다.

'박길호' 역의 김상경 역시 '이번 영화가 배우 인생의 전환점이 될 것이다. 대본과 제작진, 배우 어느 하나 빠지지 않고 삼박자가 완벽하게 준비되었으니만큼 맡은 배역 안에서 최선을 다해 관객들의 기대를 충족시키겠다'며 담담하게 심정을 토로했다.

김지명 작가는 〈무궁화 13호〉를 비롯해 수많은 베스트셀러를 집필해 낸 스타작가이다. 이번 〈심장이 뛴다〉의 대본을 맡으며 새로운 시장에 도전하는 그의 결의가 사뭇 희망적이다. '내로라하는 대한민국 최고의 배우들과 감독이 만났다. 대본 속의 인물들이 생명을 갖고 움직이는 것을 보는 것은 내게 있어 경이로운 경험이었다. 기대 이상으로 캐릭터들의 생명력이 느껴져 벌써부터 가슴이 설렌다'고 소감을 밝혔다.

하나같이 열의에 찬 모습에 기자회견장은 연주회장을 방불케 할 정도의 열기가 느껴졌다.

정영태 감독은 '지금은 보여드릴 것이 없다. 천천히 하나씩 공개되는 정보를 기다리며 영화를 기대해 보는 것도 하나의 즐거움이 될 것'이라며 영화에 대한 자신감을 표출했다.

그리고 정영태 감독은 '며칠 전에 첫 상견례를 갖고 대본 리딩을 했다. 리허설을 방불케 할 정도의 열정에 더없는 감동을 느꼈다. 당시 느낀 감동을 더욱 현장감 있는 화면으로 준비하여 곧 공개하겠다'라며 곧 공개될 후속 정보를 암시했다.

이와 같이 제작발표회를 통해 뜨거운 관심을 모은 영화 〈심장이 뛴다〉는 화재 현장 속에서 사투를 벌이는 한 남자와 그를 둘러싼 인물들의 사랑과 우정을 그린 영화이다. 막대한 제작비를 통해 볼거리와 감동 두 마리 토끼를 한 번에 잡겠다며 포부를 밝힌 정영태 감독의 역량에 또 한 번 기대를 걸어본다.

대한민국의 신예 스타 장태근과 오랜 시간 관객의 사랑에 성실히 보답해 온 임수진, 김상경이 호흡을 맞출 예정이라 더욱 화재가 된 영화 〈심장이 뛴다〉는 2015년 크리스마스 개봉을 목표로 크랭크인에 들어갔다.

취재, 문화 캐스트 허경영 기자.

제작발표회가 바로 어제 같은데 시간이 훌쩍 지나 영화 〈심장이 뛴다〉의 제작팀은 홍보 영상 촬영 준비를 하느라 정신이 없었다.

아무래도 블록버스터 영화이니만큼 홍보 영상을 준비하는 데만도 어마어마한 예산이 투입되었다. 교외의 한적한 공터에 세워둔 폐건물을 개조하여 세트장을 만든 제작진은 화재 영화가 으레 그렇듯이 안전사고에 대한 대비에 만반을 기했다.

인근 소방서의 협조를 구해 중형 물탱크 펌프 소방차가 현장에서 대기하고 있었다. 이 소방차는 현재 대한민국 화재 진압 활동의 주력 소방차이며, 고압 대용량 방수 펌프를 장착하고 있는 에어 폼과 대용량의 방화수를 적재하고 있어 경화하학차(?) 기능을 겸비한 구조의 다목적 차량이었다.

또한 소방차와 한 개 조를 이루는 다섯 명의 소방관이 현장에서 대기하고 있었으며, 만약의 사태를 대비한 응급차와 의료진이 만반의 준비를 하고 있었다.

당연하게도 촬영장의 공기는 무거울 수밖에 없었다. 만에 하나를 대비하여 안전요원들이 대기하고 있다지만, 사고는 언제나 부지불식간에 일어나게 마련이다. 촬영장의 한편에 대기하고 있는 소방차와 응급차를 보는 스태프들의 얼굴에 긴장감이 가득했다.

"야! 야! 뭐 하니? 이래 가지고 배우들 오기 전에 준비 끝나겠어?"

정영태 감독도 오늘만큼은 잔뜩 날이 선 얼굴로 스태프들을 따라다니며 일일이 현장을 체크하고 있었다.

"조감독! 조감독! 여기 지금 발화장치 체크했어?"

그의 날카로운 고함 소리에 저 멀리서 조감독이 허겁지겁 뛰어왔다.

"네! 지금 체크했고, 안전팀에서 다시 한 번 체크하고 있습니다!"

"똑바로 해. 사람 다치면 영화고 뭐고 다 소용없어. 알지?"

몇 번이나 신신당부를 해도 부족하지 않을 이야기에 조감독이 고개를 끄덕이고는 분주하게 현장을 뛰어다녔다.

폐건물이라지만 예산을 쏟아부어 각종 방화 장치를 설치해 두었다. 촬영 시에 타오를 불꽃은 미리 쌓아둔 발화 물질과 컴퓨터그래픽으로 대체될 것이다. 현장감도 좋다지만 건물 자체가 무너져서야 촬영이 제대로 이루어질 리가 없었다.

"그림이고 촬영이고 사람이 최우선이다. 알지? 안전장비 다 체크하고, 배우들 오면 한 명씩 붙어서 챙겨줘."

정영태의 말에 주변에서 방화복과 안전장비를 체크하고 있던 스태프들이 고개를 끄덕였다.

"거창하기도 하네."

경기도의 한 소방서에 소속된 소방사 조용진의 말투가 자못 거칠었다. 촬영팀이 분주하게 움직이는 모습을 구경하고 있던 동료 소방사 김필구가 그 말에 고개를 돌렸다.

"누구는 위험수당 5만 원에 좆 빠지게 일하는데 끓는다, 끓어. 쉬지도 못하고 이게 뭐 하는 짓이야."

그의 말에 김필구가 쓴웃음을 지었다. 대체적으로 인원이 부족한 대한민국 소방서들이 으레 그렇듯이 3조 2교대라는 허울 아래 실상은 2조 2교대의 격무에 시달리던 그들이 현장에 온 것은 전적으로 윗선의 압력 탓이다.

"위에서 까라면 까야지 별수 있냐?"

김필구의 자조적인 말에 조용진의 인상이 더욱 험악해졌다.

"장비 봤냐? 현장에서 뛰는 우리 거보다 훨씬 좋아. 씨바. 진짜 세상 거꾸로 돌아간다."

거듭된 그의 불평에도 동료 소방관들은 아무런 말도 하지 못했다. 그의 심정이 이해가 갈 것이 당장 언제 출동해야 할지 모를 대기 상황 속에서 팔자 좋게 영화판의 도우미로 뛰게 생겼으니 화가 나지 않을 수가 없는 것이다.

"그래도 소방관 영화라잖냐. 좋은 게 좋은 거라고 좋게 넘어가자."

김필구가 타일러 보지만 조용진의 얼굴은 펴질 기미가 없다.

"그래 봐야 뭐 대충 불 끄고 소방관 놀이나 하는 거 찍겠지. 우리가 거지도 아니고 가끔 한 번씩 기사 틱 던져놓고 관심 가져주면 그걸로 감지덕지해야 하냐?"

격무에 박봉, 그 무엇보다 그를 화나게 하는 것은 나라 돌아가는 꼴이었다. 온갖 되도 않을 정책에 예산을 쏟아부으면서도 정작 국민의 안전에 밀접한 일선 소방관들에게 할당되는 예산은 점점 줄어가고 있으니 날이 갈수록 화재 현장에 출동하는 것이 버겁게 느껴지고 있었다.

그런 와중에 본청의 지시를 받아 영화 촬영장의 안전요원이랍시고 대기하고 있는 스스로의 꼴이 도저히 참을 수가 없었다.

"됐어, 인마. 우리야 사고 안 나면 좋지. 그냥 조용히 끝나기 기다렸다가 가면 되는 거 아니야?"

김필구의 말에 동료들이 동조하니 조용진도 계속해서 화를 낼 수가 없었다. 그들이라고 자신과 뭐가 다르겠는가. 사용 연한을 넘어간 장비를 둘러메고 현장에 쭈그리고 앉아 있는 자신들을 비웃듯이 최신 장비를 만지작거리는 스태프들의 모습에 가슴이 갑갑한 건 자신이나 그들이나 마찬가지이리라.

캬악 하고 침을 내뱉은 그가 고개를 돌리고 뚱한 표정을 짓고 있는데 촬영장이 소란스러워졌다.

"배우들 왔나 보다."

심통이 난 얼굴로 한숨을 푹푹 쉬고 있던 조용진도 이때만큼은 기대 어린 표정으로 속속 도착하는 으리으리한 차량들을 바라볼 수밖에 없었다.

"임수진은? 왔어?"

"가만있어 봐. 어, 저기 왔다."

평소 여성스러운 이미지의 임수진의 팬을 자처하던 소방관들이 임수진이 모습을 드러내자 벌떡 일어나 호들갑을 떨었다.

"실물이 백 배 예쁘네."

"백 배? 장난하냐. 천 배는 더 예쁘다."

아직 쌀쌀한 날씨 탓에 꽁꽁 싸맨 복장임에도 그 가늘디가는 선이 여실히 드러난 임수진의 모습에 소방관들은 감탄을 내뱉었다.

"저 남자가 장택근이고, 저 남자가 김상경이네."

"야, 남자는 필요 없어. 우리 수진 님만 있으면 돼."

조용진의 말에 동료 소방관들이 피식 웃었다. 그렇게 화를 내더니 정작 배우들이 도착하자 그가 가장 신이 난 얼굴이다.

그렇게 호들갑을 떨고 있는데 스태프들과 인사를 나눈 배우들이 그들을 향해 다가왔다.

"야, 이쪽으로 온다."

"장비 챙겨."

호들갑스럽게 개인 장비를 갖추고 선 그들이 설레는 마음을 숨기고 겉으로는 덤덤한 얼굴로 배우들을 맞이했다.

"안녕하세요."

임수진과 배우들이 입을 모아 인사를 건네니 가장 앞에 있던 조용진이 마주 고개를 숙였다.

"괜히 저희 때문에 고생이 많으십니다."

김상경이 드물게 사람 좋은 얼굴로 소방관들을 향해 인사를 했다. 방금 전까지 남자 배우들은 관심 없다며 투덜거리던 조용진이 손사래를 쳤다.

"아닙니다. 이게 저희 일인데요."

덤덤한 그의 말에 동료들이 뜨악한 얼굴을 해보이다가 이내 표정을 가다듬었다. 임수진이 배우들 사이에서 나와 그들에게 말을 걸어온 탓이다.

"저희 외삼촌도 소방관이셨어요. 이렇게 고생하시는 거 보니까 괜히 마음이 그러네요."

부드러운 얼굴로 말을 걸어오는 그녀의 모습에 소방관들이 헤벌쭉 웃다가 헛기침을 했다.

"아닙니다. 정말로 괜찮습니다."

그렇게도 고대하던 임수진과의 만남이건만 정작 마주하고 나니 대화할 건더기가 없었다. 벌써부터 임수진이 인사를 하고는 돌아갈 기미가 보여 소방관들이 발을 동동 구르는데 젊은 사내가 한발 앞으로 나섰다.

"촬영하는 내내 도움 받게 생겼네요. 잘 부탁드립니다."

사내다운 얼굴의 남자 배우 장택근의 말에 김필구가 씨익 미소를 지어 보였다. 매스컴을 통해 그의 남자다운 행동을 접해본지라 괜스레 정이 갔다.

"저희가 뭐 할 게 있나요. 그냥 옆에 서서 아무 일도 없기를 기도할 뿐이지요."

그렇게 서로 인사를 나누는데 감독이란 작자가 그들 사이로 끼어들었다.

"인사들 나누셨죠? 임수진 씨는 바로 메이크업하고, 첫 신부터 들어갑니다. 남자분들은 어디 보자. 야, 동수야! 여기 소품 담당 누구야?"

그의 말에 임수진이 곱게 인사를 하고 돌아서는 모습을 바라보며 소방관들이 한숨을 쉬는데, 정영태가 고래고래 소리를 지르며 스태프들을 불러왔다.

"장비 착용하는 법 전달받았지? 배우들 착용시켜. 뭐? 제대로 몰라?"

소방 헬멧이며 방화복에 안전화, 공기호흡기, 방열복까지 잔뜩 바닥에 늘어놓은 장비를 보며 스태프들이 울상을 짓자 정영태가 와락 인상을 쓰고 입을 삐죽이는 게 욕이라도 퍼부으려는 기색이다.

하지만 보는 눈이 있어서인지 결국 화를 꾹 눌러 참은 그가 곤란한 얼굴로 소방관들에게 협조를 구했다.

"죄송하지만 저희 배우들 장비 착용 좀 도와주시면 안 될까요. 고된 일 하시는 분들한테 이런 부탁까지 드려야 하니 이거 참 민망해서."

그의 말에 소방관들이 흔쾌히 나서서 배우들 앞에 섰다.

"아, 부탁 좀 드리겠습니다."

가벼운 청바지에 점퍼 차림을 한 장택근이 자신 앞에 선 조용진에게 고개를 숙여 보인다. 깍듯한 그의 태도에 조용진이 부드러운 얼굴로 고개를 끄덕이곤 장비를 손에 쥐었다.

* * *

장택근은 조용진의 도움을 받아 방화복을 착용했다.

"음, 생각보다 훨씬 무겁네요."

고작 방화복 한 겹을 둘렀을 뿐인데 벌써부터 몸이 무거워졌다. 그 말에 조용진이 피식 웃더니 대꾸했다.

"이게 4kg나 나가는 거거든요."

그렇게 말한 그가 방화복에 달린 목 밴드를 둘러주었다. 당장 목가를 빈틈없이 둘러맨 목 밴드의 압박감에 벌써부터 숨이 막혀오는 기분이다.

"갑갑하죠? 그래도 이거 안 하면 불씨나 재가 들어가서 고생해요."

밴드 부분을 체크한 조용진이 검은 두건을 머리에 둘러주었다. 순식간에 온몸을 꽁꽁 싸매고 얼굴만 빠끔히 내미니 2월의 쌀쌀한 기온이 무색하게 몸에 땀이 흘러내리기 시작했다.

"맨날 이거 입고 다니시는 거예요?"

아직도 바닥에 놓인 장비가 한 가득인데 벌써부터 몸이 불편해진 그가 질렸다는 얼굴로 말하자, 조용진이 이제 시작이라며 피식 웃었다.

"아직 호흡기 세트가 남았어요. 이게 대충 12kg 정도 될 겁니다. 그리고 로프도 있고 랜턴에 소방용 도끼에 다 둘러메면 대충 20kg은 될 거니 각오 좀 하셔야 할 겁니다."

그의 말마따나 당장 산소통을 어깨에 둘러메니 대번에 어깨 근육이 땅겨와 장택근은 저도 모르게 인상을 썼다.

자신뿐 아니라 소방관의 도움을 받아 방화복과 소방 장비를 챙기는 연기자들의 얼굴에도 하나같이 당혹스러운 기색이 떠올라 있다.

"아무리 촬영이라지만 혹시 모르니까 참으세요. 화재 현장에서 설마라는 말은 통하지 않습니다."

그 단호한 어투에 장택근이 인상만 찌푸리고 있는데, 조용진이 계속해서 그의 몸에 안전장비를 착용시키느라 부산을 떨었다.

묵직한 방화 헬멧에 무겁기 그지없는 안전장화, 그리고 방화장갑까지 착용을 마치자 온몸이 축 늘어졌다. 장택근이 애써 어깨에 힘을 주고 허리를 펴니 조용진이 기다렸다는 듯 어깨에 로프를 얹어주었다.

그것만으로도 어마어마한 무게라 인상이 절로 찌푸려지는데 조용진이 몇 개인가 장비를 더 주워 들었다. 가슴에 랜턴을 달아주고 손에는 소방도끼를 쥐어준다.

"이제 대충 됐습니다. 어때요? 견딜 만합니까?"

그의 말이 마치 놀리는 듯해 장택근은 와락 인상을 썼다.

"이걸 입고 뛰어다니는 거세요?"

그렇게 말하는 음성에 질린 기색이 역력해 조용진은 다시 한 번 미소를 지었다.

"경우에 따라 다르지만 일단은 이게 기본 장비고요, 아직 마스크 착용 안 했죠? 그거 착용하면 조금 더 힘드실 겁니다. 익숙하지 않은 사람은 숨 쉬기가 좀 힘들 거예요."

이제 보니 그의 얼굴에 즐기는 기색이 떠올라 있어 장택근은 입을 비죽였다.

"으허, 이걸 입고 어떻게 뛰어다녀?"

"군대에서 완전군장 착용한 것보다 더한데?"

"벌써 땀이 한 바가지는 나는데요?"

소방관의 모습으로 분한 연기자들이 여기저기에서 비명과도 같은 탄식을 터뜨렸다. 그들의 아우성에 멀리 있던 정영태 감독이 다가와 물었다.

"왜들 그래요? 많이 불편해요?"

말이 끝나기가 무섭게 이우혁과 김우영이 죽겠다고 하소연을 했다. 소준섭 역시 말은 하지 않고 있지만 표정이 좋지 않은 게 그들과 의견이 다르지 않은 모양이다.

"조금만 견뎌 봐요. 보기에는 아주 그럴싸합니다."

염장이라도 지르는 듯한 정영태의 말에 연기자들이 한숨을 내쉬는데, 김상경이 호통을 쳤다.

"영화 찍기 전에 몸 만들었잖아! 엄살 그만 피우고 다들 준비나 하자고!"

그가 배역을 맡은 박길호는 현장을 지휘하는 일선 지휘관이다. 그러니만큼 다른 연기자들과 다르게 주렁주렁 장비를 둘러맬 필요가 없어 굉장히 홀가분해 보인다. 평소와 같은 위엄 가득한 음성이었지만 그는 산소호흡기 세트도, 로프도 둘러메지 않은 상태라 왠지 설득력이 없었다.

다른 때라면 그의 말 한마디에 찔끔 놀랐을 연기자들이 오히려 부러움에 찬 시선을 보내자 어지간한 그도 당황해서 헛기침을 했다.

"자, 오래 끌면 본인들만 힘들어지니까 대본 체크 다시 하시고 동선 체크 확실하게 하세요. 첫째도 안전, 둘째도 안전입니다."

정영태가 손뼉을 치고 말하니 산만하던 연기자들의 분위기가 순식간에 가라앉았다.

자신들이 둘러멘 무거운 장비는 그저 거추장스럽기만 한 물건들이 아니었다. 혹시 모를 만약의 사고로부터 자신들을 보호해 줄 최후의 안전장치였다.

그렇게 생각하니 마치 자신이 정말 소방관이라도 된 기분이라 다들 조금은 들뜬 얼굴이다.

"일단 방수차량을 비롯한 장비들은 서에서 나오신 분들이 수고를 좀 해주셔야겠습니다."

훈련도 받지 않은 연기자들이 고압 호스를 다룰 수 있을 리가 없다. 정영태가 고개를 숙이며 다시 한 번 상황을 체크하니 소방관들이 서로 눈짓을 주고받으며 역할을 분담했다.

"자, 자, 그럼 이제 진짜 시작합니다!"

그의 말에 연기자들이 다부진 얼굴로 서로를 바라보며 각오를 다졌다.

* * *

하지만 그들의 결의가 무너지는 데는 그리 오랜 시간이 필요하지 않았다. 당장 감독의 사인에 맞춰서 촬영을 시작하고 보니 온몸에 걸친 방화 장비의 무게가 상당했다. 그나마 다행인 것은 산소호흡기 세트와 로프 등의 가장 무거운 장비는 다시 풀어둔 상태라 조금은 견딜 만했다.

"컷!"

정영태의 컷 사인이 떨어지기가 무섭게 연기자들이 헬멧을 벗어 던지고는 물을 찾았다. 한겨울 쌀쌀한 날씨가 무색하게 얼굴을 땀으로 흥건하게 적신 연기자들이 바닥에 주저앉았다.

현장에 도착한 소방관들이 차량에서 내려 개인 장비를 착용하고 현장에 들어갈 준비를 했다. 지문으로는 한 줄이나 될까 말까 한 상황이건만 막상 연기를 하려니 죽을 맛이다. 소방차의 턱은 뭐가 그리 높고 개인 장비를 착용하는 건 뭐가 그리 복잡한지 NG 몇 번 만에 연기자들의 얼굴에 피로가 짙게 깔렸다.

멀찌감치 떨어져서 그런 연기자들을 구경하고 있던 소방관들이 조용히 소곤거렸다.

"고생할 거다. 새 장비라 길도 안 들어 있을 텐데."

조용진의 말에 김필구가 입꼬리를 치켜 올리며 고개를 끄덕였다.

"이따 호흡기 쓰면 진짜 쓰러지겠다."

그렇게 말하니 동료들이 하나같이 웃는 얼굴로 동감을 표했다. 억하심정이 있는 것은 아니지만 연기자들이 고생하는 모습을 보니 괜스레 속이 후련한 게 스트레스가 싹 풀리는 기분이다.

"근데 저 친구하고 저 친구는 제법 잘 뛰어다니네?"

동료 소방관 중 한 명이 다른 이들과는 다르게 제법 자세를 유지하고 있는 장택근과 소준섭을 보며 말했다. 장택근과 소준섭은 바닥에 주저앉은 연기자들을 바라보며 서로 이야기를 하고 있었는데, 무슨 이야기를 나누는지 얼굴이 제법 진지했다.

"그래 봤자 산소마스크 쓰는 순간 게임 끝이야."

조용진의 말에 동료들이 고개를 끄덕였다. 이제는 익숙해진 자신들도 산소호흡기 세트를 착용했을 때와 안 했을 때가 천지 차이이다.

"그래도 장비는 진짜 번쩍번쩍하네."

김필구의 말에 소방관들의 얼굴이 복잡해졌다. 배우들이 착용한 장비를 보고 있자니 자신들의 장비가 지나치게 초라하게 느껴졌다. 사용 연한도 한참은 지난 데다 그마저도 수량이 모자라 대용품을 구해 착용했기에 오리지널 방화 장비에 비해 내구력은 형편없었다.

그나마 이번 현장에 출동할 때 모자란 장비는 다른 서에서 지원을 받아왔는데도 배우들의 장비와 비교가 되지 않았다.

"저거 촬영 끝나면 쓰지도 않을 텐데 우리 줬으면 소원이 없겠다."

"우리가 거지냐?"

"새끼야, 장비만 바꿀 수 있다면 구걸을 해서라도 바꿔야지. 개인 장비만 멀쩡해도 우리가 할 수 있는 일이 얼마나 많아지는데."

부러움이 금세 현실에 대한 안타까움으로 변해 버렸다. 아마 그래서였을 것이다. 원수진 것도 없는데 배우들이 고생하는 모습을 보니 통쾌한 기분이 드는 것은. 현장에서 인명 구조를 위해 사투를 벌여야 하는 자신들보다 더 좋은 장비를 둘러멘 그들을 보니 자기도 모르게 화가 난 모양이다.

"끄응. 이제 와서 새삼 뭘……."

조용진이 그렇게 푸념을 내뱉었다.

*　　　*　　　*

"그럼 4번 신 들어갑니다. 다들 긴장들 하시고, 안전장비 한 번 더 체크하세요."

오늘 대체 몇 번이나 안전을 강조하는지 모를 정영태의 말에도 현장의 어느 누구도 불편한 얼굴을 하지 않았다. 출동 신을 마무리 지은 연기자들이 이제 폐건물로 돌입할 것이다. 방금 전과는 판이하게 달라진 촬영장의 공기가 무겁게 사람들의 어깨를 짓눌렀다.

"몸조심하고, 동선대로만 움직이면 사고 없을 거야."

어지간한 김상경마저도 잠시 자기 위치를 벗어나 연기자들에게 조심할 것을 당부했다.

"다들 들었지? 긴장하지 말고 조심들 하자."

장택근이 이우혁과 김우영, 소준섭을 보며 다부진 얼굴로 말했다.

"자, 준비들 하시고! 배우분들, 마스크 착용하세요!"

조감독의 외침에 연기자들이 턱 아래로 늘어져 있던 마스크를 입가에 바짝 붙였다.

대번에 숨이 턱 막히고 몸이 뜨거워진다. 단지 산소마스크 하나를 썼을 뿐인데 세상이 달라졌다. 눈살을 찌푸린 장택근이 잠시 주변을 둘러보니 역시나 연기자들의 얼굴 표정이 좋지 않았다.

"괜찮아?"

마스크를 통과한 목소리가 답답하기만 하다. 다른 연기자들에게 물었지만 마스크 탓에 정신이 없는지 대답이 없다.

"잠시만요!"

장택근이 그런 연기자들을 보고는 손을 들었다.

"왜요? 무슨 문제 있어요?"

혹시 장비에 이상이 있는 건 아닐까 염려한 정영태가 단번에 먼 거리를 뛰어와 물었다.

"아니, 그게 아니라 조금 적응할 시간이 필요할 거 같아요. 이거 생각보다 더 숨 쉬기가 힘들어요."

장택근의 말에 뒤늦게 연기자들의 상태를 파악한 정영태가 인상을 찌푸렸다.

"그게 그렇게 갑갑한가? 우혁 씨나 우영 씨는 스킨스쿠버 경험도 있을 텐데."

"모르겠어요. 장비도 무겁고 꽤 더워요. 거기에 숨까지 쉬기 힘드니까 엄청 갑갑해요."

그가 솔직한 심정을 토로하니 정영태는 어쩔 수 없다는 표정으로 시간을 더 주겠노라 말하고는 원래의 자리로 돌아갔다.

"다들 괜찮아?"

그래도 조금 시간이 흐르자 정신이 드는지 가만히 숨을 몰아쉬던 연기자들이 움직임을 보였다.

"아, 더럽게 갑갑하네."

이우혁이 마스크를 부여잡으며 말하니 곁에 있던 김우영이 그 말을 거들었다.

"지금 완전 술 한잔했을 때 기분인 거 알지? 얼굴 겁나 화끈거려."

그의 말에 소준섭이 고개를 끄덕이자 장택근이 피식 웃었다.

"어쩌겠냐. 감독님이 리얼리티가 필요하다는데."

소방관들과 완전 똑같은 장비를 착용하고 똑같은 압박감을 느끼며 촬영에 임해야 그림이 나온다는 정영태의 주장에 연기자들은 아무런 불만이 없었다. 어설픈 디테일로 영화의 질을 떨어뜨려 봐야 서로에게 남는 것이 없다. 기왕 고생할 거라면 제대로 고생해서 그림을 만들어보겠다는 욕심에 연기자들이 다부진 얼굴을 해 보였다.

"그럼 이제 준비됐지? 감독님한테 말한다?"

장택근이 다른 이들을 둘러보며 묻자 모두가 고개를 끄덕이며 손으로 오케이 사인을 만들어 보였다.

"알았어. 그럼 다시 말하지만 중간에 숨 쉬기 힘들거나 정 못 참겠으면 말하고."

걱정이 전염되었는지 그가 다시 한 번 안전사고에 대한 주의를 주고는 손을 올렸다.

"준비됐습니다!"

"오케이! 바로 들어갈게! 준비하세요!"

정영태의 말에 스태프들이 숨을 죽였다.

"준비하시고오오!"

길게 늘어지는 그의 사인에 연기자들의 눈빛이 돌변했다. 익숙지 않은 장비 탓에 잔뜩 찌푸려져 있던 얼굴에 비장함이 깃들고 축 처진 어깨가 바짝 펴진 채 당장에라도 손을 떨쳐낼 듯 긴장감이 감돌았다.

"액션!"

9장
열연

"여기는 둘 다시 하나, 둘 다시 하나. 현재 건물 내부에 진입했습니다. 연기가 너무 심해 시야가 좋지 않습니다. 외부에서 뭐 보이는 건 없습니까?"

[3층과 4층의 중앙 복도에 불길이 강하다. 이동 시에 주의하라.]

기계음이 잔뜩 섞인 무전에 김형준이 인상을 찌푸렸다.

"여기서 헤어지자. 나하고 상태는 위로 올라갈 테니까 민호하고 영식이는 1층하고 2층을 수색해."

"괜찮겠습니까?"

연기가 자욱하긴 하지만 정작 불길은 거세지 않은 저층의 상황과 다르게 3층부터는 외부에서 보았을 때부터 불길이 온 사방에 퍼져 있다. 민호의 음성에 걱정이 가득했다.

"새끼야, 우리가 언제는 괜찮아서 들어갔냐. 구조 대상자 괜찮으려고 들어가는 거지."

그 말에 산소마스크에 가려져 답답한 웃음소리가 흘러나왔다.

"그럼 뭐 발견하면 무전 치고, 위험하다 싶으면 바로 이탈해. 알겠지?"

아무래도 나이 어린 후배들이 걱정됐는지 김형준은 그들의 장비를 빠르게 훑어 체크해 보고는 두터운 방화 헬멧을 툭하고 두들겨 주었다.

"가."

그렇게 말한 김형준과 박상태가 몸을 돌려 비상계단으로 향했다.

"컷!"

감독의 컷 사인이 떨어지기가 무섭게 배우들이 일제히 산소마스크를 벗어 던지고는 길게 숨을 내뱉었다.

"아, 죽겠다. 진짜 이거 쓰고 뛸 생각을 하니 벌써부터 후달린다."

이우혁이 오만상을 찌푸리고 말하는데 대기하고 있던 스

태프들이 차가운 냉수를 들고 뛰어왔다.

"고맙습니다."

고개를 꾸벅 숙여 보인 연기자들이 냉큼 물병을 건네받아 뚜껑을 열었다. 허겁지겁 물을 들이켜니 그나마 숨통이 좀 트이는 것 같지만 온몸에 흐르는 열기는 여전했다.

"많이 힘들어요?"

곁에 있던 스태프가 묻자 장택근이 고개를 절레절레 흔들었다.

"지금 땀 때문에 속옷까지 다 젖었어요. 진짜 죽을 맛입니다."

아닌 게 아니라 그렇게 말하는 그의 얼굴에 땀이 물처럼 흘러내리고 있다. 멈춘 카메라 앞에 주저앉은 연기자들이 허리를 두들기고 몸을 비틀어대는데 하나같이 안색이 좋지 않았다.

"어떻게 하냐. 우리 택근 씨하고 우혁 씨는 이제 시작인데."

정영태 감독의 말이 걱정하는 건지 놀리는 건지 애매하기만 하다. 한숨을 내쉰 장택근이 자리에서 일어나 주변을 둘러보았다.

제작진이 세팅해 둔 발화장치 덕에 여기저기 피어오르는 연기와 불길이 제법 실감이 나는 게 꼭 정말로 불이라도 난 것 같다. 새빨갛게 혀를 날름거리는 불꽃을 보며 그는 넌더리를 쳤다.

"근데 이거 진짜 불나는 건 아니죠?"

엄살 한번 부리지 않던 그의 말에 정영태 감독이 피식 웃었다. 힘들긴 정말 더럽게 힘든 모양이라는 생각이 고스란히 떠오른 얼굴이라 그는 괜스레 울컥했다.

"방화재 넘치도록 깔았어요. 이러고도 불이 붙으면 진짜 그건 누군가 고의로 휘발유를 들이부었다고 생각하면 됩니다."

얄밉게 지껄여 대는 정영태의 얼굴을 보며 장택근은 한숨을 내쉬었다.

"어떻게 할까? 잠깐 쉬었다 갈까요, 아니면 이대로 옮길까?"

예산이 빠듯하진 않았지만 그렇다고 마냥 촬영이 길어지는 것도 제작진의 입장에서 좋을 게 없다. 가능하면 빠르게 찍는 것이 좋지만 배우들이 워낙에 힘들어하니 조금은 미안한 모양이다.

"저는 괜찮습니다. 우혁이 넌?"

장택근이 몸을 풀며 물으니 이우혁의 얼굴이 와락 찌푸려진다.

"인마, 니가 그렇게 말하면 내가 뭐가 되냐?"

아무래도 조금은 쉬고 싶은 마음이 있던 것인지 이우혁이 드물게 툴툴거리며 몸을 일으켰다.

"왜요? 우혁 씨, 많이 힘들어? 좀 쉴래?"

"아뇨. 그냥 가죠."

끄응 하고 앓는 소리를 낸 그가 몸을 일으키니 주변에 있던 스태프들이 다가와서 산소호흡기를 비롯한 장비를 받아주었다.

호흡기를 빼내고 나니 그나마 기운이 나는지 이우혁의 얼굴이 대번에 펴졌다. 가슴에 달린 랜턴이 1kg, 손에 쥔 장애물 파괴용 손도끼가 3kg, 호흡기 세트가 12kg, 다 해서 16키로나 되는 짐이 덜어지자 그가 한결 가벼운 몸으로 숨을 길게 내뱉었다.

"그래, 잘 생각했어요. 후딱 끝내고 푹 쉬자고."

정영태가 그들이 몸을 이리저리 비틀어대며 푸는 것을 보곤 기분 좋게 말했다.

"뭐 해! 장비 챙겨! 바로 다음 장소로 이동하자고!"

다음 장소라고 해봐야 복도를 지나서 모퉁이만 돌면 되건만, 아무래도 사방에 즐비한 발화장치 때문인지 스태프들이 다 같이 달려들어서 부산을 떨었다.

"그거 연기 좀 어떻게 해봐. 화면 잡기도 힘들다."

카메라 감독의 말에 스태프 중 몇몇이 소화기를 들고 다니며 불씨를 껐다.

"어휴, 이제 좀 살 것 같네."

"그래 봐야 저쪽 가면 똑같을 텐데, 뭘."

불길이 사그라지자 스태프들이 한숨을 내쉬며 이동 준비를 서둘렀다. 그렇게 촬영팀이 다음 촬영 포인트로 이동하고 나자 다 타고 남은 재가 소화액으로 범벅이 되어 몇 가닥 연기만을 내뿜고 있다.

타닥.

침묵만이 감돌던 공간에 타닥거리며 불꽃 튀는 소리가 흘러나왔다. 소화액에 허옇게 덮인 재 사이로 한 줌 불씨가 되살아났다.

"빨리 세팅해! 배우들 다 죽는다!"

다음 촬영지로 이동한 촬영팀이 장비를 세팅하느라 분주하게 뛰어다녔다. 카메라가 자리를 잡고 붐 마이크의 기다란 봉이 위치를 찾아 섰다. 조명과 각종 장비가 각자 제 위치에 세팅되는 것을 확인한 정영태가 소리쳤다.

"신호하면 불 스위치 누르고 연기 더 피워 올려!"

그 말에 스태프 중 몇몇이 쭈그리고 앉아 조그만 상자를 만지작거리니 상자에서 금세 연기가 왈칵거리며 쏟아져 나왔다.

"야! 그거 누가 거기다 두래! 카메라 다 가리잖아!"

미리 자리를 잡고 있던 카메라 감독이 갑작스레 시야를 가리는 연기를 보고는 소리를 버럭 질렀다.

"콜록콜록!"

"아우, 병신. 뭐 하냐. 제대로 해."

카메라 감독의 불호령에 호들갑을 떨다가 연기라도 들이마셨는지 스모그박스를 옮기던 스태프가 기침을 내뱉는 것을 보고는 곁에 있던 동료가 면박을 주며 그를 밀어냈다.

"그래, 거기! 거기에 둬!"

카메라 감독의 잔뜩 구겨진 얼굴이 펴지는 것을 확인한 스태프가 몸을 일으켰다.

이리저리 부산을 떠는 스태프들의 얼굴이 하나같이 찌푸려져 있다. 한겨울임에도 불구하고 현장의 공기는 덥고 텁텁했다. 카메라 감독이 이마를 타고 주르르 흘러내리는 땀을 닦아내며 욕설을 내뱉었다.

"아, 씨바! 진짜 덥네."

그 걸걸한 욕설에 미리 대기하고 있던 장택근이 쓴웃음을 지었다.

가벼운 복장을 한 스태프들이 덥다고 투덜거릴 정도면 자신들은 어떻겠는가. 이게 화재현장에서 사람을 보호하자고 만든 옷인지, 아니면 사람을 쪄 죽이려고 만든 옷인지 도대체가 알 수 없는 방화복을 입은 그의 얼굴이 물웅덩이에라도 빠졌다 나온 사람처럼 흥건했다.

"괜찮냐?"

"넌 이게 괜찮아 보이냐?"

촬영 장소에 도착하기가 무섭게 바닥에 앉은 이우혁이 그의 말에 퉁명스럽게 대꾸했다. 땀이 물처럼 쏟아지는 얼굴이 자신과 다르지 않아 그가 한숨을 내뱉었다.

"사우나 제대로 하네, 진짜. 찝찝해 죽겠다."

속옷이고 뭐고 할 것 없이 온통 흥건하게 젖은 몸이 끈적끈적하게 달라붙어 진절머리를 내며 말하니 이우혁이 벌써부터 기진맥진한 얼굴로 고개를 흔들었다.

"내가 찬밥 더운밥 가릴 상황은 아니다만, 이건 좀 해도 해도 너무한다."

그의 시선 끝에 방화복을 풀어헤치고 연신 손으로 부채질을 하고 있는 김우영과 소준섭이 걸렸다. 여전히 땀투성이의 얼굴이지만 자신들보다는 한결 나아 보이는 상황에 그가 와락 인상을 찌푸렸다.

"더럽게 덥다, 진짜."

잠깐 사이에 스태프가 건네준 생수를 몇 병이나 비워냈지만 여전히 가시지 않는 열기에 넌더리를 친 그가 준비가 거의 완료된 촬영장을 둘러보았다.

"좀만 고생하자. 금방 시작하려는 모양인데."

장택근의 말이 끝나기가 무섭게 정영태가 전용석에 앉아 손을 들고 불꽃을 점화하라고 사인을 보낸다.

"끄응."

대번에 후끈 달아오른 열기에 장택근이 신음 소리를 내는데, 조감독의 고함 소리가 들렸다.

"시작합니다! 배우들, 다시 장비 착용해 주시고요!"

산소호흡기 세트와 각종 장비를 들고 다가오는 스태프들의 모습에 이우혁과 장택근은 결국 한숨을 내뱉고 말았다.

"레디이이!"

*　　　*　　　*

"후우, 후우!"

산소마스크 너머로 들리는 숨소리가 둔탁하기만 하다. 여기저기서 새빨간 혀를 날름거리는 불꽃을 피해 김형준은 고개를 숙였다.

"조심해. 워낙에 낡은 건물이라 언제 무너질지 모른다."

곁에 있던 박상태가 바닥에 가득 늘어선 돌무더기 따위를 피하며 그렇게 말하니 김형준이 자세를 낮추고는 건물의 이곳저곳을 살펴보았다.

"저 안쪽으로 가보자."

그가 자욱한 연기로 가려진 복도 끝을 가리키자 박상태가 고개를 끄덕이고는 앞장섰다.

한 걸음 옮길 때마다 어깨 위로 돌 부스러기가 떨어져 내리고 그들 주변으로 불씨가 흩날린다.

새까만 연기를 헤치며 걸음을 옮기던 김형준이 갑자기 박상태의 어깨를 잡아챘다. 화들짝 놀란 박상태가 눈을 동그랗게 뜨는데 그의 바로 지척으로 불꽃에 휩싸인 기둥이 덮쳐왔다.

간발의 차로 화를 면한 그가 안도의 한숨을 내쉬고 김형준에게 고맙다는 눈짓을 보냈다.

아무렇지도 않게 고개를 끄덕여 준 김형준이 그를 스쳐 지나가며 앞장섰다.

"뭐 보이냐?"

보이는 것이라고는 새빨간 화염과 벌겋게 달아오른 건물의 풍경뿐이다.

그마저도 자욱한 연기에 가려 제대로 보이지 않았지만 그 너머를 상상하며 김형준은 열심히 눈을 굴렸다.

"보이겠냐. 더 들어가 보자."

그렇게 그들이 불꽃에 휩싸인 내부를 살펴보며 조심스러운 걸음을 옮기는데 무전기가 신호음을 토해냈다.

[제보가 들어왔다. 403호에 아이가 혼자 있다. 아이 엄마가 화재 직전에 확인했다니까 아이가 있는 게 확실하다. 시간이 많이 경과되었으니 구조를 서두르기 바란다.}

"여기는 둘 다시 하나. 둘 다시 하나. 현재 4층 중앙 복도를 통과하고 있다. 바로 확인하겠다."

재건축이 확정된 건물인지라 실제 거주자는 많지 않았다. 이미 복도를 통과하며 구석구석 수색했지만 불행인지 다행인지 구조 대상자는 보이지 않았다.

"불길이 거세다. 복도를 통과할 수가 없다."

복도 한가운데를 떡하니 막은 새빨간 불의 벽을 보며 무전을 보내니 외부에서 대기하고 있던 펌프 차에서 대답이 돌아왔다.

[방수하겠다. 휩쓸리지 않도록 주의하라.]

"둘 다시 하나. 현재 위치는 406호와 405호 사이이다."

[위치 확인했다. 오래 잡지는 못할 테니 조속히 작업하기 바란다.]

위치를 확인했다는 무전이 끝나기가 무섭게 깨진 창문 사이로 거센 물줄기가 쏟아져 들어왔다. 콰아아 하는 맹렬한 소음과 함께 쏟아진 물줄기에 무섭게 타오르고 있던 불길이 순간적으로 움츠러들었다.

"지금!"

몸을 낮추고 있던 김형준과 박상태는 눈앞을 가로막고 있던 불길이 약해지는 것을 보고는 바로 내달렸다.

"캬! 그림 나온다!"

미리 대기하고 있던 펌프 차에서 물줄기가 쏟아지기가 무섭게 불길을 넘어 내달리는 두 배우의 모습은 비장하고 장렬했다.

아무리 실상은 무릎 아래까지 겨우 타오르는 불꽃이라지만 어차피 모자란 것은 컴퓨터 그래픽이 들어갈 것이다.

정영태 감독의 말에 곁에 서 있던 조감독이 고개를 끄덕이며 동감을 표했다.

"신기하네요. 저거 마스크 때문에 얼굴도 제대로 안 보이는데 이상하게 느낌이 와요."

"그치? 니가 그래도 나 따라다니면서 많이 배우긴 배웠나 보다. 용케도 그걸 잡아냈구먼."

한껏 호들갑을 떨어댄 정영태가 모니터를 뚫어져라 바라봤다.

"근데 안 끊어요? 설마 한 번에 쭉 가실 거예요?"

"내버려 둬. 지금 그림 잘 나오는데 뭐 하러 끊어."

카메라는 화염과 연기 너머로 사라지는 두 배우의 등을 잡고 있다. 어디까지나 그의 머릿속에 보이는 환상에 불과하지만 거센 불길을 뚫고 달리는 두 소방관의 모습이 그렇게 마음에 들 수가 없다.

복도 끝에 도달해 어느새 멈춰 선 배우들이 머뭇거리는 기색을 보인다.

아무래도 대본과는 조금 다른 상황에 당황한 모양이다. 카메라 감독도 고개를 돌리고 이쪽을 바라보는 게 컷 사인을 기다리는 모습이다.

화면에 잡힌 그들의 모습에 정영태가 막 컷 사인을 보내려던 찰나, 왼쪽에 있던 소방관이 손을 드는 것이 보였다. 그의 손에는 리얼리티를 위해 쥐어준 진짜 소방용 도끼가 들려 있다.

"잠깐만. 그대로 쭉 찍어."

그의 말에 카메라 감독이 재치를 발휘해 슬쩍 앞으로 나섰다. 한결 크게 잡힌 화면에 정영태가 엄지를 치켜세웠다.

"다음 신이 뭐였지?"

"형준이 손도끼를 들고 꼭 잠긴 403호의 문을 내려친다. 문고리가 부서지고 형준과 상태, 안으로 달려들어 간다. 화장실에서 아이의 울음소리가 들리고, 상태가 화장실에서 울고 있는 아이를 발견한다. 상태—여기 있어! 상태의 고함에 형준이 아이의 몸을 확인한다. 형준—다행이야. 애는 괜찮아."

조감독이 대본을 읽어주자 그가 무릎을 탁 쳤다.

"아주 좋아. 배우는 이렇게 순발력이 있어야지."

지금 화면에 잡힌 그들의 모습이 어지간히 마음에 들었는지 그의 얼굴에 만족스러운 빛이 가득하다.

복도 한편에 위치한 문고리를 403호라고 정했는지 문고리를 내려치는 배우들의 모습에 박진감이 넘친다. 카메라 감독이 또다시 센스를 발휘해 화면을 쭈욱 잡아당겼다. 단번에 클로즈업된 화면에 장택근과 이우혁의 측면이 잡혔다.

마스크 너머로 보이는 얼굴이 기진맥진해 있다. 아마도 익숙하지 않은 산소마스크로 숨을 쉬느라 고생해서 그런 모양인데 덕분에 화면에는 긴장감이 살아 있다.

"오디오만 따로 빼면 되겠어."

수염도 없는 턱을 문지르며 정영태가 말했다. 카메라의 각도상 미처 따라가지 못한 붐 마이크를 보며 그는 주먹을 꽉 틀어쥐었다.

정말로 저 현관문 너머에 구조를 기다리는 누군가가 있기라도 한 것처럼 장택근과 이우혁의 얼굴에는 다급함이 가득했다. 정말로 문고리를 부숴 버리려는지 있는 힘껏 손도끼를 내려치는 그들의 동작에 박진감이 넘쳤다.

모니터 너머의 거친 호흡까지 느껴지는 것 같다.

문고리가 불꽃을 튀며 버티다 버티다 결국 두 배우의 우악스러운 도끼질에 쨍 하고 떨어져 내린다. 이우혁이 문을 잡아당기고 그 열린 틈새로 장택근이 뛰어들었다. 그리고 다시 이우혁이 그 뒤를 따라 모니터 속에서 사라졌다.

"커어어어엇!"

컷을 외치는 정영태 감독의 말꼬리가 아쉬움에 길게 늘어졌다. 만족스러운 얼굴로 자리에서 벌떡 일어난 그가 박수를 쳤다.

"좋았어!"

그 좋은 기분만큼이나 우렁찬 그의 목소리에 문 너머로 사라졌던 배우들이 빠끔히 고개를 내밀었다.

"잘했어! 수고했어!"

손으로 오케이 사인을 보내며 말하니 장택근과 이우혁이 허겁지겁 산소마스크를 벗고는 그대로 주저앉았다.

"뭐 해! 배우들 목마르겠다! 시원한 물이라도 가져다 줘!"

정영태의 호들갑에 스태프들이 냉수를 들고 뛰어가는데 복도 가운데를 틀어막은 불길 앞에서 주춤거렸다.

"넘어가. 넘어가. 고무줄 안 해봤어? 무릎까지도 안 오는 것을."

스태프들이 한숨을 내쉬고는 불길을 폴짝 넘어 배우들에게 달려갔다.

"그림이 다르네, 그림이 달라."

장택근과 이우혁이 뛰어넘을 때만 해도 머릿속에 영상이 파바박 스쳐 갔는데, 지금 스태프들이 불꽃을 넘는 모습을 보니 꼭 계집애들 고무줄 넘는 모습과 다름없어 그는 고개를 절레절레 흔들었다.

"감정 안 끊기게 바로 이동하자고! 안이 좁으니까 카메라하고 조명만 붙어! 그리고 아역 어딨어!"

"아, 애가 무서워해서 밖에서 대기 중이랍니다. 올라오라 할까요?"

그의 말에 조감독이 무전기를 들고 물었다.

"말이라고 해? 그럼 니가 애 대신 욕실에서 울고 있을래? 빨리 데려오라고 해!"

"넵."

조감독이 괜한 구박에 입을 삐죽이며 무전기로 밖에서 대기하고 있는 스태프를 불렀다.

아역배우가 촬영장을 찾아온 것은 꽤나 시간이 지난 뒤였다. 아무래도 연기와 불꽃이 튀는 현장에 겁을 집어먹고 울음을 터뜨린 모양인지 그 곱상한 얼굴에 눈물자국이 가득했다.

"분장할 필요가 없겠네."

정영태가 그 모습을 보고는 너털웃음을 터뜨렸다. 그 말에 아이가 다시 울음을 터뜨리려는데 곁에서 아이를 데려온 임수진이 한숨을 내쉬었다.

"지금 애가 겁먹고 있는데, 감독님 정말 그러시기예요?"

질책 어린 그녀의 말에도 그는 천연덕스럽게 지껄여 댔다.

"겁먹어야지. 집에 홀랑 다 타고 혼자 욕실에 숨어 있는데 당연히 겁먹어야지."

방금 전 장택근과 이우혁의 열연으로 달아오른 흥분이 아직도 채 가시지 않았는지 그 격앙된 음성에 결국 애가 울음을 터뜨렸다.

"울어! 울어!"

마치 미친 사람처럼 아이 앞에서 손바닥을 흔들며 더 울라고 부추기는 그의 모습에 임수진이 고개를 절레절레 저었다.

"감독님 왜 저래요?"

그녀의 말에 조감독이 한숨을 내쉬며 대답했다.

"방금 전에 진짜 마음에 드는 그림을 잡으셨나 봐요. 아까부터 계속 저러시네."

그 말에 또 정영태가 불쑥 끼어들어 껄껄거리며 웃었다.

"암. 마음에 들지. 할 수만 있었으면 한 번에 쭉 갔을 텐데. 망할, 각이 안 나왔어."

한참 웃어대다가 끝에 가서는 울상이 된 그의 모습에 스태프들은 일제히 한숨을 내쉬었다. 카메라만 돌면 돌변하는 정영태 감독의 성격을 진즉부터 알고 있었지만 어째 오늘은 그 증세가 심했다.

"저쪽은 또 왜 저래요?"

정영태를 보고 고개를 절레절레 흔들던 그녀가 뒤늦게 저 복도 너머에 널브러져 숨을 몰아쉬는 장택근과 이우혁을 발견하고는 눈을 동그랗게 떴다.

"방화복이라는 게 우리 생각보다 더 더운가 봐요. 호흡기도 한몫한 것 같고."

그 말에 그녀가 고개를 끄덕였다. 쌀쌀한 바깥 날씨와는 다르게 이 안은 이상할 정도로 열기가 가득했다. 여기저기 불씨가 가득하고 각종 조명장치와 촬영 장비가 열기를 내뿜고 있다지만 더워도 정말 더웠다.

곱게 입고 있던 코트를 벗어 든 그녀가 걱정스러운 어조로 말했다.

"저거 괜찮은 거예요? 완전 기절한 것 같은데요?"

"카메라만 돌아가면 돌변해요. 아까도 저러고 있다가 벌떡 일어나서 잘만 찍던데요?"

조감독 역시 말과는 다르게 걱정하는 얼굴이다. 대충 보기에도 땀을 한바가지는 넘게 흘린 배우들이 슬슬 걱정되기 시작해 그가 정신을 못 차리는 정영태를 재촉했다.

"감독님, 저희만 이동하면 될 거 같은데요."

"그래? 언제 다 갔대? 사람들, 말이라도 하고 가지."

"아까 감독님이 안이 좁다고 조명팀하고 카메라팀만 들어가자고."

"아, 내가 그랬지? 그럼 가지 여기서 뭐 하고 있어? 빨리 가야지."

여전히 흥분 상태인 정영태의 대답에 조감독이 고개를 절레절레 저었다.

"감독님, 저도 구경해도 되죠?"

그렇게 묻는 임수진의 얼굴에 호기심이 가득하다. 대체 어떤 연기를 보여주었길래 감독이 저렇게 텐션이 올라갔는지 확인하지 않고는 못 배기겠다는 얼굴이다.

"그럼. 안 될 게 뭐가 있어. 가자. 다음 촬영하러 갑시다!"

그의 말에 현장을 정리하던 사람들이 한숨을 내쉬었다.

*　　*　　*

"유준아, 여기 누나하고 아저씨들이 다 보고 있으니까 아까 보여준 거 그대로 다시 보여주면 돼. 알겠지?"

임수진의 다정한 음성에도 여전히 겁을 먹은 기색이 가득한 아이가 부들부들 떨었다.

"애 엄마는 어디 갔어? 아까까지만 해도 여기 있더니."

"상중 선배님이랑 이야기하고 있던데요?"

그 말에 정영태가 앓는 소리를 내뱉었다. 아까까지만 해도 겁을 먹은 아이의 얼굴이 마음에 든다며 호들갑을 떨던 모습은 온데간데없었다. 아이가 임수진의 허벅지를 끌어안고 떨어지지를 않으니 당장 촬영을 시작할 수가 없었다.

"애 엄마 좀 불러봐. 애가 이렇게 울고 있는데 외간남자랑 무슨 할 이야기가 있다고."

"어휴, 감독님. 애 들어요."

정영태의 불평에 임수진이 몸을 숙이고 아이와 눈을 맞췄다.

"저기 소방관 아저씨들 보이지? 저 아저씨들이 우리 유준이 꼭 지켜줄 거야. 알지, 소방관 아저씨들이 얼마나 센지? 그러니까 이제 그만 울고 아까 했던 거 한 번 더 하자. 응? 누나도 여기서 너 꼭 지켜보고 있을게."

그 말에 유준이라 불린 아역배우가 바닥에 주저앉은 장택근과 이우혁을 보고는 눈을 동그랗게 떴다. 기진맥진한 얼굴이 어딘지 모르게 미덥지 않은 소방관의 모습이지만 그래도 효과가 있는 모양이다.

유준이가 고개를 끄덕이고는 카메라 한 대와 함께 욕실로 들어섰다.

“수진 씨, 나중에 애 낳으면 애 잘 보겠네.”

그 모습을 보고는 정영태가 박수를 치며 칭찬했다.

“아직 시집도 안 간 처녀한테 무슨 소리를 하는 거예요!”

그게 듣는 사람 입장에서는 칭찬보다는 욕에 가까웠다는 게 문제여서 임수진이 빨갛게 달아오른 얼굴로 빽 하고 소리를 질렀다.

“알았어, 알았어. 미안해. 일단 촬영 시작하자고.”

정영태가 그렇게 말하니 바닥에 늘어져 있던 장택근과 이우혁이 마치 좀비처럼 흐느적거리며 몸을 일으켰다.

이제는 자동인지 양손을 내밀고 기다리는 그들의 어깨로 산소호흡기 세트를 메어주고 손도끼와 로프를 얹어주니 그들의 표정이 돌변했다.

기진맥진하던 얼굴이 단단하게 굳어 금세 비장한 얼굴이 되었다. 산소마스크를 쓴 그들이 숨을 몰아쉬며 눈을 빛내는데 연기 가득한 촬영장을 뛰어다니느라 잔뜩 그을음이 묻어 있어 백전을 거친 진짜 소방관처럼 보일 지경이다.

그 현장감 넘치는 모습에 임수진이 작게 감탄을 토했다.

"어때요? 볼만하지?"

아직 촬영은 시작도 안 했건만 그 우쭐거리는 음성에 그녀가 저도 모르게 고개를 끄덕였다.

사람이 극한에 내몰리면 저런 눈빛을 하지 않을까 싶을 정도로 악과 독기가 서린 배우들의 눈빛에 한편으로는 안쓰럽기도 했다.

얼마나 힘들었으면 저런 눈빛이 나올까.

보기만 해도 두터워 보이는 방화복과 주렁주렁 매달린 온갖 소화 장비를 보며 그녀가 작게 입을 모았다.

"화이팅."

그녀의 응원에 장택근과 이우혁이 미미하게 고개를 끄덕이고는 감독의 사인을 기다렸다.

"준비하시고오오오!"

정영태 특유의 길게 늘어지는 사인에 그들이 온몸을 팽팽하게 당기는데, 갑작스레 정영태가 손을 흔들었다.

"맞다. 깜박했는데."

왠지 모르게 긴장이 풀린 배우들이 그를 허탈하게 바라보았다.

"지문에 너무 연연해하지 말아요. 무슨 말인지 알죠? 감정 가는 대로 하시라고."

그 말에 장택근과 이우혁이 동그랗게 뜬 눈으로 서로를 바라보다가 다부진 얼굴을 해 보였다.

"그럼 정말 갑니다!"

정영태가 다시 한 번 사인을 길게 뺐다.

"레디이이이이이! 액션!"

*　　*　　*

"여기 있어!"

박상태가 화장실에서 울고 있는 아이를 발견하고는 김형준을 불렀다.

허겁지겁 달려온 김형준이 아이의 상태를 보니 눈물범벅이기는 했지만 특별한 이상은 보이지 않았다.

"다행이야. 애는 괜찮아."

그렇게 말한 그가 무전기를 손에 꼭 움켜쥐었다.

"403호. 6세가량 남자아이를 발견했습니다. 겁에 질려 있긴 하지만 상태는 양호합니다."

[수고했다. 현재 건축물 내에 거주자 26명 전원 다 소재 파악됐다. 아이가 유일한 구조 대상자이니 빠르게 철수하도록.]

"듣던 중 반가운 소리군요. 바로 철수하겠습니다."

[마지막까지 몸조심하고 밖에서 보자.]

박길호 소방장의 말에 김형준의 얼굴이 눈에 띄게 화색이 돌았다. 안 그래도 건물 내부의 불길이 점점 더 심해지고 있어 부담이 되던 차라 더 이상의 구조 대상자가 없다는 말이 그렇게 반가울 수가 없었다.

"으아아앙!"

그렇게 무전을 주고받고 있는데 아이가 자지러지게 울어대기 시작했다. 김형준이 아이와 눈높이를 맞추고는 부드럽게 이야기했다.

"꼬마야, 이제 괜찮아. 밖에 엄마 기다리고 있으니까 아저씨랑 같이 엄마 보러 나가자."

그의 음성이 워낙에 태연해서 아이가 상황도 잊고 잠시 눈물을 멈췄다. 눈을 껌뻑거리는데 눈가에 대롱대롱 매달려 있던 눈물이 뚝뚝 흘러내린다.

"엄마 보고 싶어요."

"그래, 아저씨랑 같이 나가자. 빨리 나가야 엄마도 보지."

그 말에 주춤거리며 몸을 일으킨 아이가 그의 손을 잡았다.

"괜찮아, 괜찮아."

그의 손에 이끌려 화장실 밖으로 나온 아이는 새빨갛게 혀를 날름거리는 불길을 보고는 다시 겁에 질린 얼굴이 되었다. 당장에라도 다시 울음을 터뜨리려는 아이 앞에 쪼그리고 앉은 그가 아이를 달랬다.

"아저씨들 누군지 알지?"

"소방관 아저씨요."

"그래, 그럼 소방관 아저씨가 뭐 하는 사람인지 아니?"

그의 말에 아이가 그 급박한 와중에도 치기 어린 얼굴을 해

보였다.

"네, 소방관 아저씨들은 불을 끄고 사람들을 구해줘요!"

천진하기만 한 아이의 모습에 상황도 잊은 그의 입가에 부드러운 미소가 매달렸다.

"맞아. 똑똑하네. 그럼 우리 꼬마, 이름이 뭐니?"

"도, 동훈이요."

그는 눈물을 그렁그렁 매달고도 또박또박 대답하는 아이의 머리를 쓰다듬어 주었다.

"그래, 그럼 우리 동훈이도 이제 소방관 아저씨 만났으니까 괜찮겠네?"

그의 등 뒤로 넘실거리는 불길 탓인지 이번만큼은 동훈이란 아이도 대답을 하지 못하고 입을 우물거렸다.

그런 아이를 김형준이 번쩍 들어 품에 감싸 안았다.

"빨리 나가자. 학교 가면 친구들한테 소방관 아저씨랑 만났다고 자랑도 하고 그래야지."

그 말에 동훈이가 조그만 목소리로 '네' 하고 대답한다.

"가자. 건물이 낡아서 그런지 후달린다."

잠시 그들이 하는 양을 지켜보고 있던 박상태가 그를 독촉했다. 아닌 게 아니라 벌써부터 천장이 들썩거리는 게 당장 건물이 무너져도 이상해 보이지 않았다.

아이를 꼭 품에 안은 김형준의 얼굴이 방금 전의 부드러운 얼굴을 지우고는 다부진 표정이 되었다.

"가자."

"내가 앞장설게. 따라와."

박상태가 아이를 힐끔 쳐다보고는 앞장섰다.

*　　*　　*

"분위기 죽이지?"

정영태가 신바람이 난 얼굴로 곁에서 모니터를 바라보고 있는 임수진에게 말했다.

"저 얼굴 좀 봐. 진짜 소방관 저리 가라야."

모니터 가득 클로즈업된 장택근의 얼굴에 비장함이 가득하다.

"좋긴 하네요. 근데 쭉 가시게요? 대본이랑은 좀 다른데요?"

"있어봐. 어떻게 하는지 보자고."

정영태가 손짓으로 카메라 감독에게 장택근과 이우혁을 가리키니 카메라 감독을 비롯한 카메라기사들이 그대로 장택근의 뒤를 따랐다.

장택근과 이우혁은 갑작스레 자신들의 앞을 가로막는 카메라를 보고는 잠시 흠칫했지만 이내 다시 걸음을 옮기기 시작했다.

"옳지. 여기는 뭐 하나 떨어지는 CG 넣고, 저기는 불길 좀 더 뽑아보고."

마치 노래라도 부르듯 흥겨운 말투의 정영태를 보며 임수진이 고개를 절레절레 저었다.

이래서 충무로 바닥에서 날고뛰는 배우들이 정영태 감독을 어려워하는 것이다. 현장의 느낌을 그 어느 감독보다 중시하는 그는 가끔 이렇게 돌발 행동을 하고는 했다. 배우 본인이 흥을 못 이겨 애드리브를 치는 거야 어렵지 않다고 하지만, 저 혼자 신바람이 난 감독의 흥에 맞춰 즉흥 연기를 한다는 것은 쉬운 일이 아니었다.

게다가 지금의 정영태 감독의 행동은 애드리브를 수준을 아득히 넘어 대본의 지문을 완전히 무시하고 있었다.

"용케도 따라가네."

마치 카메라 따위는 안중에도 없는 듯 행동하는 장택근과 이우혁의 모습에 임수진이 작게 감탄을 표했다.

"지문에 너무 신경 쓰지 말라고 내가 친절하게 말까지 해줬는데 저 정도 센스는 당연히 보여줘야지!"

그녀의 혼잣말을 들었는지 정영태가 껄껄거리며 대답했다. 제멋대로 지껄여 대는 감독의 모습을 보며 그녀는 다시 한 번 고개를 저었다.

말이 쉽지 쉬울 리가 있나.

새삼 장택근과 이우혁의 열연에 감동을 받았다.

그렇게 감독과 임수진이 모니터를 보며 감탄하고 있는 사이, 카메라 감독은 이우혁의 한참 앞에 자리를 잡고는 다가서는 그들을 화면에 잡아내고 있었다.

"표정 봐라, 표정."

"진짜 비장한데요?"

장애물 따위로 가득한 복도인지라 혹시라도 카메라 감독이 넘어질까 걱정되어 따라온 스태프가 그의 말에 동감을 표했다.

"죽느냐 사느냐 그것이 문제로다. 캬아!"

정영태만큼이나 신이 난 카메라 감독이 되도 않는 소리를 지껄여 대며 뒷걸음질을 쳤다. 조금이라도 길게 장택근과 이우혁을 카메라에 담으려는 그의 행동에 스태프가 기겁했다.

시꺼먼 사내 하나 바닥을 뒹구는 거야 제 알 바 아니지만 저 귀하디귀한 카메라가 망가져서야 오늘의 고생이 무색해져 버리고 만다. 카메라 감독의 등을 받치고 고개만 뒤로 돌려 장애물을 걷어내는데 문득 카메라 감독이 멈춰 섰다.

"근데 왜 이렇게 덥냐?"

"안 더운 게 말이 돼요? 지금 불을 얼마나 피워놨는데."

그의 말에 심드렁하게 대꾸를 해준 스태프가 발치에 걸리는 돌무더기를 걷어찼다.

"우리가 이렇게 더운데 쟤들은 진짜 죽어나겠구먼."

혀를 차며 한마디를 내뱉은 카메라 감독이 천천히 측면으로 이동했다.

"근데 정 감독은 뭐 하느라 안 자르고 있는데?"

"아까처럼 각 사라질 때까지는 컷 안 할 모양이던데요."

스태프의 말에 감독이 동감을 표했다.

"나 같아도 이런 그림 나오면 자르고 싶지 않을걸. 정 감독, 이번에 계 탔네. 어디서 저런 배우들을 구해왔대?"

손도끼를 들고 천천히 걸음을 옮기는 두 배우의 모습에 그가 감탄했다. 아마도 방화복과 산소호흡기 세트를 비롯한 장비가 무거운 탓이겠지만 묵직한 그들의 발걸음이 화면에 그대로 잡히니 꽤나 박력있게 보였다.

얼핏 보기에도 땀과 재 따위로 범벅이 된 이우혁과 아이를 품에 꼭 감싸 안고 뒤를 따르는 장택근의 모습이 화재 현장에서 튀어나온 현직 소방관의 모습과 별반 차이가 없어 보였다.

아니, 어떤 면에서는 오히려 진짜 소방관보다 더 소방관 같아 보이기까지 할 지경이다. 피로에 잔뜩 지친 얼굴에 비해 형형하게 빛나는 눈빛이 주는 괴리감에 더욱 긴박감이 넘쳤다.

"이게 다 디지털 시대의 수혜 아니겠냐. 필름으로 이런 짓 했어봐."

초당 몇백 원을 흘린다는 필름 카메라를 쓰던 시절이 불과 얼마 되지 않았다. 이제는 너도나도 디지털 촬영 장비를 앞다투어 갖추고 있는 터라 전처럼 필름 값에 연연해 울며 겨자

먹기로 마음에 안 드는 화면을 편집하겠다고 머리를 싸매지 않아도 되는 시대이다.

물론 그렇다고 해도 현장에 나와 있는 것 자체만으로 돈을 어마어마하게 잡아먹는 배우와 각종 촬영 장비는 어쩔 수가 없지만, 그래도 전보다는 재촬영에 대한 부담이 덜한 것도 사실이다.

"그래도 이제 슬슬 한계야."

카메라 감독이 슬쩍 바닥에 늘어진 케이블을 보며 한숨을 내쉬었다. 이쯤 되면 감독이 뛰쳐나와서 컷 사인을 줘야 하는데, 대체 얼마나 더 가라는 건지 저 멀리 보이는 정영태는 미동도 하지 않고 있다.

"어라? 쟤들 갑자기 왜 저래? 대본에 저런 게 있었어?"

카메라 감독의 말에 그의 등 뒤에서 발치를 정리하고 있던 스태프가 고개를 돌렸다.

"왜요?"

"봐봐. 갑자기 저러고 있는데, 뭐 문제 있는 거 아냐?"

그의 말마따나 방금 전까지 열연을 해보이던 배우들의 모습이 어딘지 모르게 이상했다. 아역배우를 품에 안고 뒤를 따라오고 있던 장택근이 갑자기 이우혁의 어깨를 잡아챈 것이다.

가뜩이나 감독의 노골적인 애드리브 요구에 심력 소모가

적지 않던 이우혁이 당황해서 어깨를 비트는데, 장택근이 우악스러운 손길로 그를 잡아끌었다.

"잠깐 있어 봐!"

장택근의 돌발 행동에 이우혁이 영문을 모르겠다는 얼굴로 눈만 껌벅거리고 있는데 그가 마치 무언가를 찾는 듯 고개를 이리저리 꺾으며 주변을 탐색했다.

애드리브치고는 지나칠 정도로 작위적이라 이우혁이 슬쩍 카메라 감독의 눈치를 살펴보는데, 아니나 다를까, 그들의 얼굴에도 당황스러운 기색이 역력했다.

"뭐 해, 인마! 빨리 가자!"

이우혁의 말이 대사를 치는 것인지 그도 아니면 정말로 장택근을 부르는 것인지 애매했다. 아마도 카메라가 아직 돌고 있으니 제 딴에는 센스를 발휘한 모양인데, 보는 사람의 입장에서도 제법 상황이 그럴듯했다.

"그게 아니야! 잠깐만 기다려 봐!"

평소라면 그의 말을 찰떡처럼 알아들었을 장택근이 이번만큼은 고집을 꺾지 않고 이해할 수 없는 행동을 계속했다.

"잠깐만 애 좀 데리고 있어."

이제는 아역배우까지 넘겨주고 본격적으로 주변을 살피는 그의 행동이 심상치 않았다. 갑작스러운 행동을 말리자니 그 어느 때보다 진지한 그의 모습이 막상 나쁘지 않았다. 아마도 카메라에는 뭔가 위험을 감지한 소방관의 모습 정도로 비칠 것이다.

그렇게 생각한 이우혁이 아예 장단을 맞춰주기로 작정했는지 아이를 넘겨받고는 덩달아 주변을 살펴보는 시늉을 해 보인다.

아이를 이우혁에게 넘겨준 장택근이 갑자기 산소마스크를 벗고는 방화 헬멧까지 벗어버렸다. 헬멧이 벗겨지며 순간적으로 고여 있던 땀이 이마를 타고 주르르 흘러내렸다.

처음에는 애드리브인가 했더니 지금 하는 꼴을 보니 그건 또 아닌 듯했다. 방화복 탓에 중첩된 피로를 견디다 견디다 못해 헬멧을 벗었나 싶었지만 그렇다고 하기에는 또 그의 행동에 이해할 수 없는 점이 너무도 많았다.

방화 헬멧과 산소마스크를 내팽개친 그가 바닥에 엎드려 뺨을 바닥에 대었다.

"뭐 하는……."

결국 의문을 참지 못한 이우혁이 묻는데, 장택근이 바닥에 엎드린 자세 그대로 손을 들어 그의 말을 막았다.

잠시 그렇게 바닥에 뺨과 귀를 대고 있던 장택근이 갑작스레 몸을 벌떡 일으켰다.

"피해!"

그리고는 갑자기 외치자 영문을 알 수 없는 그의 행동에 이우혁이 멍하니 눈만 끔벅거리는데 갑작스레 그가 카메라 감독을 향해 달려들었다.

"뭐야!"

깜짝 놀란 카메라 감독이 카메라를 돌리고 있다는 사실도 잊고는 버럭 소리를 치며 뒤로 물러서는 바람에 뒤를 받치고 있던 스태프와 그대로 뒤엉켜 볼썽사납게 비틀거렸다.

"인마! 뭐 하는 거……!"

이우혁이 장택근의 돌발 행동에 소리를 버럭 지르는 그 순간, 바닥이 쩌적 소리와 함께 갈라지기 시작했다.

『얼라이브』 6권에 계속…